女耀農門 3

完

風文創 762

樵牧 著

目錄

第三十一章 過招

午後有些炎熱，顧長安和太子並未在地裡逗留。

返回莊子時，太子忽然問道：「聽說長安善打獵，不如一同去山上打獵？」

顧長安忍了忍，到底沒忍住。「太子不是來向我師公和老師請教學問的？」

太子被她嫌棄也不生氣，此時正是對顧長安好奇的時候，只輕笑一聲。「林先生和金先生怕是要多歇一歇，左右閒著無事，便去山上散散心。何況清一可是在我跟前說過很多次，說長安的手藝極佳，若有新鮮的食材，想必長安做出來的吃食會更加美味。」

顧長安忍住了翻白眼的衝動，不過太子主動再三邀請，她若是拒絕倒是有些不妥當。

「那便去吧！」

兩人回去換了衣裳，在門口會合。

「這是弩？倒是小巧。」太子眼尖，一眼就瞧見顧長安手裡的小武器，有些好奇地道。

顧長安識趣地將東西遞給他。「自己做的，我力氣大，尋常弓箭容易被我用壞，乾脆做了這把手弩，射程不夠遠，不過勝在可事先準備妥當。」

太子聞言，反倒是對她的一身力氣好奇起來。「清一也說妳力氣大，究竟有多大？」

顧長安默默地看了他一眼。太子其實才二十歲，身材介於少年和青年之間，已經有成年人的結實。

「等上了山，可以讓太子殿下您看看。」

太子也不生氣，哈哈一笑，真等著瞧瞧顧長安的力氣到底有多大了。

兩人一路上閒談了幾句，太子總忘記她年紀還小的事實，雖然避開了敏感話題，可這態度就讓顧長安滿意，等到山腳下的時候，兩人已經算是有了初步的交情。

山腳下正好有幾塊半人高的大石頭，雖然比不上青石堅硬，可也不是快風化的山石。

顧長安慢吞吞地走到石頭前，忽然一拳頭打了下去，只聽喀嚓幾聲，半人高的石頭瞬間變成碎石塊，轟然碎在地上。

太子眉頭一挑。「用了幾分力道？」

顧長安想了一下。「四、五分吧！」這石頭不夠硬，要是換成青石，想要一拳打碎的話，大概得多用一、兩分力。

太子暗自捏了捏自己的指尖，忍住沒露出驚奇的表情。史清一一直念叨顧家五姑娘的力氣大，他原本想著，一個小姑娘家，力氣再大又能大到哪裡去？如今一見，若她是男兒身，只憑著這一身力氣都能當個武狀元了。

顧長安看他見識到自己的力氣後沈默不語，便老老實實地往山上走。

太子落後她一步，朝自己的侍衛看了過去。侍衛上前撿起一塊碎石塊，用手捏了捏後，朝太子微微點了點頭。太子眉頭輕挑，看向顧長安的眼神多了幾分趣味。

打碎石頭後，等進了山裡，顧長安驚訝地發現，原本對她還有些戒備的侍衛，居然態度緩和不少。

總覺得事情的走向好像有點不大對。

莊子裡的人，生怕山裡的野獸會闖下山傷人，每年都會進山驅趕那些比較危險的獵物。除非往深處走，不說狼或是熊，就連野豬也不多見，何況有太子在，又是在下午才出發，一行人沒有往深山走。

「這蕈看起來不錯。」下山時正好看到一叢蕈，太子有些驚喜地道。

顧長安不等他去摘，就不客氣地道：「這蕈有毒，吃不得。」

太子聞言一愣，旋即有些可惜地看了那叢蕈一眼。「賣相真好，沒承想是中看不中用的，可謂是金玉其外，敗絮其中了。」

顧長安默然。不過是蕈有毒就能引發這麼多的感慨，這等雅人跟她這種粗人的想法真是完全不同。

「不知晚膳可有機會嚐到長安親手做的飯菜？」太子一點也不知客氣為何物，笑咪咪地開口問道。

顧長安在心裡翻了個大大的白眼，恨不得直接拒絕，然而，她只能想想罷了，太子開了口，這面子她不想給都得給。

「手藝一般，若是不合殿下的胃口，還望殿下多多見諒。」

太子忽然得意一笑。「清一在我跟前可是說過無數次，長安最為拿手的便是紅燒肉，除此之外，紅燒魚、燉魚、各類小菜，還有野味都做得不錯。對了，聽說長安做的點心也極為美味，如此，我便在這裡多住上兩日，正好多嚐一嚐長安的手藝。」

顧長安暗罵了幾句，皮笑肉不笑地應下。「殿下既開口，我自會滿足殿下。」

太子自是看出她滿心不情願，何況她還將情緒表現在臉上，這種坦蕩蕩地抗拒，卻又不得不點頭同意的矛盾，讓太子忍不住哈哈大笑。

跟在身後的侍衛則是臉色微微一變，看向顧長安的眼神都變了。

誰不知道自家太子自小恪守禮教，不說出門在外，就是獨處時也都是謙謙君子的模樣，這樣放肆大笑的樣子，哪怕就是跟準太子妃，或是和殿下最為親近的好友在一起時，也從未有過。

他們幾個是自小跟著太子的，此時心中難免有些擔心，萬一太子對這麼個小丫頭起了心思，那可是大大不妙。

謝家，可不是那麼好打發的。

顧長安對此倒是完全不擔心，太子看著她的眼神太過溫和，就像是當兄長的看著自家小妹妹一般，帶著幾分寵愛；若非如此，就算他有太子身分，她也不會真的認命地琢磨菜單，打算在這幾日努力多做些吃食給他。

即使她對太子的這種寵愛沒什麼感覺，也不至於拒絕他人發自真心的關懷。

等回到莊子，林湛和金先生正在低聲討論事情，看見他們便先招呼他們過去。太子依言過去，顧長安卻推說要去廚房準備晚膳；林湛和金先生沒有阻攔，任由她帶著人、拎著獵物去了廚房。

等她走遠後，三人對視一眼，不約而同露出一絲無奈的笑容。

這孩子，倒是長了一顆七竅玲瓏心。

等她準備好飯菜，三人才停止交談上桌。

「這蕈湯的味道特別鮮美，我從未喝過這般好喝的蕈湯。」太子讚不絕口，還不忘誇獎自己兩句。「這可是我親手撿到的蕈，等回頭多撿些給家裡長輩嚐嚐。」

顧長安低頭翻了個白眼。這蕈明明就是她找到的，太子不過是彎下腰撿了幾朵罷了，居然好意思說什麼自己親手撿的！

果然，當太子的臉皮厚度，不是一般人能比得上的。

飯桌上的氣氛融洽，因為這一頓美味的飯菜，瞬間就拉近幾人之間的距離。太子之前只嚐過顧長安親手做的醬菜、鹹菜和小零嘴，第一次正兒八經地吃她做的菜，便被她的手藝給迷住了。

「長安的手藝比之御廚也不會差。」太子忍不住感慨。

顧長安拚命忍住翻白眼的衝動。太子分明是清淡的飲食吃習慣了，忽然吃了點重口味又開胃的，才覺得美味罷了，真論手藝，隨便來個御廚就能甩開她十條大街。

這點自知之明她還是有的！

「殿下若是喜歡，明日我再做便是。」

太子心裡美著呢，不過也不妨礙他追問今天晚上的點心。

「聽說顧家夫人是釀酒的好手，做的酒釀味道也是極好，不如來一份？」

顧長安暗暗抽了一口氣，再三告訴自己這是太子殿下，不是她沒事就可以揍一頓的阿貓阿狗。

當夜早早歇下，次日一大早顧長安便起身，一如往常先練拳，才擺開架勢，就見太子慢悠悠地走了過來。

「長安這是要練拳？」太子頓時來了興致。「不如我來陪妳練一練？」

顧長安斜睨了他一眼，驟然出手，一拳擊向太子的肚子。

她倒是想要打臉，只可惜太子是個成年青年，長得又是大高個兒，一八幾的身高擺在那兒，她想打臉就得跳起來打。

那動作太丟人！

顧長安習武也有兩年多了，她喜歡近身格鬥，拳拳到肉，打起來才叫一個爽。她習武時，多是跟著學習拳腳功夫，陸九是從戰場出來的，教的都是殺人的招式，不過陸九也再三叮囑過她注意，所以她與人對戰時都是朝著能讓對方肉疼，卻不會真的傷害對方性命的地方出拳。

饒是如此，真被她的拳頭打中，若不是她收斂力道，基本上一拳就能把人打到骨折，所以大半時間，她只是跟人比劃、比劃招式，不敢真使勁跟人打架。

這回太子既然說要跟她練一練，那就練吧！

她這一拳頭速度快，卻是沒有幾分力氣。她也是擔心真打中太子殿下，會給自己招惹麻煩。

太子不閃不避，胳膊一揚，手指狀似無意地一拂，顧長安的拳頭驀然就失了力道。顧長安眉頭一挑，欺身上前半步，第二拳快如閃電，再次擊向太子的腹部。

太子嘴角噙著一絲笑意，卻也快速後退半步，反手又是一拂。同樣的招式，再次讓顧長安的拳頭失去力道。

顧長安的眼底倏然亮了幾分，出拳的速度當下快了起來，力道雖然不大，卻也用上了四、五分力氣。太子不慌不忙，化拳為掌，看似慢慢悠悠，卻瞬間就擋住她的拳頭。

砰的一聲悶響，兩人齊齊後退一步，眼底皆有驚訝之色。

太子雙眼發亮。「果然好力道！再來！」一說罷，竟是不等顧長安回答，倏然出手。

顧長安也有些意外。看著是個文雅青年的太子，武藝不錯就罷了，沒想到這力氣居然也不小；而且他的拳腳招式極為簡單俐落，完全不是她想像中那種喜歡花架子的人，一時間見獵心喜，兩人打得興起。

在一旁待命的侍衛們神色不動，可心底驚愕不已。自家主子有什麼本事，他們這些貼身的侍衛自然是知道的，那些所謂的少年才俊，在他們主子跟前根本就不值一提。若非如此，在知道顧家五姑娘力氣大的前提下，他們也不敢真讓太子出手，卻沒想到，五姑娘的表現依然在他們的預料之外。

看她這拳腳功夫，倒像是由戰場下來的人親自教導的，再加上五姑娘力氣大得嚇人，他們家主子對上這一位，誰勝誰負還真不好說。

顧長安不知道這些侍衛對自己的評價那麼高，她只是難得這般盡興。自從到京城後，她基本上就沒跟人對戰過了。

沒想到太子殿下倒是好本事，她如何不來勁？

你來我往足有半個時辰，顧長安終於抓住機會，一拳擊中太子的腹部，而太子仗著腿長，一記鞭腿，實打實地踢中她的肩膀。

兩人同時倒地，顧長安只覺得整條胳膊都不像是自己的了，麻木過後的劇痛，讓她也忍不住倒抽一口氣。

她疼得要命，太子也是不住抽著氣，五臟六腑好像在瞬間移位了。

「殿下，您沒事吧？」顧長安揉了揉胳膊。骨頭並沒有受傷，外傷倒是挺嚴重，她估計這瘀青可能得個幾日才能好，偏偏紀琮不在，不然便能試一試泉水對瘀傷有沒有用處？

太子揉了揉肚子。他是真的疼，從小到大只在跟著師傅最開始習武的那段時日吃過這種苦頭，他敢肯定接下來至少十天、八天，他這一肚子的瘀青都不會散了。

「還行！妳呢？」

顧長安活動了一下胳膊。「有些疼，不過並未傷到骨頭，過幾日就能好。」

兩人都沒事，又打得盡興，便各自回去沐浴、上藥。這點傷，他們還真不放在心上。

顧長安上了藥後，直接去廚房。

沒法子，就算是受了傷，該幹的事情還得幹。

太子在莊子裡住了整整三天，臨走的前一天還非得讓顧長安給他準備不少吃食，說是要帶回去慢慢品嚐。顧長安無奈，只好照辦。

送走了太子，顧長安終於覺得呼吸的空氣又變得清新了。

林湛長出一口氣。「總算不用再被那小子纏著了！真是隨了他爹，心眼比篩子還多，偏偏還是個好問的。」所以每當他懶得回答，看太子誠懇的態度，又不得不替太子解惑，想想就憋氣。

金先生頗為贊同。「可不是？」他不是懼，就是嫌麻煩，若非收了這麼個小弟子，他甚至懶得見客。往常在府裡待著，這些亂七八糟的事情找不到他頭上來，所以已經許久不曾經歷這樣的事情了。

教導太子，勞心又勞力，他可不想再來一回！

顧長安眼底泛著笑意，相比起來她反而是最輕鬆的一個。一來她對階級、等級的概念不怎麼深刻，尤其太子還刻意放低身段與她相交，她也不像是大荊朝的女子那般將禮教刻在骨子上，相處久了經常會忘記那一位是高高在上的太子；二來也是她心大，左右太子跟在林湛和金先生身邊的時間更長，至於下廚原本就是每天都要做的事，還真沒讓她覺得厭煩。

當然，主要是因為太子這人真想要與人交好，沒有人抗拒得了他，與他相處時，便會不自覺放鬆，除了顧家人和紀琮之外，太子是唯一一個讓她覺得喜歡相處的人了。

這些都是真實想法，不過太子的身分擺在那兒，她成天提心弔膽也是真的。畢竟不安分的人太多，她很擔心萬一有人來刺殺太子，到時候被連累是小事，萬一太子在她跟前受傷，那才叫倒楣。

顧長安三人在莊子裡沒有久留，等種子開始發芽後，林六叔繼續留在莊子裡，她則是陪著自家師公和老師一同回京。

自家師公就罷了，獨身一人，到哪兒都成；可老師卻是不成，金夫人的身子骨不大好，哪怕住在顧家有人照顧，老師也放心不下。左右莊子裡一時半刻不會有事，乾脆回去看看，也好讓老師安心。

三人沒有趕路，中午還特意選在河邊停了下來，做了一頓簡單卻又美味的午餐。

做飯的是顧長安，林湛和金先生則負責釣魚。看著兩人拿著魚竿，悠哉地在不到她腿深的河裡裝模作樣地釣魚，顧長安的嘴角猛抽。

自家師公和老師不愧是至親好友，看他們的架勢就知道肯定是知己！裝腔作勢和假裝釣魚的姿勢一模一樣。

等悠悠哉哉地回到家，顧長安便乾脆俐落地拋棄了自家師公和老師，先去給金夫人問安後，回房歇下了。

這段時間費力勞心，她需要放空腦子，什麼都不想，好好地睡上一覺。

這一覺睡到第二天日上三竿，她才迷迷糊糊地醒了過來。

「還不起嗎？」顧二姊跟花兒前後進了門，一人端著一個小木盆，另一個則是端著小托盤。

顧長安伸了個懶腰。睡得太多，骨頭都僵硬了。

「這就起了。」她懶洋洋地將顧二姊準備的衣物穿好，又去漱洗一番，這才坐在桌前有一口、沒一口地吃著早餐。

「金先生跟金夫人回去了，臨走前金先生讓妳有空就去金家，他叮囑的功課也不能落下了。」顧二姊沒說她這吃相不好，只輕聲細語地將金先生的吩咐轉告給她。

顧長安點了點頭。金先生雖然對她非常好，但在功課上非常嚴格，叮囑下來的功課，她都得及時完成，不然他的戒尺可不是吃素的；而且每天都有新功課，基本上連一天歇息的時間都沒有。

非常有再次考大學的感覺！

等顧長安慢吞吞地吃完，花兒將東西收拾下去，只留姊妹兩人在屋裡說話。

「前兩日聽小叔說，他跟爹都留在京城的機會很大，不過小叔自個兒想外放，爹卻是不大同意，兩人為了這個還生氣了。」顧二姊輕嘆一口氣，有些無奈地道。

顧長安了然。「小叔是爹親手養大的，這些年也沒離開過爹身邊，爹自是不願意他外放。」

不過他爹肯定拗不過小叔，畢竟，當人父母的，怎麼可能強硬得過孩子？

顧長安摸摸鼻子。這話好像有點怪怪的！

顧二姊嘆了口氣。「若是小叔真外放，爹也就情緒低落一段時日，怕是娘要牽腸掛肚了。」

顧長安輕笑一聲。還真是那麼一回事。

兩人沈默了片刻，顧長安抬頭正好看到顧二姊眼底閃過一抹遲疑，眉頭微皺。「二姊可是有煩心之事？」

顧二姊想了想，不像尋常姑娘那般害羞，坦言道：「前幾日有人來說親，不只是大哥，還有我。有一家似乎是紀家那位繼夫人娘家的親戚，說得天花亂墜，娘回絕了他們還不樂意，話裡、話外都帶著嘲諷，暗示我們家之所以能有今天，全仗著繼夫人的心善。臨走前還跟娘撂狠話，說是要去請紀家繼夫人出面，到時候沒了紀家的照拂，她等著看我們顧家的下場。」

想起那幾個人的嘴臉，顧二姊眼底閃過一抹厲色。

顧長安譏誚地勾了勾唇角。「他們若是再敢上門，我便去紀家拜訪紀侯爺。」旁的不說，在紀侯爺跟前上上眼藥，她是在行的。

顧二姊淺淺一笑。「就算不去紀家，他們也不敢再上門來了。」

顧長安眉頭皺得死緊。「大哥就罷了，他如今還在求學，不急著娶妻；二姊妳今年就要及笄，親事一直不說定怕是不成。」

顧二姊對此倒是不甚在意。「無妨，娘會幫忙相看的。」

顧長安被噎了一下。她家二姊這心態，就連她也是不得不佩服。

「我去找娘說說話。」顧長安有些坐不住了。二姊的親事要仔細相看，還得在今年就給定下來，所以趕早不趕晚，現在就仔細準備，才能有更多挑選的時間和空間。

顧二姊如何猜不到她的想法，只不過也沒攔著的意思，由著她去找鄒氏。

鄒氏在房中做繡活，顧長安的腳步頓了一下，等鄒氏抬頭看她，這才放慢腳步走到她身邊坐下。

「娘，這是在繡什麼？」

鄒氏聽了眼皮子都沒抬。「給妳師娘做個抹額。這原本該是妳當弟子親手做的，不過妳那一手繡活，還是莫要拿出去嚇唬人了。」

顧長安厚著臉皮當作沒聽出她話中的嘲諷，笑嘻嘻地誇獎鄒氏。「娘的手藝好，師娘肯定喜歡。」

鄒氏終於忍不住抬頭瞪了她一眼。「這沒皮沒臉的樣子，倒是隨了妳爹。」

顧長安嘻嘻一笑，只求把做繡活這事糊弄過去，被訓上幾句又有什麼關係。

鄒氏對她的繡活早就絕望，不過順嘴兒刺上一句罷了，見她笑嘻嘻的，到底還是心疼她離開自己身邊好些時日，問道：「可還累？今兒老陶說中午熬了妳喜歡的酸蘿蔔老鴨湯，還做了荷葉糯米雞和粉蒸肉，都是妳愛吃的。中午要多吃一些，好好補一補。」

見她乖巧地應下後，鄒氏臉上的笑容多了幾分。「來找我是想要說妳二姊的親事？」

「什麼事情都瞞不過娘。」顧長安先拍了一記馬屁，這才點頭承認。「聽二姊說，那個賊婆娘的娘家來人了？」賊婆娘這稱號，是鄒氏私下給紀家那位繼夫人起的。

一說起此事，鄒氏的臉色頓時難看起來。

鄒氏習慣了凡事問一問顧長安的看法，哪怕是兒女的親事也不例外。何況還跟紀琮有那麼點關係，她自是不會隱瞞。當下將那幾個人來顧家的表現，以及說的話，仔仔細細地都說給顧長安聽，一說起來人的態度和撂下的狠話，饒是過了好些時日，鄒氏還是氣得要命。

顧長安先安慰了她幾句。「只看她這些年如何對待小琮的，便可看出那家人的品性如何，為了那種人動氣，何必呢？娘，二姊的事情您心裡可有數了？」

鄒氏果然被轉移注意力，眉頭輕蹙。「先前我託妳師娘幫忙琢磨琢磨，不過妳師娘身子骨兒差，我不敢太勞累她。要說有什麼想法，如今是真沒有，我也是發愁呢！」

顧長安想了想，道：「都說高嫁低娶，按說是要給二姊說一門門戶高一些的人家。」

「那可不成！」鄒氏立刻拒絕。「咱們家就是這麼一個情況，若是妳二姊高嫁，怕是日後不好過。」

還不知道自家男人和小叔能走到什麼地步，鄒氏想著保險起見，找一個門當戶對的就成；若是高嫁了，萬一在婆家吃了虧，他們家就算是想要給自家二丫頭討一個公道都難。

顧長安其實也是這想法，尤其是現在來求娶的，怕都是大家族裡不起眼、不得寵的。與其嫁給這樣的人日後讓二姊處處受制，還不如選一個門當戶對、前程遠大一些的更好。

真要論起來，她二姊還是很適合鐘鼎高門，以她的手段和心計，哪怕是一家主母也是擔得起。

不過她只是這麼一想，那些人家關係太複雜，現在有他們師公的情分在，那些人家會高看他們一眼，可等以後師公不在了呢？當然，她相信自家親爹和小叔，還有她的兄弟們日後的前程不會差，可萬一還是比不上對方的權勢呢？日後即使自家二姊哪怕坐穩了當家主母的位置，那些姨娘、小妾的卻是不可能少，到了那個時候，自家二姊的日子就得過得烏煙瘴氣了。

說起來，男人娶妻後還能有妾室、通房，這事一直讓她窩火。雖說在她那個年代，男人偷腥的也不少，這算得上是男人的劣根性了，可至少發現男人有這方面的舉措，取得證據後可以光明正大地離婚。

在現在這個時代離婚可不是好事，尤其是大戶人家，想要和離那更是難上加難，所以就算男人有了妾室，絕大部分妻子都是選擇忍受，甚至為了彰顯正室的大度和體貼，還有主動給男人納妾的。光是想到自家二姊有可能遇上這種事情，她心裡就憋得慌。

「娘，別的先不說，給二姊選夫婿，首先品性要好，除了這個之外，只剩下一個要求。」顧長安鄭重地道：「娶了二姊，就不能生出旁的心思，這齊人之福，是不用想了，我可不想二姊嫁人後，還得跟其他女人爭寵。」

所以，顧家的姑娘要選不納妾、一心一意過日子的人。

鄒氏聞言嘆了口氣。「妳說這京城裡的女人心裡都是怎麼想的？明明是明媒正娶的元配夫妻，竟能容忍別的女人跟著自己的男人！這就罷了，還有主動給自個兒男人納妾的，這不是傻嗎？」

顧長安露出一抹嘲諷之色。「這些女人為了一個好名聲，自個兒願意這樣做的。比起這些人，那種恨不得自個兒男人的妾室、通房和庶子、庶女都死絕，還要插手自個兒兒子房裡的事情，給兒子納妾、送女子的，才更加可恨。」

男人就更不用說了，妻不如妾，妾不如偷，正兒八經的主子不睡，非得去睡奴才秧子，也是賤！

鄒氏越發煩心。「往後若是有人送女子給妳爹和小叔，可如何是好？」

顧長安對這個倒是完全不擔心。「娘，這個您放心便是，爹自有辦法應對。」對她爹來說，面子這種東西可要、可不要。不就是一個懼內的名頭嗎？他早就打算好，要尋個好時機給自己按上了，只有懼內，有些事情才能推得一乾二淨。

言歸正傳，鄒氏最近為了自家二丫頭的親事是操碎了心。「那依妳的心思，妳覺得給妳二姊說個什麼樣的人家更合適？」

顧長安想了想，道：「爹和小叔的同科，或是有才華、家中人口簡單、長輩溫和的讀書人。」

她更偏向後者。這樣的人家沒那麼多勾心鬥角，等人有出息了，自家親爹和小叔想必已經做出點功績，再等大哥他們也入了仕途，二姊的靠山便更加穩固。

鄒氏琢磨了一會兒，道：「要是放在以前，我更願意給妳二姊選一戶殷實的莊戶人家。妳二姊跟妳性子不同，脾氣軟和了點，連跟人吵架都不會，我總是擔心她吃虧。」

顧長安嘴角抽了抽。自家娘親大人到底對二姊有什麼誤解？是，她二姊看著是性子軟和，成天溫婉地笑，說話從來都是輕聲細語；可是，她娘怎麼能對二姊一邊帶著微笑，一邊拎著木棍抽得他們兄妹抱頭鼠竄的場面視而不見？雖說當娘的眼裡，自己的孩子個個都是最好的，但娘親明明就對他們幾個看得真切、嫌棄得要命，偏偏看二姊的時候，就像是戴著厚厚的濾鏡一樣。

脾氣軟和？她都快不認識軟和這兩個字了。

「娘，這不是時候不同了嗎？若是真給二姊挑一門莊戶人家，到時候心疼的就是您了。」

鄒氏嘆了口氣。「現在跟以前不同，哪裡真能讓妳二姊嫁到莊戶人家？我們家倒是不挑，只不過……」

顧長安在心中默默地補齊娘沒說完的話：他們家不挑，怕就怕看中的莊戶人家不敢娶，想娶的又有別樣的心思。

鄒氏又繡了幾針，忽然問道：「小五，妳可還記得正月的時候，妳大哥他們幾個同窗來咱們家裡遊玩之事？」

顧長安微微一怔。「記得，來的是柏舟書院的同窗，都是愛吃咱們家吃食的，還跟爹和小叔請教了不少問題，都是知禮的人。」等說完這話，這才反應過來。「娘這是看中了哪個少年郎不成？」

鄒氏又低頭飛針走線。「當時就覺得姓邵的少年郎，還有那個宋、宋什麼來著？」

顧長安想了想，道：「娘是說邵幟，還有宋簡？」

鄒氏連忙點頭。「就是他們兩個。我瞧著這兩個少年郎都不錯，邵幟正值長高期，看著是瘦了點，不過長相不差，一言一行都很是真誠，瞧著家教就不錯。那宋簡雖說樣貌不如邵幟，不過那張圓臉看著就有福氣，能被妳大哥他們邀請來家裡，想必品性也是過關的；若是在課業有上進心，說不定還真是門不錯的親事。」

顧長安對那兩人還有些印象，自是對鄒氏的說法有些不同的看法。「那邵幟跟三哥的性子有些相似，三哥對他的評價倒是不差；至於宋簡，我聽小琮提過一句，說是當成尋常朋友倒也合適。」

鄒氏眉頭一皺。只能當成尋常朋友交往，這就說明了很多問題。鄒氏本就不是大字不識一個的無知婦人，何況到了京城後，又有金夫人盡心教導，明白的事情自然更多了。只聽顧長安這般說起，她就猜到了一些內情。

「既然小琮都這麼說，那就算了。」鄒氏從善如流地改變了主意，對自家孩子們的眼光向來都很信任，既然小琮說不成，那就是真不成！

顧長安點點頭。「二姊的親事也不急在這一時半刻，可以慢慢相看。」

鄒氏對這說法卻是不贊同。「已經四月了，妳二姊六月就及笄，趕在年底之前就要先定下她的親事，不然翻年十六再說親，外面怕是要說得難聽了。」

或許是知道顧長安會反駁，鄒氏嘆了口氣，道：「妳跟妳二姊不同，妳二姊性子太軟和，年紀大了再說親，怕是到婆家吃苦；換成妳的話，我倒是不著急，妳跟小琮一樣大，等十六、十七再成親都說得過去。」

顧長安嘴角抽了抽。雖說她不打算跟紀琮之外的人談感情，可是自家娘親這說法有些戳她心了，聽起來似乎是她拖累了紀琮一樣。

母女兩人最終也沒討論出個結果，不過到底決定了相看人家大概的條件，至少鄒氏不像之前那般猶豫該如何選擇了。而顧長安則是將邵幟這人記了下來，打算回頭跟自家大哥他們商量，看看對方是不是真如他表現得那樣出色？

不過也不能就把注意力放在邵幟身上，她回頭再問問大哥他們，看看書院裡是不是還有更加出色的對象，到時候可以請到家裡來，還能乘機看一看。

自家二姊的親事，總得多斟酌相看才行。

第三十二章　登門紀家

中午的時候，顧長安終於體會到吃撐的滋味，那鍋酸蘿蔔老鴨湯幾乎都是她一個人喝的，滿滿當當的一桌子菜，有七、八成都進了她的肚子，饒是鄒氏和顧二姊知道她的食量大，也被她這一回的戰鬥力給震懾了。

「這是幾天沒吃飽了？」鄒氏有些心疼。

顧長安木著臉沒說話。她哪裡是幾天沒吃飽，分明是自家娘親大人太熱情，一鍋湯直接放在她面前，還跟二姊輪流不停地往她碗裡挾菜，她推脫不了，只能努力吃吃吃。這一桌菜幾乎都是她一個人吃的，能不撐嗎？

「往後少獨自出門，不然連吃喝都沒人照顧，瞧這臉都瘦了一圈。」鄒氏忍不住絮絮叨叨。

顧二姊冷眼掃了顧長安一眼，忍了忍，到底忍住了沒反駁。

他們家小五的臉雖然沒有圓一圈，可也絕對沒有瘦一圈，而且她分明就是在長個子，身量長高，臉卻沒瘦下去，算起來根本是胖了才是。最關鍵的是，當初家裡窮時，小五就有吃糙米飯加野菜都要填飽肚子的習慣，又怎會餓到自己？

在家裡休息了兩天後，顧長安帶著一大食盒吃食去了柏舟書院。

等聽到顧長安的問題，顧三哥差點被半個牛肉丸子給噎死。

顧長安翻了個白眼，在他背上拍了兩下。這回輪到顧三哥翻白眼了，他沒被這牛肉丸子給噎死，卻是差點被自家妹妹給拍死。

「妳剛才是在問邵幟？」顧三哥好不容易順過氣來，這才抬頭不可思議地看著顧長安。怎麼會忽然問起邵幟？等等！娘最近最為掛心二姊的親事，邵幟那小子長得人模人樣，也沒有訂過親事，莫非娘和小五看中了邵幟？

雖說一想到自家二姊要被人搶走心裡有些不舒服，不過顧三哥不屑說假話，想了想，道：「本性不錯，有上進心，先生也時常會誇獎幾句，一直留他在書院，是因為先生想要壓一壓他的性子。」就跟壓著他的原因一樣，城府太深，心思太多，偏偏朝中老狐狸也多；而他們多少有些自恃聰明過人，這樣的性子不壓一壓，難保不會吃虧。

停頓了一下，他到底沒忍住問了一句。「娘是看中他嗎？」

顧長安輕笑一聲。「目前來說，算是較為看重的人選之一，不過嫁人是大事，如今我們家有條件，那就要仔細挑選。」

顧三哥沒有多想，不過對這說法倒是很贊同。「書院裡倒是有一些出色的學子，不過大多家世有些麻煩，真要比家中清靜，還真是比不過邵幟。」只是就這麼輕易地將自家二姊嫁給邵幟，他心有不甘啊！

此時他完全沒想過，他捨不得自家二姊，看不上邵幟，可邵幟也不是非顧二姊不娶不是？

顧長安連忙道：「娘說了，除了本性要是個好的之外，家世也得看一看。不求有多富貴，至少得是個不錯的人家，要是像小琮家那樣的，還不如不嫁呢！」

顧三哥深以為然。「二姊那性子看著吃虧。」

顧長安暗自吐槽。只是看著吃虧，實際上到底吃虧的是哪個還不知道呢！

不管情願不情願，這事顧三哥還真得放在心上。「這事交給我們吧，妳就別操心了。金夫人那頭怕也會幫忙相看，到時候再一起看看。」

說完了正事，顧小六湊過來問起她去莊子的事情。

「小琮哥昨天晚上請假回去了，似乎是紀家有什麼事情。」顧小六跟顧長安嘀咕著告狀。「說是紀老夫人身子抱恙，不過我聽小琮哥身邊的人說，好像是因為那位繼夫人娘家的事情，還跟我們家裡有些關係。」

顧長安的眼神微沈。跟他們家有關係的，新近除了他們家親爹和小叔的事情之外，就只有大哥和二姊的親事。賈家最近跟他們家有牽扯的，只有二姊的親事。

小賈氏這是打算讓紀琮來為他們籌謀了？

顧小六帶著嬰兒肥的小胖臉上多了幾分嘲諷之色。「小琮哥也是倒楣，怕是回了紀家就得被他們輪番搓揉，但凡能有一人護著他，也不至於讓他處處受制。」

顧長安隨手往他嘴裡塞了一個丸子。「這件事不用你們操心，我會解決的。」

聽她如此說，顧小六不再多言，再者他們兄弟都在書院，這段時間也不方便請假。最重要的是，紀家的事情他們就算有心想要管，也不能輕易伸手。不過自家五姊若是想要管，他倒是相信五姊有的是辦法，而且那是小琮哥的事情，五姊去管也是應當的。

顧長安並未逗留，將剩下的吃食都放在顧大哥住的院子裡，便回了顧家。考慮一番後，讓人跑了一趟紀家，將自己的拜帖遞給紀琮。

如今他們年紀還小，她一個小姑娘上門拜訪自己的好友，別人也挑不出錯處來。

「妳去了紀家，記得去給紀老夫人問個安。」鄒氏忍不住皺眉，不過該提點的還是得提點。「那總歸是小琮的長輩，何況紀家也只有這麼一個老夫人；至於那個賊婆娘，去不去倒是無妨，左右不是親娘，還不是元配。」

顧長安輕笑。「娘，您就放心吧，我知道該如何做。紀家老夫人那兒我會去的，不過人家也不一定會見我。」

鄒氏道：「見不見是他們的事情，妳作為晚輩，該去問個安。」

顧長安點頭應了下來，去收拾東西，打算去紀家的時候帶上。她一個小姑娘，去拜訪紀琮，自然不用帶著貴重之物上趕著去送給紀家的長輩；倒是紀老夫人若是見她，只要想在場面上過得去，還得給她一份見面禮才是，所以，她帶的東西都是給紀琮的。

次日，顧長安便帶著東西上了馬車，直奔紀家。

顧長安是第一次見到紀家老夫人。

紀老夫人面容清瘦，顴骨略高，深刻的法令紋和緊抿的唇角顯得有些刻薄；雙眼有些渾濁，可在打量人的時候，帶著幾分高高在上的意味，看著有些磣人。

「妳就是顧家的小丫頭？」紀老夫人冷淡地開口，刻意營造出幾分威嚴。

若顧長安只是從鄉下來的十一歲小姑娘，怕真是要被她嚇住了，只可惜，她不是。哪怕紀老夫人這般刻意為之，她也只是淡然以對。「小輩顧長安，來自平安鎮，給紀老夫人問安。」

雖是問安，卻始終不卑不亢，面色沈穩。紀老夫人營造出來的氣氛，對她全無用處。

紀老夫人的嘴唇緊抿，顯然對她的反應有些不滿。不過顧長安猜測，她的不滿怕是因為自己只是客客氣氣地行了一個晚輩禮，而不是她設想中那樣被嚇了一大跳後直接跪下磕頭。

事實上，紀老夫人還真的是因為顧長安這過於風輕雲淡的禮節不高興。在她看來，顧長安這個鄉下來的丫頭片子，就該給她磕頭請安才是，不過到底還是自持身分，就算心裡想著，面上也是不顯半分。

坐在下首的婦人眼珠子一轉，忽然掩嘴輕笑。「說起來平安鎮祖宅那兒往年也有不少人來府裡給咱們老夫人問安，可都是行大禮，我還以為平安鎮出來的人，見了長輩都是那般行事呢！原來不是，倒是我孤陋寡聞了。」

紀家有兩位夫人，這年輕的自然是小賈氏了。她的長相跟紀老夫人有三分相似，不過沒紀老夫人那種刻薄相貌，若單看五官，怕是不如紀老夫人年輕時候，然而，她長了一雙漂亮的眼睛，眼波一轉，整張臉都變美了幾分。

只可惜，人美心卻是醜陋！

顧長安面色冷淡。「夫人說得是。紀家之人來給老夫人問安行大禮本是應當，想必並非是平安鎮才有的禮節；夫人若是不瞭解，不如去問問家中長輩，或許會知道這規矩。」

小賈氏眼底閃過一抹陰沈，面上卻是不顯，反倒是笑盈盈地道：「小琮常誇顧家姑娘聰慧過人，果然聞名不如見面，的確是個聰慧的。」饒是如此，心中惱恨不已。這賤丫頭，分明就是在說她孤陋寡聞！

顧長安眼皮都懶得抬一下。這小賈氏的腦子大概全都用在對付紀琮，以及跟紀侯爺爭搶家產上了，說話不過腦子，蠢得要命。從紀家祖宅來的人基本上都是紀家人，甚至是紀家的下人，見了紀老夫人，自然要行大禮；她不過是個外姓小輩，上門來也不是特意來拜訪紀老夫人，來給她問安就算是全了禮節。小賈氏想要打壓她情有可原，但但凡有點腦子的，卻不會在禮節上來找碴、打壓她！

怪不得枕邊靈吹到現在不但沒能拿捏住紀侯爺，反倒把原本和她一樣蠢的紀侯爺給吹醒了。

紀老夫人雖然心中也是不悅，可顧長安這言下之意倒也沒錯。她只是別人家的小輩，過府玩耍來給長輩問個安罷了，若是真跟小賈氏這般計較，反倒是他們紀家失禮了。

「聽說小琮在平安鎮時多虧有你們家照顧，老身心存感激。原本想著你們入京後，兩家可多走動走動，也算是多一門親戚，沒想到直到今日才真正碰面，可叫老身盼望。往後若是無事，便多來紀家走動，也好陪老身說說話。」紀老夫人臉色稍緩，不過依舊是那副冷硬的模樣。

說出的話乍聽好話連篇，可顧長安如何聽不出這話裡的嘲諷、責備之意？說什麼想著要兩家當成親戚走動，卻沒想到今日才上門，這分明就是在說他們顧家人不講究，到了京城居然不先來紀家拜訪。

顧長安面無表情地想著，為何要來紀家拜訪？就這麼一窩上不得檯面的東西，也配讓他們上趕著來認親？有那時間，寧可在家裡把花園改成菜園！

「小琮有老夫人這等愛惜他的祖母，真是大幸！」顧長安再抬頭時面上帶笑，滿是真誠地誇讚。

紀老夫人的臉皮抽搐了幾下，這樣的稱讚讓她有些心虛，接不下話；當然，她也不想接話。那賤人生的賤種，在她眼裡沒有半點分量，偏偏那老東西疼惜得要命，竟是直接越過她和侯爺，將大半家產都給了那賤種；而且還去求了今上，讓她束手無策，沒法趁著那賤種年紀小直接給弄死了！

好在那賤種如今羽翼未豐，等侯爺將家產慢慢地弄到手後，再送那小賤種去陪那賤人和老東西！

「小琮該到了，你們小孩子家有話說，我們這些老傢伙就不拘著你們了。」紀老夫人對顧長安嫌棄萬分，也不將她放在眼裡，便打發她走人。「往後有空就多來紀家坐坐。」不管如何，好歹是林大儒的徒孫，該有的客套不能忘了。

其實紀老夫人不是不知道要將場面做得好看一些，實在是顧長安不合她眼緣；而且在她看來，顧家如今還沒出頭呢，不值當她處處做得周全。

顧長安聞言比她更高興。當她樂意坐在這兒看這對婆媳不成，多刺眼睛！

匆匆忙忙趕來的紀琮拉著顧長安回住處，一路上繃緊臉，等進了屋子屏退了下人，才著急問道：「她們可為難妳了？」

顧長安握了握他的手，輕聲安慰。「她們哪有那本事為難我？」

就那對婆媳，真要對上了，不被她氣死算是命好了。

紀琮卻還是拉著她的手，仔仔細細地檢查一番，見她的確處處安好，這才鬆了口氣。

「你呢？」顧長安拉著他在自己身邊坐下，輕聲問道。

紀琮在顧長安跟前永遠不會露出真正的殘暴本性，聞言微微拉長了臉，語氣中帶著些許告狀的意味。「我不太好。那群貪得無厭之人，居然妄想娶二姊！伯娘不肯，那對婆媳竟是想讓我出面來促成這門親事。」

「怎麼不防著點？不在書院好好待著，蠢得被騙回來！」

紀琮更加委屈。「他們用老夫人抱恙的名頭把我叫回來，而且還是當著先生和不少同窗的面說的，我若是不回來，那便是不孝。」

顧長安嘆了口氣。對方用孝道來壓人，若是只有自己人還可以應對，可偏偏遇上先生在場，紀琮不從也得從了。此事也是麻煩，大荊朝重孝道，長輩用孝道壓著，小輩很多時候哪怕不情願也只能順從；尤其是紀琮目前這境況，暫時怕是不容易擺脫。

紀琮反過來安慰她。「無妨，左右就是稍微吃點虧罷了，又能如何？他們越是用孝道拿捏我，日後拉攏人心就越是容易。」

思及賈家，紀琮眼底閃過一抹陰狠之色，卻又很快消散。「賈家的事情成不了，妳讓二姊和伯娘安心便是。

「自從我拜在老師門下後，紀侯爺便看重我一些，雖說只是相較從前，不過多少有那麼點意思。若是她們算計我時先讓紀侯爺知曉，或是乾脆問他討個主意，哪怕只是裝模作樣也好；偏偏那對婆媳刻意瞞著紀侯爺，以紀侯爺如今的脾氣，如何肯忍？就算原本跟她們的想法一樣，事到如今也絕不會再允許；所以，哪怕我什麼都不說，只因為紀老夫人的原因被帶回紀家，紀侯爺就絕不會允許我被她們兩個使喚。」

顧長安低笑一聲，眼底卻是沒有半點笑意。「就是，紀侯爺哪能眼睜睜讓你被那對婆媳拿捏住呢！堂堂男子漢，不得當家做主嗎？」

紀琮咧嘴，眼底的笑意都快滿出來了。「長安說得都對！」

當家做主，可是紀侯爺想了這麼多年的事情，尤其是紀侯爺還一直想要拉攏林湛，又怎肯讓林湛的徒孫嫁給賈家人？

「那你索性在紀家多住兩天，老夫人年紀大了，身子骨兒不舒服就該多多靜養幾日，你作為嫡長孫，是該好生陪伴老夫人才是。」顧長安笑咪咪地提醒。

紀琮自然一口應承下來。「老夫人身子抱恙，我自然要多多侍奉在跟前才是。書院那頭已經請了半月的假期，先生也應允了，接下來我便留在紀家，等老夫人身子好了，再回書院也不遲。」

兩人相視一笑，眼底皆有得意之色。

不是愛裝病來拿捏人嗎？那就乾脆裝到底，看誰撐得到最後！

說完了這些糟心事，兩人湊在一起嘀嘀咕咕地說起悄悄話。院子裡伺候的人自然有紀老夫人和小賈氏的眼線，不過他們想要靠近也不容易，紀琮身邊的小廝很得用，而且很是忠心，但凡有人靠近都會被他攔下，實在是攔不住的；就拔高了嗓門問話，也能給紀琮提個醒。雖說他們兩個沒說什麼見不得人的秘密，不過小廝會做事也是好事。

「這回給你帶了一點吃的，就放在小廚房裡自己做著吃吧！若是那邊問起來，你就說老夫人身子抱恙，你為人長孫的心裡難受，除了侍奉在跟前之外，也不知道做些什麼才好；在你的小廚房裡隨便準備點吃的，也好讓廚房那頭能騰出更多的時間琢磨老夫人的吃食，好讓老夫人吃得順口一些。」

紀琮笑著應了，他原本也是打算這麼做。如果一回來就直接用小廚房，反倒會讓那對婆媳盯上，正好長安給他送來吃食，倒是給了他一個好藉口。

顧長安想了想，到底沒瞞著她家娘親看中邵皘之事。

紀琮愣了愣，點點頭道：「邵皘的確要比宋簡出色多了。邵皘這人可交，宋簡只能是普通的同窗，就是史清一，打從正月後也開始慢慢有些疏遠他了。」想了想，有些不情不願地補充了一句。「不過二姊現在年紀不大，晚些說親也無妨。京城跟梨花村那邊不大一樣，十七、八歲成親的姑娘也不少，不如慢慢相看，比邵皘好的人可不少。」

他非得出主意。「我瞧著那位探花郎就不錯！算起來他也是咱們的師兄，師娘又特別喜歡二姊，往後師兄斷不會欺負二姊。」

比起邵皘那毛頭小子可是好多了！

他純粹是不想讓邵皘得意，說者無心、聽者有意，顧長安聞言卻是心中一動。

顧長安也是豁然開朗。先前是她們母女一葉障目了，他們師兄的確是更好的人選！雖說師兄家的糟心事有那麼點，可現在師兄已經分家出來獨自過活，他姨娘早逝，父親又是個無情的，他對家裡半點不留戀。相對地，他對金先生和金夫人則是極為敬重，毫不誇張地說，是將他們當成自己的親生父母一般看待；金先生夫婦都是通情達理之人，而且到底不是親生父母，在很多方面多少還是要顧忌一些。

上無公婆需要伺候，又沒有其他兄弟姊妹需要應對，一嫁過去就能當家做主，還有比這合適的人選嗎？

「倒是我想岔了，師兄確實是個好人選，雖說比二姊大了幾歲，不過年紀大一些更好，會疼人。回頭我就去找老師和師娘，讓師娘幫忙探探口風，你覺得如何？」顧長安覺得這事還真有可能成。

等了半天沒聽紀琮回答，顧長安這才回過神來，有些疑惑地看著紀琮帶著委屈的臉。「這是怎麼了？」

紀琮聞言越發委屈。「長安，妳喜歡比自己年紀大一些的人嗎？其實就算年紀不比妳大，也能照顧好妳的。」

若是長安有別的喜好，他倒是可以努力，可是年紀這東西，就算他努力也沒法子改變不是？

顧長安愣了愣，這才反應過來，笑咪咪地捏了捏他的臉頰。「二姊嬌嬌弱弱的，需要人照顧，選一個年紀大一些的自然更好，你覺得我也是嬌嬌弱弱的嗎？」

紀琮頓時眼睛一亮。「當、當然不是！」心裡美得直冒泡，忍不住拉著顧長安的手撒嬌。「長安，妳真好！」

顧長安淺淺一笑，兩人對視半晌，臉上的笑容都是喜孜孜的。

等冷靜下來，紀琮忍了忍，沒忍住。「二姊也不是嬌嬌弱弱的。」

顧長安似笑非笑地斜睨了他一眼。「這話不如改天你去說給二姊聽？」

紀琮頓時垮下臉來，可憐兮兮地看著顧長安。他就是順嘴兒一說，哪來的膽子去跟二姊說這些話？

好在顧長安只是逗著他玩，笑著轉移了話題。紀琮大大鬆了口氣，忙不迭地跟著說起其他事情，不敢再議論顧二姊。

中午的時候，顧長安留在紀琮這裡用午膳，大廚房那邊送了兩道肉菜過來，說是紀老夫人賞的。顧長安笑了笑，將這兩道肉菜給了紀琮身邊的小廝。這是特意賞下來的，菜裡自然不會有問題，她只是單純不想接受紀老夫人「賞賜」的吃食罷了。

「平時她們可會管你的吃食？」顧長安忽然問道。

紀琮嚥下嘴裡的辣子雞丁，嘴唇被辣得紅通通的。「大部分的時候不會，只有偶爾想要拿捏我，或是想要在紀侯爺跟前擺出心疼我的架勢時，才會讓人多添一、兩樣吃食過來。」

紀家的人向來都是捧高踩低，大廚房裡的那些人廚藝精湛不假，可他對他們來說卻沒有半點用處，最好的自然是捧著紀老夫人三個人，其次便是小賈氏所出的孩子們；至於他，雖然不至於到給個冷饅頭打發的地步，可是大廚房的美味他的確沒嚐過幾回也是事實。

「大廚房準備的吃食，可都乾淨？」顧長安微微壓低了嗓門，輕聲問道。

紀琮冷笑一聲。「偶爾還是會加點東西。」

顧長安點點頭，心裡有數了。看來那對婆媳這些年小動作沒少做，怕是想給紀琮幾口慢性毒藥，吃的次數更是不少。

她沒提醒紀琮要注意一些，紀琮在看清紀家人後能安然活到現在，而且還慢慢將原本屬於他的東西拿到手，足以證明他的手段。

飯後兩人在院子裡散了一會兒步，便去書房各自挑選一本書，坐在窗下安安靜靜地翻看。顧長安偶爾抬頭，驚訝地發現紀琮看的竟是關於行兵布陣的書。

「怎麼忽然看這些了？」紀琮在書院進學，如今又有金先生時不時地鞭策，怎麼會忽然看起這些書？

紀琮放下書本，眉頭微皺，難得有些茫然。「老師交付的課業都做完了，難得有休憩時就看上一會兒，不知為何，總覺得看這些遲早用得上。」

顧長安跟著皺起眉頭。「今上不可能讓你掌兵權。」不過轉念一想就覺得無礙。「看就看吧，就當成是消磨光陰吧，不過平時還是得將老師交付的課業先完成了。」

紀琮笑著應下，他原本就是這麼做的。

這不過是個小插曲罷了，卻不知，紀琮的直覺讓他在不久的將來會為這時候的舉動慶幸不已。

顧長安沒待在紀家太久，又陪紀琮用了一些點心、喝了一杯清茶，便帶著紀琮準備的半車東西回去鶴鳴街。她不打算再去紀老夫人那兒，所幸紀老夫人也不想看到她，只讓身邊的丫鬟帶了一個小匣子過來，說是送給她的見面禮。顧長安自是一副高興的模樣接下了，讓丫鬟替她向紀老夫人致謝後，便乾脆地上馬車離去。

趕巧，她到家之際金夫人正好來訪。

等說明情況，再將匣子打開的時候，金夫人只掃了一眼，便不悅地冷哼一聲。「果然是上不得檯面的東西！」

顧長安母女也看了一眼，顧長安早有心裡準備，可鄒氏和顧二姊卻是忍不住面色一變。

紀老夫人做事真是有些難看了。

匣子裡有一根五、六成新的梅花簪子，和用紅色寶石做的花瓣，花瓣只有兩、三朵，價值也不高，除此之外還有一塊尺頭，兩錠小元寶，一對金丁香。

也真難為紀老夫人拿得出手，真以為因為她從鄉下來，他們眼裡的破爛就能成為她眼中的貴重之物不成？

顧長安見金夫人氣得不輕，連忙安撫道：「師娘，您莫要為了這種上不得檯面的人動氣，本就沒指望能從她手裡得什麼好，再說了，我也沒吃虧呢！」說著還對金夫人眨眨眼。「我帶去的都是些吃食，入不了紀老夫人和繼夫人的眼，所以沒送過去讓她們瞧著煩心。」

金夫人瞪了她一眼，不過神色倒是緩和下來。「往後該走的禮節還是得走，哪怕人家再上不得檯面，咱們自個兒可不能先失禮。」

雖然有些不情願，不過顧長安知道金夫人這是在教她待人處世之道，所以也就乖乖聽了。

金夫人見她受教，這才滿意地點了點頭，道：「紀家那對婆媳再不好，到底是長輩，妳是新來乍到，又是去見紀家小子，小輩之間走動，禮數不周全也不是大事；不過就這麼一回，下回再登門，卻是要記得將事情做得周全一些，莫要落下話柄。」

顧長安連忙應下。這事的確是她想得不周全，也是因為她對紀家婆媳實在太過厭煩，所以有些想偏了。就是在她那個年代，上門也得帶些萬金油的禮，尋常朋友之間的走動，也得拎點水果去不是？

下回就帶點東西去吧，左右不過是些果子之類的禮品，人家不放在眼裡是他們的事情，她只需要將場面做周全了就好。

金夫人沒在這事上多糾結。她也是從小姑娘家家過來的，如何不知道小姑娘的心思？不過就是看紀家那家人都不是什麼好東西，所以為紀家小子抱不平罷了；再者，小五本就是個聰慧又懂事的孩子，難得任性一次也無妨。

正好剛和紀琮商量過顧二姊的事情，此時看到金夫人，她便立刻想了起來，只是二姊也在場，這事真不好提。按理說，作為沒說親的姑娘以及妹妹的身分，她都不該提，只是鄒氏習慣凡事找她商量，她又不想自家二姊的親事說得太隨便，這才費心費力惦記著。

她不是那種扭捏的人，只是當著未出嫁姑娘的面，說起哪個男子如何合適卻是不妥當。先前顧二姊說起小賈氏的娘家來說親時毫無負擔，那是因為她壓根兒就不會看上那種人；可她師兄卻是個極為出色的青年，當面說起這事，若她二姊原本沒那心思卻被說動了，她師兄那頭卻出了岔子，到時候她豈不是害了二姊？

「二姊，我有些餓了，想吃妳做的酒釀丸子。」顧長安對著顧二姊撒嬌。

哪怕看出她是故意想要支開自己，顧二姊也只是柔柔一笑，起身問道：「昨兒正好買了一罐糖桂花，可要吃糖桂花餡的？」

顧長安想了想，道：「少少幾個就成了，還要幾個紅豆餡的。」

顧二姊笑著應下，又問了金夫人和鄒氏。金夫人本不想吃，因快到晚膳的時候了；不過顧二姊說只是小半碗，就當嚐嚐味道，她便應下了，要了兩個不加餡的。鄒氏則是要了紅豆餡的。

顧二姊一一記下，等她走遠了後，顧長安才笑嘻嘻地湊到金夫人跟前。「師娘，我有事想要跟您商量。」

她跟金夫人其實並不如鄒氏和顧二姊那般親近，不過到底是自己的師娘，往後要給她養老送終，所以該撒嬌的時候就撒嬌，該耍賴的時候就耍賴，做起小女兒姿態來，顧長安從來沒有任何壓力。

金夫人瞪了她一眼，看著嚴厲，可眼底卻是帶著幾分寵溺。「是為了妳二姊的親事？」好歹是叫自己一聲師娘的乖孩子，金夫人實際上遠比顧長安認為的更喜愛她。

顧長安這時候完全不吝嗇多拍一拍馬屁。「外面的人都誇師娘，沒什麼事情能逃得過您的眼呢！我可得跟在您身邊多學一學，只要能學個一、兩成，夠我一輩子受用了。」

這馬屁拍得有點大，卻是讓金夫人忍俊不禁，不輕不重地拍了她一下，笑罵道：「妳這張嘴啊，怪不得你們老師總在我跟前誇，說他跟妳師公是後繼有人了。」

顧長安嘴角抽了抽。這算是誇獎嗎？別以為她不知道自家師公和老師都是出了名的嘴炮能手，只要一個出馬，就可以打遍京城無敵手。誇他們自己後繼有人，不就是在說她嘴皮子索利嗎？罷了，嘴皮子索利就索利吧，也不算是丟人的事情，她就當成是被誇讚了吧！

顧長安抱著金夫人蹭了蹭，這才笑嘻嘻地問道：「師娘，我師兄是不是還沒說親呢？」

金夫人被她這麼一蹭，心都軟成一灘水了，聞言忍不住輕笑，帶著些許得意地道：「我就知道妳要說的人是妳師兄。」

顧長安也發現金夫人對她很是疼愛，撒嬌越發拿手。「師娘，那您快說說，我師兄到底有沒有說親啊？」

金夫人沒再逗她，道：「原本我就想問一問妳娘和妳爹的看法，說的人正好是妳師兄。」接下來這話卻是對鄒氏說的。「雖說那孩子比二丫頭要大幾歲，不過性子是個穩重的，家裡也沒什麼拖累，往後只有小倆口自己當家做主。」

鄒氏聞言倒是心頭一動，只是想起對方的年紀到底還是有些擔憂。「這年紀相差得是不是有些大了。」

差個兩、三歲最好，可對方如今已經二十出頭，比他們家二丫頭大了六、七歲呢！

金夫人道：「他的出身妳們也知曉，所以他恨毒了妻妾關係。他若是娶妻，斷不可能再沾染其他女子，還在他老師跟前保證過，此生只願與一人相守到老。」

如果說原本因為年紀的關係讓鄒氏遲疑，此時金夫人的話卻讓她心動。

不會沾染其他女子，這才是她最看重的。

鄒氏立刻琢磨起來。最要緊的條件已經滿足了，再想想其他的條件，沒有公婆壓著、沒有其他兄弟姊妹鬧騰，雖說孤單了一些，可他們家孩子多，往後勤走動就是了；而且又是金先生的弟子，有金先生夫婦作保，也是知根知底的好孩子，這可比邵家孩子要出挑多了！

這門親事，真能拜託金夫人去說說看！

金夫人見母女兩個贊同的模樣，這才笑道：「那孩子我知道，或許是因為自小沒多少親人緣分，所以更加知道感恩。當初我們老兩口只是幫他出過幾回面，如今他倒是將為人子該做的事情都做了。你們一家子也都是好的，彼此善待，也會更加看重彼此，將二丫頭許配給他，並非是嫁出去了一個女兒，反倒更像是多了一個兒子。」都說女婿是半子，可這一個卻是不同，他沒什麼父母緣分，只要顧錚禮兩口子真心待他，他自會將他們兩口子當成自己的親生父母孝敬。

接著金夫人又跟兩人說了不少，關於這個最讓她和金先生心疼的弟子，要不是有金先生護著，昔日差點無法繼續學業；又說了他如何如何懂事、如何如何孝順，這些年雖說是他們夫婦兩個護著他，可他同樣也是陪在跟前孝順他們。

或許是因為覺得對方適合自家二丫頭的緣故，鄒氏本就對這個可能成為自己未來女婿的孩子心生好感，再聽到他過得如何可憐時，也是忍不住眼底閃著淚光；最後聽到他日子過得順遂，又極為孝順懂事後，又是陣陣欣慰。等金夫人說得差不多，她忍不住感慨不已。

三人並未說太多，顧二姊正好準備好酒釀送了進來。四人坐在一起吃了一點，顧長安吃得多一些，吃了整整一大湯碗，不過這完全不影響她在晚上吃光一大份晚膳——老陶燉了豬蹄花生湯，她痛痛快快地吃了半鍋。

金夫人的行動力向來極為強大，沒兩天又親自來了顧家，打算親口跟鄒氏商議。因為之前顧長安主動問起的緣故，金夫人也沒瞞著她，不過顧二姊肯定不能留在這裡，三人關起門來細細說起此事。

金夫人先問了鄒氏和顧錚禮的態度。「這事你們兩口子可商量過了？」

鄒氏連忙點頭道：「都商量好了，孩子爹說，那孩子他們也見過，是個好的，何況還有您跟金先生作保，我們哪裡會不放心？」

金夫人笑道：「被妳這麼一說，我不幫忙都不成了。回去我探了探那孩子的口風，他原本便打算等高中後說親的，他那嫡母和親爹倒是想要插手他的親事，前些時候還試圖把人給叫回去，好把自己相中的姑娘說給他。按理說，就算現在分家了，親事由父母做主也毫無錯處，好在他們做的糊塗事情滿京城沒有不知道的，就算他不肯順從也沒人會說什麼。」

「那、那他……」鄒氏有些著急。

「那孩子說了，他的親事本就要託給我們老兩口。他一直都知道你們家有個姑娘可以說親了，只是一直覺得自己那出身和如今的處境都配不上，我去問他時，他也是歡喜不已；不過……」說到此處，金夫人倒是遲疑了一下。

顧長安好奇地問道：「師娘，師兄可是有什麼條件嗎？」

金夫人見鄒氏有些緊張，輕咳一聲，道：「妳師兄說了，他年紀比較大，而且又是那樣的出身，怕是配不上妳二姊，所以想著能不能讓妳二姊先見一面，若是妳二姊覺得行，他再來求親。」

顧長安意外地一挑眉頭，不過仔細想想自家師兄的為人，這麼做才在情理當中。他那樣的人無比渴望親情，可同樣地，因為對另一半抱著很高的期望，所以才會更加慎重。他希望陪伴自己走完一生的人，是真正看上他這個人，是願意付出一顆真心的。

「行！」鄒氏和顧長安對視一眼，立刻拍板。

盲婚啞嫁在他們家，可是行不通！

此事自是要跟顧二姊通個氣，送走了金夫人後，鄒氏便一五一十地跟顧二姊提了。

顧二姊立刻看向顧長安。「妳也覺得妳師兄不錯？」

顧長安很是認真地點點頭。「師兄只是出身有點缺憾，另外方方面面都不錯。當然，是人總會有缺點，師兄自然也會有大大小小的缺點，只是這些缺點無損他的品性，且他經歷的事情多，對能夠得到的親情會更加看重；他年紀也比妳大不少，相處也能更加包容。」

顧二姊聞言便乾脆點頭。「那就見一見吧！」既然金夫人和自家妹妹都說好，那她就見一見。

其實最開始自家娘親看中的是邵幟，這事她也知道，但是大家都沒在她跟前提起，她就當作不知情，若要嫁給邵幟，她也不排斥。

左右都是要嫁人的不是？

可是，現在家人又給了她一個新的選擇。相比起跟她年紀相近的，她的確更加中意比她年長的人。她可以偶爾哄一哄小孩子，可那是要一起過一輩子的人，若能成熟懂事、包容穩重，才能讓她過得更加順心一些。

更何況，家人還打算先讓她見對方一面，覺得合眼緣再說親事，如此，對一個女子來說已經是最大的寬容了。

第三十三章 相看

金先生和金夫人在家中設宴，金先生在京中的弟子，以及老友林湛和弟子都受邀參加。顧家人自然在受邀之列，還比其他人到得更早。

正好趕上顧大哥他們幾個休沐，自是跟著一同前往。金先生和林湛要考校弟子、徒孫們的學問，鄒氏便帶著顧二姊去陪伴金夫人。

顧長安倒是想要跟著她們一起過去，可金先生哪裡肯依？心愛的關門小弟子雖然不能走科舉之路，可該學的都得學，哪怕是做八股文，她也不能比其他人差。當然，吟詩作對這種事情，他已經不強求了，只要能過得去，他就睜隻眼、閉隻眼。

顧長安嘴角抽了抽，最後在自己家人和師兄們憋笑的注視下，無精打采地坐了下來。

金先生沒急著抽問，先給顧長安介紹其他兩個弟子。

「這是妳二師兄，厲雲益。」金先生指了指一個嘴角噙著笑容的青年，約莫而立之年，算不上很英俊，卻讓人看著就覺得舒服。又指了指另外一個二十來歲的青年。「這是妳四師兄，陶沐之。」

這便是有意跟自家結親的師兄了，顧長安打量得更加仔細。陶沐之的長相很出眾，或許是因為自小的經歷，他跟二師兄厲雲益不是同一類型的人，面上並未有多少笑容，偶爾看起來甚至還有些陰沈。這讓顧長安對他最初的印象並不算太好，不過她很快就發現這位四師兄的姿態很放鬆，看著屋裡眾人，尤其是看向金先生時，眼中都是帶著濃濃的暖意。

顧長安這才放下心來，至少證明她四師兄在經歷了那麼多後，心底依然有一處柔軟的地方。只要這處柔軟是留給他在意的人，那麼與這人成為家人也不是什麼壞事。

金先生點了點顧長安，又對另外兩人說道：「這便是你們小師妹，顧長安。往後你們要多多照顧她，莫讓她在外面吃了虧。」

厲雲益聞言輕笑。「這話老師您都說了八百回了，我們這些當師兄的哪會忘記？」說著又仔細打量了顧長安兩眼，笑著道：「這般伶俐乖巧又聰慧的小師妹，就算老師您不說，我們也一定會捧在手心寵著。」

他成婚晚，不然，小師妹這年紀都能當他閨女了，而且他生了兩個皮小子，想要個閨女都沒有呢！這麼個乖巧的小姑娘，他恨不得帶回家當成自己閨女寵著！

不等金先生回答，看著顧長安的眼神都柔和起來。「小師妹，我是妳二師兄，厲雲益，京城人士。日後若是有事情，但凡二師兄能辦到的，盡可找二師兄幫忙。」

顧長安眉眼彎彎。「早聽老師說過二師兄，往後請二師兄多多指教。」

四師兄陶沐之微微頷首，眼底倒是不見半點戾氣。「陶沐之。一直聽老師和師娘說起小師妹，今日得見，才知聞名不如見面。」

顧長安笑容中多了兩分深意。「四師兄，往後也請你多多指教。」

陶沐之自是明白她話中的意思，心底也漾起一絲淡淡的漣漪。

若說他這個年紀的人對攜手一生之人從未有過幻想，自然是不可能，偶爾在閒暇之餘，也有過想像。原本以為自己會在年紀到了後，由老師和師娘做主，娶一個門當戶對的姑娘、生幾個孩子，相敬如賓地度過一生。可是前些時日師娘卻是告訴他，想要將小師妹的姊姊說合給他。他第一個反應，便是希望對方先相看自己一眼，覺得合適，再說親事也不遲。

因為他看重老師和師娘，同樣也會看重小師妹，所以才要謹慎行事。最開始是這樣的想法，可在親眼見到小師妹，看到她的靈動後，不經意就想起師娘描述過顧家二姑娘的模樣和性情，他突然就對那個未曾見面的姑娘多了幾分好奇。

有相似的眉眼，卻又溫柔似水的姑娘，那會是何等模樣？那樣的她，又會不會看上他？

林湛和金先生考校弟子們時，不會用同一個問題讓弟子們一個個輪流回答，而是挑選一個弟子隨便問一個問題，問得快，也要求弟子回答得快。等告一段落後，再將問過的問題拿出來，讓弟子們自己討論不足之處。都教導這麼多年了，總不能還跟以前一般，處處都得他們提點。

等考校一輪，已經是一個時辰後。下人來傳話，稟報廚房已經準備了茶水和點心，讓一眾人等移步去後院，邊喝茶、邊賞花。

天氣慢慢開始變熱，花園裡彷彿一夜之間就色彩鮮豔起來。金夫人種了一大片的迎春花，雖然不是什麼名貴花種，卻是好看，如今正是花開燦爛時，金先生和金夫人閒暇之餘都待在花園。

正好有些累了，眾人便跟著金先生去賞花喝茶。作為年紀最小的兩個人，顧長安和顧小六老老實實地幫眾人服務。

金先生卻是不拘著眾人，只道：「都是自家人，不必拘著，若是景色瞧著順眼，就自個兒去看看吧！」原本想說待會兒可以鬥詩，不過想起心愛的小弟子作的那些破詩，只好憋屈地把話給吞了回去。

還是罷了，這順心日子，就別讓自家小弟子來給他添堵了，他怕減壽！

顧長安大大鬆了口氣，拉著剛認識的陶沐之火燒火燎地走了。「四師兄，我聽老師說你善作詩，那邊花兒開得好，我陪你去看看，待會兒你多作幾首詩啊！」

陶沐之哪裡知道她力氣那麼大，毫無防備之下被她一扯，踉蹌了一下差點撲倒，好在他腿長，跟著大步走，才穩住身形沒丟人。他一臉震驚地看著自家小師妹，一向轉得快的腦子幾乎一片空白，傻乎乎地跟著顧長安走了。

小師妹的力氣，是不是大得有點離譜？

這一走神，陶沐之就再也沒有掙脫的機會，被顧長安一路拖著往前走。走到無人處，顧長安忽然鬆開手，輕拍自己額頭，無比懊惱地道：「瞧我這記性，都忘了給四師兄帶壺茶水過來。四師兄稍等，我這就去拿。」

說罷也不給陶沐之開口的機會，轉身匆匆忙忙地走了。

陶沐之忍不住露出無奈的笑容來，就算是心知肚明為何會被拉來這裡，可小師妹這不用心的理由，實在太讓人無法忍笑。

顧長安跑開沒一會兒，陶沐之才剛收起笑容，就聽見輕微的腳步聲響起。原本很是淡定的心，忽然加速跳動了幾下，手心明明冰涼，卻是沁出一層冷汗來，等看清來人的模樣，他的身體瞬間緊繃，一顆心怦怦跳動起來。

明明是跟小師妹相似的眉眼，卻要柔和得多，打從眼底透露出來的溫柔，讓人禁不住心旌搖曳；嘴角微微揚起，雖是淡淡的笑容，卻能讓人跟著心裡暖洋洋，情不自禁也想要彎起嘴角。

「二姑娘有禮了。」陶沐之率先反應過來，沒有慣常的淡然，語氣勉強維持平穩。

顧二姊輕笑，眼底多了幾分羞澀，輕輕福身。「陶探花，小女子有禮了。」

兩人相見不能太久，而且也都不是那種扭捏的性子，該說的話，卻是要盡快說，只不過說得稍微含蓄一些罷了。

陶沐之先道：「陶某視老師、師娘為父為母，日後我這邊要孝敬的也只有老師和師娘。」言下之意便是真正的親人那邊，只當成普通親戚走動就成了。

顧二姊淺淺一笑，這人倒是實誠。雖說這是事實，只是換一個人來未必會說得這般真實，畢竟不跟本家走動的確糟心事少，可同樣也意味著不可能借到本家之力。

當然，陶沐之的本家也不可能給他多少助力。

顧二姊覺得自己沒什麼可說的，她家的情況對方想必清楚，思來想去唯一要提醒對方的，大概只有自己的本性了，雖然她不覺得自己的本性有什麼需要刻意提醒之處。

想了想，她不算是很隱晦地提醒。「我們姊妹除卻長相，性子亦有不少相似之處。」

陶沐之心頭一跳，破天荒地有些結巴道：「二姑娘妳、妳很好。」遠比他想像得更好，他從未想過自己可以娶這般女子為妻，當她看著自己時，眼中有的只有平靜與溫柔。

還有幾分羞澀，因為他而生的羞澀。

「二姊，原來妳在這兒呢！」一直躲在一旁的顧長安掐著時間跑了出來，對著自家四師兄揶揄一笑，不給他們再說話的機會，拉著顧二姊快步離開。

陶沐之下意識地跟著走了一步，反應過來後繃緊身子，靜靜看著兩人離去的方向出神。

等顧長安回來的時候，陶沐之已經恢復正常，只是有些迫切地想要知道答案，忍不住問道：「小師妹，妳……」

「四師兄，喝茶。」顧長安笑咪咪地將剛拿來的茶壺遞給陶沐之，卻是不肯讓他把話說完。

他們家不興盲婚啞嫁，可這裡畢竟不是老家，嫁的也不是同一個村子裡，可以算得上是一起長大的人。能讓他們這般見一面已經是難得，姑娘這一邊卻是不能再多主動；而且，她一個小丫頭，也不可能替長輩回答這種問題。

陶沐之話一出口，也知道自己有些唐突了，見顧長安不肯作答便不再多問，接過她遞過來的茶壺。「多謝小師妹。」說罷停頓了一下，忽然又道：「聽老師說小師妹作詩別具一格，頗有野趣，不知愚兄可有機會欣賞一番？」

顧長安的笑容頓時在臉上凝結，覺得他們師兄妹的感情還沒培養起來，就要分分鐘耗盡了！

「四師兄，揭短可不是君子所為。」顧長安拉長了臉。別具一格這個成語用在這裡，怎麼聽都是在諷刺她！

這樣的師兄，果然是老師親自教導出來的，一樣愛揭人短處！

顧長安苦大仇深的模樣逗樂了陶沐之，剛才生出的那點莫名其妙的焦躁頓時消散。

顧長安沒忘記準備茶杯，陶沐之給她也倒上一杯茶。兩人也不找地方坐下，就這麼站著端著茶杯，慢吞吞地喝著，全無半點規矩可言。

撇開剛才那點沒必要提及的小矛盾不提，兩人還是很合拍的。

「四師兄日後有何打算？」顧長安問道。

陶沐之雖然知道她只有十一歲，卻並未將她當成不知事的孩子看待，她問得認真，他回答得也認真。「小師妹也知道愚兄原本的那點事情，在此次下場之前，愚兄所求不過能夠高中，才好徹底擺脫那家子；待當真中了後，老師和師娘說愚兄該娶妻了，愚兄並不反感，不過也僅此而已。」

顧長安面色不改，這讓偷偷觀察她表情的陶沐之稍稍有些情緒低落，不過很快又振作起來，道：「如今對親事有了期盼，至於其他，老師曾問過愚兄在考中後要如何？愚兄是打算離開京城，外放兩年再說，等做出點功績來，回到京城也能多點資歷。到那時候老師和師娘年紀也大了，他們身邊不能沒人照看。」

顧長安看得仔細，說起親事時，陶沐之話中多了幾分忐忑和不淡定，可是等說起想要外放時，他只是稍微停頓了一下，語氣卻極為堅定。由此可知，他對自家二姊有那份意思，所以無法淡然處之；可是，外放是他堅決不會更改之事，他會竭力爭取這門親事，卻不會因為感情就放棄自己的想法。

作為小師妹，顧長安還是很讚許他這做法。感情固然重要，可身為男兒，的確不應當因為感情就放棄前程；可同樣地，作為娘家人，她對姊夫做出這樣的選擇，卻不可能感到滿意。

陶沐之沈默片刻，態度誠懇地道：「不出半月，朝廷就會開始陸續放官。前三甲進翰林院的可能性大一些，不過若是活動一番，也可以外放。」

事實上，大多數人若是能有機會留在京城，都會毫不猶豫地選擇留下。有留下的機會卻選擇外放的人到底不多，堂堂探花郎，再加上有金先生的幫助，想要謀個官職外放，對陶沐之來說還真不是難事。

顧長安點點頭，心平氣和地問道：「若是外放，師兄有何安排？」

陶沐之耳根子有些泛紅，卻依然語氣平穩。「按照朝廷的慣例和老師的安排，就算是外放，也會是在七、八月分，所以，愚兄是想著，可以先成親，再外放。愚兄、愚兄亦是期盼能攜妻子一同出行。」

顧長安了然，以她對自家四師兄的那點瞭解，她也知道他若是要外放，肯定是想要帶著妻子同行。寒門出身的人外放時，都會帶著家人同行，不過鐘鼎高門出身的，大多都會選擇把妻兒留在家中。一來是代替自己伺候老人，二來卻是想要讓妻兒多盡孝、多爭寵，免得自己外放就會被家族遺忘。不過外放不會是一年半載，這些男人稍微講究一些的，會在當地買兩個女子伺候；嚴重一些的，會從家裡帶著寵妾一起出行。她雖然也看不上前者，不過相比之下到底是給正妻留了顏面；至於後者，那純粹就是渣男了。

別的不說，至少陶沐之的這個想法顧長安很贊同，而且以陶沐之的為人，二姊就算真嫁給他，與他一同外放，他也絕對不會趁著二姊娘家人不在身邊，就做出什麼對不住二姊的事情。

「若是外放，凡事就得靠自己了，師兄心中可有章程？」

陶沐之沈吟片刻，道：「若是愚兄說此時心中已經有章程，怕是糊弄妳了。雖說老師已經在幫忙運作，去的方向也有個大概，只是未到最後一刻，也不能確保一定得以成行。愚兄只能說，等塵埃落定後，愚兄才能給小師妹一個確定的答覆。」

顧長安很讚賞他的態度，看慣了那種明明沒什麼想法卻死要面子，張口就能胡謅，說出來的話基本上都是空話、牛皮能吹上天的人，這一對比，自家師兄簡直好得不行！

兩人不再繼續這個話題，說起學問上的事情。

陶沐之到底是師兄，禁不住也考校了顧長安一番，雖然知道自家小師妹不善作詩，可還是讓她試了一把。

顧長安拉長了臉。要不是這是自己第一次見面的師兄，而且還有可能會成為自己的姊夫，她恨不得送他一拳，真是哪壺不開提哪壺。

「只可惜這回沒能見到小師弟。」陶沐之有些惋惜，他以前只見過紀琮一回，而且還是遠遠地看了幾眼。兩人年紀和出身都不同，能遇上就算是難得了。原本還以為今天能正式見面呢，不過想起小師弟家的那些糟心事，深知烏煙瘴氣的家族會給人帶來多少麻煩的他，越發開始同情小師弟了。

顧長安不帶多少笑意地勾了勾唇。要不是紀家那幾口礙眼的人，紀琮又怎會連出門都難？

事實上，此時此刻在紀家，紀琮也是心生厭煩。要不是因為這些糟心之人，他今兒就能去老師家，可以多陪長安一會兒了。

紀侯爺對此也有些不滿。「既然是你老師家宴客，你為何不去？」

紀琮收斂心神，不無遺憾地道：「父親，孩兒原本也想去的，只是祖母身子抱恙，孩兒本是為了回來侍奉，又怎能在這時候出門？說起來也是遺憾，原本今日要在老師家中見一見其他師兄的。」

哪怕他沒提林湛，紀侯爺聞言也越發心焦。「本沒什麼大事，你該先去金家才是。」

紀琮低頭認錯。「孩兒該早些告訴父親的，是孩兒的錯。」

紀侯爺心裡憋氣，卻知道紀琮性子溫和，家裡這對婆媳處處想要拿捏他。好比這次，他哪裡不知道自己的母親根本就沒生病，壓根兒是刻意拿捏紀琮的。他只是後悔沒有早早阻止，不然這實誠過頭、對自己親人毫不懷疑的長子，又怎會錯失這等大好機會？

前三甲、金先生、林大儒，金先生另外一個弟子厲雲益如今也在朝為官，而且還是在今上跟前叫得上名號，又有金先生幫襯，前程似錦。要是能有這些人脈，對紀家來說是何等有利？偏偏被那兩個無知婦人給攔下了！

到底知道這不是紀琮的錯，紀侯爺長出一口氣，道：「罷了，這與你無關，不過下回若是再有這種事情，你就早些告訴我。」

紀侯爺越想越是生氣，最後讓紀琮先回去，他則是黑著臉去紀老夫人的住處。

紀琮眉眼微冷地回了住處，沒一會兒就有消息送過來，說紀侯爺跟紀老夫人和小賈氏大吵一架，最後不歡而散。紀老夫人很是生氣，所以嗓門大了一些。隱約聽起來像是紀侯爺指責紀老夫人沒事就愛瞎折騰，明明沒病卻要假裝有病，白白浪費了大好機會；紀老夫人則大力反駁，還說紀侯爺不孝；至於小賈氏，或許是因為嗓門輕，也或許是因為說的話少，最後只聽見像是在勸說。

「老夫人氣得不輕，等侯爺離開後嚷嚷著要請太醫，不過被繼夫人給攔下了。繼夫人身邊的人防得緊，小的不敢靠得太近。」

紀琮若有所思地點了點頭，賞了來回信的機靈小廝一個五兩的小元寶。小廝接了過去，轉頭又從自己那裡拿出不少銅錢和碎銀子，這些就是他用來打點的。

紀老夫人一氣之下是真可能去請太醫，不過小賈氏顯然比她看得明白，母子爭吵不是什麼大秘密，但若是爭吵後去請太醫，而且還言明是被氣壞了，這不孝的罪名便真要扣在紀侯爺頭上。小賈氏如今倒是比老夫人看得明白一些，在她們尚未得到自己想要的東西之前，紀侯爺斷不可出任何事情，不然，紀侯爺倒楣了，紀家人也落不得好，尤其是她們婆媳。

紀琮露出一抹帶著嘲諷的笑意。好歹還沒蠢到無可救藥的地步。

想了想，修書一封，派人午後跑一趟鶴鳴街。紀家的這點破事，挑挑揀揀的也能當個樂子說給長安聽。

當作是笑話讓長安開心一下吧！

顧長安回家的時候，正好遇上替紀琮跑腿的小廝，等看了信後，她也只是輕笑一聲。

紀琮在紀家遊刃有餘，不需要她太過擔心，尤其是在挑撥紀侯爺跟那對婆媳之間的關係上，如今紀琮也算是頗有心得。

紀侯爺愛面子，紀老夫人原本是個有成算的人，只不過有了小賈氏這麼個競爭對手後，她有些失去冷靜了。至於小賈氏，愛財、看重權勢，還有野心，偏偏對紀侯爺有那麼點感情，只是這種感情大多時候都會被野心給掩蓋，可到底不能否認她有這份心思，所以，要成功地挑撥這三人還真不是什麼難事。

按她說，就是小賈氏過於貪心了，既想要權勢和利益，又想要留著感情。這在平時看不出什麼端倪，若是紀家那三人到了最後一步，難保小賈氏那兒不會出岔子，最後得利的人會是紀侯爺母子兩人當中的一個。

不過，這些事情與她無關，那三人狗咬狗她才高興呢！

老陶兩口子已經準備好飯菜，一家人吃飽喝足後，坐在一起商量顧二姊的親事。

顧長安先將自己私下跟陶沐之說的那些話一五一十、毫無隱瞞地說給大家聽，最後才是她自己的看法和想法，說到底，這門親事她是投贊成票的。

顧錚禮有些不高興地拉長了臉。「他年紀有些大了。」所以配不上他嬌滴滴、跟花朵一樣的二丫頭。

顧錚維也表示贊同。「二丫頭值得更好的。」

鄒氏翻了個白眼，就知道這兩個會折騰這一齣。在他們眼中，二丫頭性子軟和，嫁人後沒有他們的庇護容易吃虧。

鄒氏回頭看著顧長安，問道：「依妳之見，這門親事可成？」

顧長安攤手，頗為無賴地道：「娘，這事我一個小孩子怎能說了算？先要看二姊的感覺如何，再看您跟爹有什麼想法；倒是四師兄那兒用不著多考慮，老師和師娘都贊同，師兄也表態了，端看我們這邊的態度。」

顧大哥濃眉微皺。「的確是有些大了。」還跟爹和小叔同期呢，他也不想要一個比自己大的妹婿啊！

顧四哥和顧小六紛紛表示反對，當然也都是抓著陶沐之年紀太大的理由不肯放。

顧三哥淺淺一笑。「此事還是得由二姊說了算。」

願意與否，還是得由二姊做主。

被他一提醒，眾人紛紛看向顧二姊，等著她做出最後的決定。

顧二姊沈吟片刻，先仔細問了顧長安關於陶沐之說的那些話，尤其是外放的那一段。顧長安回答得仔細，剛才說的時候自然稍稍有些刪減，顧二姊一問，她基本上就是將那些對話複述一遍。

顧二姊聽完後，這才看向顧錚禮和鄒氏他們，道：「爹、娘、小叔，我覺得可以。」

她覺得這門親事合適，是因為家人認真挑選的緣故。當然，不可否認自己能與夫君一同出行，也是她同意的一部分原因，但是最重要的一點，是顧長安覺得這門親事可行。

顧家人都不知道，對顧二姊來說，家人當中她最為信任的人，並非父母、長兄，而是自己唯一的妹妹。她從來都不曾忘記，在家裡窮得揭不開鍋的那一年，自己的妹妹差點死去。那時候的膽戰心驚，在妹妹醒過來後開始轉變的心態，她始終銘記心底。事實證明，這些年只要是自家妹妹做的事情、提出的建議，沒有一樣是落空的。

所以，這讓她更加信任妹妹！既然妹妹說好，那就是好。她對陶沐之的確有些好感，只是再多的好感也不足以讓她立刻同意下來；事實上，若是她看中了，但顧長安不同意的話，她會毫不猶豫地跟著搖頭拒絕。

顧家其他人並不知道她的想法，不過她既然點頭同意，除了顧錚禮和顧錚維依舊黑著臉有些不高興之外，其他人沒有再說什麼反對之言。

鄒氏嘆了口氣。「既然妳覺得行，那金夫人那兒回頭我就去說一聲。依那邊的意思，是想要在小五師兄外放之前，最好先成親了，若是如此，那就得早些開始籌備。」

顧錚禮道：「既然那小子有意想要先成親，他離京的日子就不會太近，至少還有三個月左右的時間。」

鄒氏雖然有些不捨，不過按照他們老家的規矩，三個月也不算太過急促。梨花村這些年比較看重規矩些，放在以往，從相看到成親，擠在半個月之內辦的都有。

三個月，足夠走完整個流程了。

「時間有些緊，不過師娘和師兄那邊應當都能安排好。」顧長安也皺起眉頭。她原本琢磨著讓自家二姊早些定下親事，等來年嫁人；可現在看師兄那邊的意思，卻是想要儘早成親。也不是不行，畢竟依師娘的性子，該有的流程她必定會走得完整，事情會做得極為周全。

不過作為娘家人，到底還是覺得有些倉促了。

果然，回頭給金夫人那兒捎去肯定的答覆，金夫人大喜過望，立刻就開始行動。剩下的事情，顧長安就不大能插手了。她一個沒出嫁的姑娘哪裡懂那些彎彎曲曲，最多不過是聽從鄒氏和金夫人的安排，出去大肆地買買買。顧大哥的親事不知道何時才能定下，而且顧家就兩個姑娘，顧長安給自家二姊置辦嫁妝的時候毫不手軟。

京中貴女置辦嫁妝，都是長輩自小就開始幫忙慢慢攢的，畢竟打個拔步床都得好幾年，嫁衣若是想要繡得精緻，少說也得一年半載，不過顧家沒那麼講究，前兩年家裡日子開始好過，才慢慢地攢起來。在老家那邊記在顧二姊名下的東西，自然全都是她的，除此之外，顧長安還將縣城和府城的宅子分別選了一處記在顧二姊的名下。來京城之前她就讓大虎他們三個去辦了，前些時候捎信來說是已經辦妥當。

首飾這些年一直持續添置，一年年攢下來，倒是存了不少；除了這些，顧長安還特意買了不少頗為貴重、原本就是要給顧二姊當成嫁妝的。紀琮也提供了一些，這兩年他一直往空間裡裝東西，基本上都是給顧長安的，除去他特意留的部分，其餘的給顧二姊分一些，他完全不在意。

再從袁大那兒拿了一筆錢，又從紀琮那兒拿了一點，在京裡買了一座帶著臨街鋪面的宅子。臨街的鋪面加宅子，每年光是租金便很可觀。

最後還有一筆壓箱底的銀錢，這些就是她能給顧二姊置辦的。前兩年的收入基本上都放在公中，剩下的東西都是家裡給顧二姊置辦的了。

等置辦完大件什物，顧長安再出門購買的就是那些零碎的小東西。金夫人雖說是男方那邊的人，卻也給顧二姊置辦了不少東西。要不是有金夫人在一旁指導，只靠鄒氏和顧長安兩個可沒那本事掐著時間置辦好嫁妝。

顧家兄弟每天都在書院，鄒氏和顧二姊在家裡忙碌，顧長安則是每天出門忙著買買買，除此之外還得跟袁大商量作坊之事，還真沒注意到外面的風言風語。

第三十四章　設宴

五月，謝明珠設宴，顧家姊妹都接到了帖子。

都說謝明珠是謝家的掌上明珠，這話半點不假。不只是因為她準太子妃的身分，還因為謝明珠這一輩兄弟不少，不管是嫡出還是庶出的姑娘，唯獨謝明珠一人。

就如她名字一般，這可是謝家上下唯一一顆明珠！

謝明珠在謝家自是最為得寵的那一個，除了居住的院落之外，還特意給她撥了個院子，按照四季時令種植各種花卉，就是為了讓她能夠在閒暇之餘賞賞花，或是邀請朋友過來小聚。

院中有一個不算大的湖泊，在靠近湖泊中央處修了一個小亭子。為了修這亭子，謝家也是費了不少心思，光是通往亭子的路就費了不小的勁頭。

顧長安姊妹來的時候，謝明珠正與人說話，一看見她們兩人，她連忙起身迎了過來，打趣道：「妳們兩個來得這麼晚，莫不是給我準備了禮物？」

顧二姊輕輕一笑。「明珠姊姊一猜就猜中了。」

謝明珠眉眼彎彎，美眸星光璀璨。「那可不？小五最是心疼我不過！」轉頭問顧長安。

「小五給我準備了什麼？」

顧長安笑了笑。「忽然想起前些時候做的鹹鴨蛋已經可以吃了，便用鹹蛋黃和肉鬆做了點吃食。」

「小五做的新吃食？那我待會兒可要嚐嚐。」謝明珠笑容越發明媚。

顧長安笑了笑，沒接話。

謝明珠這才像是想起什麼，連忙拉著兩人介紹道：「都怪小五做的東西太美味，我都忘了給妳們介紹。這是兵部尚書之女，趙嬌嬌，嬌嬌今年十四歲。這是禮部侍郎之女，馬倩兒，倩兒今年也是十四歲。她們兩個平時跟我走得比較近，往後相處的機會怕也是不少。」

大致介紹完兩人的身分，她又笑著將顧家姊妹介紹給她們。「這便是我今天特意要給妳們介紹的姊妹了，顧狀元家的姑娘。這是顧黃柑，這是顧長安。黃柑下月就及笄，長安今年十一歲，比妳們都小，往後妳們見著了，可要幫我多多護著她們才行。」

趙嬌嬌眼底閃過一抹複雜之色，轉瞬臉上已經帶了笑容，上前兩步拉著顧二姊，細細打量一番後，露出一抹淡淡的笑容，道：「怪不得能讓明珠姊姊牽腸掛肚，果真是個標致的美人兒。」又對顧二姊道：「我比顧家姊姊小一歲，就叫妳一聲姊姊了。」

顧二姊柔柔一笑，精緻的眉眼溫柔似水，淺淺地勾起唇角。「那我便厚顏受下了。」

趙嬌嬌的神色越發複雜，不過很快又放鬆下來，視線落在一旁的顧長安身上。

顧長安很識趣地主動叫了一聲。「嬌嬌姊姊。」

趙嬌嬌微微一笑，點頭道：「長安妹妹。」

兩人相視一笑，似乎一切盡在不言中。實則顧長安是無奈至極，這個時代最讓她厭煩的就是動不動地跪跪跪，其次是到處都是哥哥、姊姊、弟弟、妹妹，即使相看兩相厭，也得臉上笑咪咪。

馬倩兒顯然不怎麼喜歡她們姊妹，正好顧長安也覺得這人眼神不夠清澈，以後不來往才是好事呢！

倒是有一個人，讓顧長安產生了幾分興趣。

「那是鎮遠將軍的嫡長女，一直都養在邊關。聽說到了差不多該說親的年紀了，鎮遠將軍就把人送回京城，想在京城給她說一門親事。」謝明珠注意到她的視線，輕聲為她解釋。

顧長安眼神微閃。一直養在邊關才回京，又是武將之女，再看她的一言一行，她已經可以猜到這一位鎮遠將軍之女平時是如何被排擠了。謝明珠在今日這場合把人請過來，顯然鎮遠將軍是太子陣營的，這樣的人，倒是可以親近。

顧長安繞開聊得起勁的幾人，慢慢走到鎮遠將軍嫡長女身邊。顧長安的身形不算矮，看著跟尋常十四、五歲的姑娘差不多，不過到底年紀還小；鎮遠將軍的嫡長女今年及笄，同樣身材高眺，比起顧長安這沒長開的豆芽菜，對方的身材算是極好，而且還不是京中女子那樣的瘦弱，而是頗為健美。

「妳叫顧長安？」

顧長安微微一笑。「我是！」

鎮遠將軍嫡長女收回打量的視線，大大方方一笑。「我姓秦，秦無戰。」

顧長安嘴角微不可見地抽了抽。秦無戰？那位鎮遠將軍得多不著調，居然給自家閨女起了這麼一個名字！

不過仔細想想，他們兄妹幾個的名字也沒好到哪裡去，尤其是她二姊跟她的名字，真是男女皆宜。說起來在師公的堅持下，小六的名字已經改了，米酒這名字，用師公的話說便是等以後入了官場，這名字容易挨揍。

米酒、米酒，這不是沒事饞人嗎？

可比起秦無戰這名字，她覺得他們兄妹的名字其實非常不錯！

秦無戰大大方方地道：「覺得我這名字跟個漢子一樣？我出生的時候，北方戰事激烈，我祖父先給我起了名字，就叫無戰。我爹覺得不錯，我娘倒是想要替我改了，只可惜沒等她想出好名字來，她就過世了。」

她說得坦然，顧長安也就沒瞞著。「我們家兄弟姊妹的名字是我娘提議的，都是一種酒的名字。」

屠蘇，黃柑，柏葉，元正，長安，米酒，除了最後一個米酒有點亂入之外，另外五個名字其實乍聽還是有點意思的。

秦無戰眼睛一亮。「難不成妳家裡會釀酒？我在北方的時候喝的只有燒刀子，火辣辣的，一口下去感覺嗓子眼都著火了，特別舒坦。那邊還有奶酒，味道也不錯，不過我爹他們都不愛喝，能弄到手的次數就少了，京城這邊的酒就不怎麼樣，跟摻了水似的。」

顧長安的酒量不如何，不過說起釀酒總是有些說頭兒，尤其是釀製各種果酒，可以說很有心得。

從名字開始，再到釀酒，兩人的話匣子一下子就打開。秦無戰從回京到現在一直被人排斥在外，大概只有謝明珠能用平常態度對待她，原本以為這一次過來又是跟之前一樣會自己獨自待在一邊，看著這群嬌滴滴的姑娘勾心鬥角，卻不想，今日倒有意外收穫！

秦無戰吐槽。「妳不知道，北方那兒跟我年紀差不多的姑娘少，都是少年，平時我們都是跟著家裡長輩住在軍營裡，有小磨擦的時候，我們還上過戰場呢！大家向來都是有話就話，喜歡直來直往，哪知到了京城後，京城人隨便說句話都能帶著七、八個彎；跟她們說話嗓門稍微大一點，就能讓她們眼淚汪汪，哭得嬌滴滴的，就好像死了爹似的。」

顧長安輕笑。這秦無戰倒是有趣，看來真是直來直往慣了，所以到現在都不明白，那些姑娘跟她說話就眼淚汪汪的，根本就是使計在陰她呢！

「我猜，她們在妳跟前哭過後，便有莫名其妙的人找上妳，說妳欺負人。」顧長安好笑地道。

秦無戰頓時瞪大雙眼。「妳怎麼知道？我都沒怎麼樣呢，她們就哭得慘兮兮，然後總有人跳出來說我欺負人，我真要欺負人，難不成只是把人給嚇哭，直接一人揍一拳不就得了？她們風一吹就要倒下的模樣，用三、四分力道她們就得倒下了！」

顧長安再次無語。估計秦無戰被人用這種拙劣的手段「欺負」過好幾回了，居然到現在都沒明白過來！這神經粗的，令人折服！

人與人之間真得看眼緣，顧長安第一眼就覺得跟秦無戰合拍，果然兩人很合得來。原本這事顧長安該提醒她一句，不過想了想到底沒開口。秦無戰的性情就是如此，就算她特意提醒了，她也不會因此而有所改變，所以不如讓她繼續茫然下去，光是那種完全不明白緣由的反應，估計就能把故意陷害她的人給氣得心肝肺都疼，這樣也挺不錯！

「無戰，妳說妳上過戰場？妳跟我說說北方的事情唄！」顧長安好奇地問道。

現今她想出遠門是不可能的，所以只能聽別人說一說外面的世界。秦無戰在北方那麼多年，肯定見識過很多她從未見識過的東西。

而且，上戰場啊！她膽子雖然不大，可是對上戰場這種事情也莫名有些嚮往呢！

秦無戰回京後束手束腳憋得久了，如今有人對她以前的那些日子好奇，她當下便興致勃勃、滔滔不絕地跟顧長安說起北方的事情。

「所以儲存冬菜就尤為重要，不過除了大白菜之外只剩下馬鈴薯；菜乾不多，鹹菜倒是不少，但是味道不好，不過軍營裡有個伙夫，做的鹹菜味道非常好。我小時候恨不得把那伙夫給帶回家，天天給我做鹹菜吃，我爹不肯，還揍了我一頓。後來我專門去跟那伙夫學如何做鹹菜，只可惜沒學會。那伙夫在一次小磨擦中，為了搶回被敵人搶走的糧食，被人給殺了，從那之後，我就再也沒吃過那麼好吃的鹹菜了。」

的。

說起往事，秦無戰也有些惆悵，尤其是想起那些已經長眠在邊關的人，心中終究是壓抑的。

顧長安面色一肅。「馬革裹屍，死得其所。」

秦無戰眉頭一挑。「妳不覺得他為了點糧食而死，死得很沒價值？」

顧長安正色道：「對他來說，糧食是士兵的保障，為了糧食而死，他認為死得值得，這就足夠了。」

當事人都不覺得死得不值得，身為局外人，自然不需要有那種可笑的想法。

秦無戰嘆了口氣。「其實我那時候覺得他死得很不值得，不過後來我爹也跟妳說了相同的話。他死的時候很安詳，因為那些糧食都被他搶回來了。那一年，雖然大家都過得很艱難，可是沒有因為缺少糧食餓死人的事情發生，所以，我也就慢慢明白過來。」死得其所，不外如是。

跳過了這個話題，秦無戰再說起自己和同齡人偷偷上戰場的事情，就變得歡快多了。

「我爹讓人看著我，還把房門鎖上了，幸好我事先給那幾個傢伙送了信，他們敲暈看守我的人，我帶著他們偷偷換上早就準備好的輕甲，混在步兵中上戰場。等到了戰場後，我搶了一匹馬，混進騎兵裡面，等我爹發現的時候，我已經跟在他後面殺了好幾個敵人了。」說起殺敵之事，秦無戰多少有那麼點擔心，顧長安膽子雖不小，可殺人畢竟是不同的，她怕顧長安會害怕她手裡沾著人命。

顧長安卻是壓根兒不覺得害怕，反而很是讚賞地看著她。「妳真厲害！不過妳爹沒罰妳嗎？」

秦無戰心裡高興，面上也跟著表露出來，樂呵呵地道：「當然罰了，我爹用馬鞭抽了我一頓，我半個月下不了床。等後來次數多了，我爹就睜隻眼、閉隻眼了，只要不是被他當場抓到，我偷偷跟著去，他也就當作不知道。」

顧長安有些目瞪口呆。雖然從秦無戰的名字就可以看出來，這位鎮遠將軍是把她當成兒子養，可是犯錯了就得吃一頓馬鞭，這操作真是夠強的。

秦無戰神經粗，沒注意到她的吃驚，反而有些感慨地長嘆一聲。「我寧可在北方待著，不嫁人也沒關係，真的非得嫁人，兵營裡好漢多得是，可我爹說什麼都不肯，把我給扔回京城，說是我祖母和叔伯都在京城，定能幫我選一門好親事。」

「那妳就老實回京了？」顧長安有些意外。

秦無戰又嘆了口氣。「我爹把我給綁了扔上馬車，還讓人連夜趕路。押送我來京城的人都是看著我長大，還教過我功夫，我有再多的手段放在他們跟前也沒什麼用，只能被送到京城了。」她沒說，到了京城後她想偷偷回北方，只可惜她爹的手段太高，掐著她的軟肋，她只能暫時老老實實地留在這裡了。

「……」

她還能說什麼？這樣的爹，也是難得一見了。

秦無戰繼續吐槽。「回京後就發現真是處處不舒坦，不能騎馬、不能隨便出門也就算了，竟然連吃飯都有規矩，不能吃得太多，七分飽就不能再吃。問題是，她們的七分飽，只是我平時的三分飽，居然還盯著我，非得讓我跟著她們吃差不多的分量。一言一行，都有各種規矩，就連睡覺都得被人盯著，要不是因為我爹，我都快憋不住想打人了。」

顧長安表示理解，把一匹野狼當成家裡養的小奶狗拘著，還有條條框框的規矩束縛著，秦無戰能忍到這分上，已經算是難得了。

「那妳家人打算給妳說哪種親事？」顧長安好奇地問道。

秦無戰一攤手。「我還不知道，他們倒是提過幾個，不過對方家裡有姊妹見過我，好像都給推了；再這般下去，我想他們是要給我說那些不可靠的了。」不堪入目倒不至於，不過說不定會給她選那些胸無大志的對象。

秦無戰握了握拳頭，雙目之中似乎有星光在閃耀。「左右我的條件擺在那兒，不用多出色的，只要抗揍就成了。扛不住我的拳頭還想娶我，那就讓他們家人都做好喪子的準備。」

顧長安。「……」

這直來直往的性子，她忽然覺得挺適合他們家三哥的。一個心眼多得跟篩子似的，一個卻是比天還大的心眼，多般配！

而且她三哥也挺抗揍的！

這念頭只是一閃而過，自家兄弟姊妹的親事她的確很關心，而且也會提出自己的建議，但是，哥哥們和唯一的姊姊是不同的，一個是娶，一個是嫁。她作為日後也要嫁出門的那一個，哥哥們的伴侶，她只會在一旁看著，不會主動去幫他們相看。

兩人正說著，又有人走過來。來得是個看著病懨懨的姑娘，嘴唇的顏色有些蒼白，她看著興致不高，只跟謝明珠等人打了個招呼、說幾句話後，便走到一旁安安靜靜地坐著，沒有搭理人的意思。

秦無戰壓低了嗓門，道：「長安，妳可知道那姑娘是哪家的？」

顧長安搖搖頭。「我只比妳早一些入京而已，又因為我爹和小叔之事一直都沒參加過這種賞花宴，除了明珠姊姊之外，只有認識妳們這幾個了。」

秦無戰聽她說不知道，嗓門壓得更低。「她是寧王府的嫡長女，雅欣郡主，今年十六了，尚未說親。我聽人說，是因為雅欣郡主十一歲那年，不小心在冬天跌進荷花池裡，差點沒救回來，在床上足足躺了一年，這才漸漸恢復，只不過到底是傷了身子，聽說怕是子嗣艱難了。寧王和王妃心疼她，可終究沒法子仗勢欺人，逼著別人來求娶，又看不上那種行為不堪的，這才一直蹉跎到現在。」

京中貴女幾乎都是在及笄之前就訂下婚約，再不濟也會在及笄後立刻定下，到了十六尚未說親，在京中少見。

顧長安對這位雅欣郡主倒是多了兩分同情，正想要說些什麼，卻聽秦無戰又道：「不過真要是那樣的話，她倒是個可憐人，被人算計成這樣，哪怕是寧王和王妃再疼惜，往後的日子怕也是不好過。」

顧長安有些意外地挑起眉頭。「我還以為妳沒看明白。」

秦無戰翻了個白眼。「我是粗心了一點，卻不是個傻的。大冬天的，無緣無故地怎會『不小心』跌進荷花池？按說京城這邊的天氣冷，冬天的時候荷花池裡該結上厚厚的冰才是，她一個嬌滴滴的小姑娘家，直接跳進去都不一定能把冰層給砸開；偏偏她就掉進去了，而且堂堂郡主，身邊的人竟是沒在第一時間發現她掉進荷花池，要說沒人動手腳，哪個能信？那可是王爺嫡長女，又不是不得寵的，尤其她壞了身子骨、子嗣艱難這種事情，本該被瞞得嚴嚴實實，可如今卻變成眾所周知之事，很顯然，這是有人特意將消息放出來的。」

顧長安豎起大拇指。「我可是小瞧妳了。」

秦無戰擺擺手，道：「這種小手段我在北方也沒少見。雖說大多北方女子都是跟我一樣喜歡直話直說，不過也有那麼兩個嬌滴滴、動不動就愛落淚的。我爹手底下有個將軍，他有個庶女就做了這種事情，算計了嫡女，想要把嫡女給害死，最後被拆穿，被那將軍直接趕出家門；至於那嫡女，也是子嗣艱難。」

不過邊關最不缺的就是孤兒，爹戰死、娘也沒了的孩子可不少，不能生就收養幾個，教養得好了，等長大了照樣孝順，所以那位嫡女也順利地嫁人了，嫁的人還不錯，而且最後聽說有了身孕。

顧長安無語。原來是以前看到過，所以現在才能立刻想明白嗎？

「不過我覺得這位雅欣郡主倒是個有趣之人，我都遇上她三、四回了。按說她這種性子的人又遇上這等事情，應該是愛窩在家裡、不肯出門，她卻不是，大部分的邀約她都會應下，去了卻只跟主人家客氣幾句，之後便像是現在這般，尋個地方安安穩穩地待著，懶得跟人說話，也不在意別人在背後拿她嚼舌根。」秦無戰興致勃勃。「我覺得，若是交一個這樣的朋友倒是不錯。」

顧長安原本就有此意，她對這位雅欣郡主也頗有好感，是個妙人！

兩人說穿了都是有些不合群，凡事都是順心就好，既然都覺得有心結交，當下便起身直接往雅欣郡主那兒走了過去。

「這是在背後說完我的那些事，打算近距離來深挖一下？」見兩人過來，雅欣郡主似笑非笑地勾唇，語氣不算客氣，但也沒什麼惡意。

顧長安和秦無戰皆是大大方方一笑，顧長安率先道：「郡主說得對，不知我們兩個可有這機會近距離挖掘一下？」

秦無戰跟著道：「郡主放心，我們不會戳妳痛處的。」

顧長安無語，倒是雅欣郡主臉上忽然露出笑容來。「既然如此，那就坐下說話吧！」

雅欣郡主不客氣地打量了兩人幾眼，這才道：「若是我沒猜錯的話，兩位便是鎮遠將軍和顧狀元家中的姑娘了？」

秦無戰咧嘴。「秦無戰。」

顧長安也微微頷首。「顧長安。」

雅欣郡主輕笑一聲。「兩位的大名，我也久仰。原本今兒來謝家就想著說不定能遇上兩位，我運氣果然不錯，得見兩位，才知道聞名不如見面。」

顧長安坦然接受這勉強的誇獎。「彼此、彼此！」

雅欣郡主微微勾唇，又仔細看了她片刻，道：「我長兄年少時，想要拜林大儒和金先生為師，卻不想誰也不肯收下他。前些時候我長兄還在跟我說，對妳好生羨慕，能有林大儒這位師公指點，還有金先生這老師傾囊相授。說起來不只是我長兄，我也是有些羨慕呢！」

「我只是運氣好了一些罷了。」顧長安說得雲淡風輕，事實上她的確是覺得自己運氣好。

她爹和小叔運氣好，去縣城的時候正好遇上師公，而師公那種光風霽月之人，一時眼瞎居然看上她爹和小叔，收了他們當關門弟子。雖然事後後悔，覺得這兩個弟子收虧了，長相太傷眼睛；可運氣好就是運氣好，她師公恰好是個吃貨，她呢，又恰好腦子裡裝滿了各種吃食的做法。再等入了京，就輪到金先生一時眼瞎了，才會收她當關門小弟子。

說穿了，就是運氣好。

在這兩人跟前，她雖未說得太直接，不過大概意思也透露給兩人聽了。

雅欣郡主掩嘴輕笑。「說起來我長兄也是不解，林大儒當年在京城時收徒可是出了名地嚴苛。當時有一個位高權重之人，非要林大儒收下自己家裡的小輩，林大儒大怒，當著不少人的面直接拒絕，說對方長得太醜，留在身邊著實傷眼。那位位高權重之人被氣得不行，只可惜他再生氣也拿林大儒無法，最後只能不了了之。」

秦無戰哈哈大笑。「林大儒乃是性情中人，我喜歡！」

雅欣郡主一攤手。「所以我長兄許久都緩不過神來，完全想不通為何自己會輸給顧狀元和顧榜眼？」

秦無戰一再聽她說起長相的問題，當下有些好奇地問道：「當真有那麼傷眼嗎？長安長得這般好看，顧狀元不是也應該長得極好嗎？」

顧長安無奈地看著兩人。「當著我的面議論我爹和小叔的長相，是不是有些不妥當？何況我爹和小叔若是細看，可算不上傷眼。」

她師公說傷眼，那是因為當今的人都喜歡那種文雅的人，可實際上若讓她來選，她更喜歡她爹和小叔那樣的糙漢子啊，看著就有安全感！

她師公好歹還身材修長，她來京城後見過幾個長得小白臉似的讀書人，居然還挺受歡迎，要她說，那種一拳就能揍趴的男人，真要遇上事情，不知道是誰保護誰。

秦無戰笑容止都止不住。「哪天我去妳家裡拜訪一回，總得親眼目睹，才能知曉到底誰說的是真話？」

「……」她還能說什麼？

當下她非常明智地轉移話題。「郡主可要喝些熱水？雖這天氣開始暖和了，不過這裡水氣重，喝些熱水能暖一暖身子。」

雅欣郡主輕笑一聲，沒拆穿她的意圖，反倒是點點頭。「也好。」她這破身子自己清楚，喝不喝熱水又能有什麼用處？不過既然是新認識的朋友的好意，她受著便是。

看著雅欣郡主慢慢地喝著熱水，顧長安眉頭輕蹙。她不懂醫，不過有些常識性的東西還是知曉的。雅欣郡主落水傷身，寒氣入體，諸如宮寒之類的毛病，的確容易影響子嗣，她倒是挺喜歡這新朋友，若是可以，她希望幫她一把。

只是玉珠空間裡的泉水，不知道對這個是不是有用？不過回頭去紀琮那兒拿泉水，倒是可以讓她喝下試試。雖說不一定有效果，至少不會有問題，嘗試一把，總是多點希望不是？

這件事急不得，等以後有機會了再說。

或許是因為那番經歷的緣故，雅欣郡主性子有些冷淡，不過到底才十六歲，問起剛才兩人私下裡的話題，雅欣郡主也來了興致。先問了北方的事情，之後顧長安又被她們纏著說了不少南方的事情。既然是問顧長安，她說最多的便是各種吃食，哪怕兩人都不是重口腹之慾的人，也被她說得興致大起，恨不得有機會立刻嚐一嚐才好。

「酒釀我倒是吃過，不過著實太甜了，小半碗就能讓嗓子跟著難受起來。」雅欣郡主一想起自己曾經吃過的那碗酒釀，依然心有戚戚焉。

秦無戰則是表示不喜歡那種甜膩膩的東西，而且酒釀那種東西完全不該加上一個「酒」

字。

顧長安無奈。「妳們若是哪天得空，便去我家中坐坐，我外家有祖傳的釀酒手藝，我娘釀的酒釀味道很不錯。」

雅欣郡主又問起那些小吃食，多了幾分興致。聽說顧長安會做不少吃食，當下便決定改天要去顧家坐一坐。

秦無戰立刻跟著道：「我也要去！郡主可不能忘了我，到時候我們一起去，也免得長安要分開招待我們兩人。」

雅欣郡主應了下來。不管是秦無戰還是顧長安，性子都很符合她的脾性，既如此，私下多接觸接觸也不錯。何況她這幾年的確沒有什麼朋友，除了謝明珠之外，幾乎沒什麼能聊得來的人。

一下子多了兩個，可不得多多相處嗎？

顧長安打鐵趁熱，邀請她們過幾天就過去。

「紀琮的莊子裡過幾天會送一些野味和野菜過來，正好妳們也一起嚐嚐。」

得新友相邀，兩人自是應承下來。

謝明珠邀請的人不算多，既然是為顧家姊妹鋪路，自然是貴精不貴多，所以直到這賞花宴結束，沒有人混鬧。謝明珠在賞花宴結束後留下顧長安和顧二姊一會兒，也是為了問一問這事。

聽顧長安說交了兩個朋友，謝明珠雖說一直都跟顧二姊在一起，卻也沒疏忽了顧長安，自是知道她說的是誰，當下忍不住輕笑出聲。「秦家姑娘和雅欣郡主都是性情不錯之人，先前妳們沒見面時，我就覺得若是有機會，妳們定能合得來，果然不出我所料，我瞧著妳們似乎很有話說？」

顧長安點點頭。「她們人都不錯，的確與我合得來。秦無戰性子直爽，有話直說，而且見識多，不拘小節；雅欣郡主身子骨不大好，原本我還擔心她會因此心中生了怨懟，不過相處後才發現，她心胸寬闊，見識不凡，與她們兩個交談，挺有趣的。」

謝明珠瞪了她一眼，沒好氣地道：「妳是與我相處才會覺得不舒坦，恨不得我跟妳二姊都不拉著妳，說那些妳不愛聽的東西。」

顧長安嘴角抽搐了一下。謝明珠以前壓根兒不是這樣子，多好的大家閨秀，跟她們相處久了，都開始變得毒舌起來。

「明珠姊姊，我一直讓人給我二姊尋摸好東西當嫁妝呢！正好前兩日幫我跑腿的人，說是弄到兩顆品相不錯的東珠，妳跟我二姊情同姊妹，我便讓人做一對珠釵，妳們兩人一人一支。」顧長安果斷地轉移話題。

謝明珠雖然知道她的小心思，不過到底被她說的話給吸引住了。「只有兩顆？那不是唯獨妳沒有？」

顧長安連忙道：「我年紀還小呢，左右我還得等上幾年才說親，等以後有品相好的，妳們給我留著不就成了？」

聽她這般說，謝明珠和顧二姊也就不再多說了。

說起嫁妝，謝明珠有些感傷起來。「我以為妳能晚些說親，至少也得明年再出嫁呢。顧叔叔會留在京城，我原本還指望妳也一直留在京城陪我。這下倒好，我們兩個前後腳就都嫁人了，妳還要跟著外放，至少三年都見不著面了。」

顧二姊也有些不捨，不過還是輕聲細語地安撫她。「只有三年，一晃眼就過去了；再說了，小五不是還在京城嗎？有她在，可不會讓妳覺得寂寞。」

顧長安暗自腹誹。什麼只有三年，依她師兄的意思，怕是這三年還得再往上延一延。他立志到各地走走看看，怎會三年就回京久居？再說了，等進了朝堂後就會身不由己，哪裡能自己說了算？

不過這話她只是自己在心裡想，不會在這場合說出來，不然，謝明珠和顧二姊都要念叨她了。

謝明珠聞言則是眼睛一亮。「還真是那麼一回事，有小五在哪裡會覺得無聊。正好，太子前些時候說看著長安就覺得親近，似乎自個兒多了個妹妹一般。」

顧長安連眉頭都哆嗦了一下。太子真是什麼都不瞞著謝明珠，連這話都說！不過轉念一想，太子說得直接一些反而更加合適，男女之間的問題，一不注意就容易出事。太子坦蕩，反而能減少麻煩；再說，跟太子情同兄妹，其實要好過跟謝明珠這位太子妃情同姊妹。

畢竟，兄妹始終是兄妹，姊妹說不定哪天就得換個身分。

當然，她只說有這個可能，並非是她有這想法。

「長安當不得太子殿下這一聲妹妹。對了，明珠姊姊，妳成親之日我二姊怕是來不了了，到時候我會代她過來的。」顧長安再次果斷地轉移話題。

謝明珠嘆了口氣。「我一早就預料到了，今兒找妳們過來，一來是給妳們介紹那些人，往後總是要有來往，二來也是惦記這事呢，琢磨著讓妳們多陪我說說話。不如我讓人去鶴鳴街那兒說一聲，妳們在我這兒多住兩日可好？」

顧長安無異議，顧二姊也就沒表示反對。謝明珠得寵，住的院落夠大，留宿也無妨，左右不會碰到男子。

謝明珠見狀大喜，立刻著人去顧家知會一聲，再給她們姊妹帶些換洗衣物過來。她們不會久住，說好了只住兩、三日。

顧家那頭自然不會反對，至於謝家，謝老夫人讓廚房先伺候謝明珠這頭，歡迎的態度明明白白地擺了出來。

「我祖母原本想設宴招待的，不過我給回了。這一大家子的，都湊一起怕妳們不習慣；不過明兒我祖母邀妳們去她院裡坐一坐，說說話。」謝明珠解釋一番，不然邀請朋友住在家中，卻連長輩面都不得見，容易惹人誤會。

顧二姊聞言倒是有些憂心。「來得匆忙，也沒帶什麼禮來，明日拜見老夫人，總不好空手去。」

顧長安連忙道：「我們不是帶了些吃食過來？明兒早些起身，借用明珠姊姊的小廚房，再借一些食材，給老夫人做些好消化的小吃食過去。」

謝明珠連連點頭。「我祖父愛書畫，我祖母好刺繡，除此之外別人送的那些只能看、不能用的東西，大多都不合他們心意。此次本就是我臨時拖著妳們兩個陪我的，哪裡能準備得太妥當？下回妳們再來，我倒是不會客氣，到時候林大儒的墨寶、妳們兩個的繡品，盡可送到我祖父和祖母跟前去。這一回就依小五說的，送些小吃食便是，明兒一早，我跟妳們一起下廚，正好也跟著妳們學一手。」

她都這麼說了，顧長安姊妹自然不會反駁，何況雙方關係本就親近，的確沒必要斤斤計較。至於墨寶之類的，下回再說便是。

顧長安完全忽略謝明珠所說的「她做的繡品」這話，只當作沒聽見，反正磨著師公多寫兩幅字便是，繡品什麼的，完全沒必要！

第三十五章　謝家兩老

雖說謝明珠睡的是床，不過床很大，三人靠在一起睡，也好夜間說說體己話。

三人並排躺著，謝明珠顯然是第一次有這樣的經歷，難免有些過於興奮。

「明珠姊姊，雅欣郡主當年到底是發生何事？」

說起這事，謝明珠倒是多了幾分惋惜。「她也是受了無妄之災。」想了想，壓低了嗓門，輕聲道：「寧王當年是養在先太后跟前的，跟今上的關係親近；不同的是，寧王的母妃並未過世，而是犯了錯，被打入了冷宮。等今上登基後，便將人給放了出來，左右不過榮養著，也不怕浪費這點東西。那一位的心思卻是不小，對先皇和先太后更是極為怨恨，所以，她一方面想要拉攏寧王，一方面又想要借著寧王之手對付今上。可是寧王對她並無感情又與今上感情深厚，如何肯由她擺布？如此，她便恨上了寧王，千方百計地折騰起來。」

這些事情還是她從祖母那兒打聽來的。祖母對雅欣郡主很是憐惜，跟她說這些也是讓她知曉前因後果，讓她對雅欣疼惜一些；再者，她要嫁進皇家，這些事情合該多知道一些，免得到時候萬一不小心被人給算計了。

嘆了口氣，她才繼續道：「她娘家還有人在，見寧王與王妃感情深厚，便從娘家挑選了幾個年紀合適的姑娘，硬是要塞給寧王當側妃、妾室。一頂不孝的帽子扣了下來，寧王也不得不退一步；不過他並未信任那幾個人，而是將她們直接扔到那一位身邊，撂下話道願意住在寧王府便由著她們，卻是不能輕易踏進他跟王妃的住處，說穿了只是多養幾個人罷了。」

「寧王也算是一時糊塗了。」顧長安嘆息一聲，想也知道那些人不可能會安分，接下來不用細說她也猜得到，雅欣郡主之所以會有那樣的遭遇，只能是這些人造成的。

謝明珠贊同道：「可不是？那些人野心大，既然有機會進寧王府，又怎肯只住在後院陪著一個老虔婆？有那老虔婆的幫忙，最後硬生生地毀了雅欣郡主，連雅欣郡主日後子嗣艱難這事，也是她放出風聲的。寧王氣得幾乎把人給殺了，最後還是王妃攔下。無論如何，寧王也不能揹負弒母的罪名，更何況，那人也不配為母。從那以後，她只能住在自己的院子裡，讓兩個又聾又啞的粗使婆子伺候，吃穿用的都是最好的，沒人陪著說話，更沒人會跟著她使壞；至於她娘家的那幾個姑娘，王妃一怒之下乾脆連坐，全都給處置了。寧王同樣喜歡連坐法，沒讓自己真正的外家得到好處，原本外家就家道中落，最後直接在京城除名。」

顧二姊嘆了口氣。「即使如此，雅欣郡主到底還是遭了罪。」

謝明珠也跟著嘆息。「可不是？就算寧王和王妃都對郡主萬分疼惜，今上和皇后也同樣是疼愛有加，那又能如何？雅欣郡主遭的罪無可挽回，名聲也跟著壞了，說親都是難事。」

這些話縱然她不說，顧長安和顧二姊也猜得出來，心中不免有些沈重。不過顧長安很快又想起泉水的事情，打定主意要給雅欣郡主試試。

時代不一樣，在如今這個時代，女人的價值無法在工作中體現出來，嫁人生子才是女人完整的一生。雖然是隨大流，卻是最為安全的選擇。

當下不容許離經叛道之事，如她，女子經商、掌管生意已經算是少見，她還是屬於那種在背後出主意的，那些拋頭露面做生意的女子，承受注目的目光更多，壓力也要更大。

所以，只能對現實妥協！

顧長安扯了扯被子。若是玉珠空間裡的泉水對雅欣郡主有用的話，說不定她日後能當個送子觀音。

說了雅欣郡主的事情，謝明珠乾脆又跟她們說了一些其他京中貴女之事。顧家姊妹只參加過這一回的賞花宴，對那些人只有個大致的印象。謝明珠在人前端莊大方，在她們跟前卻是個願意分享八卦的人，當下提了提她們姊妹都記得的人，又問了她們的印象，最後再點評一番。有兩個看著端正、實際上背地裡不是好相與的人，以謝明珠掌握的消息來看，她們手裡甚至都沾了人命。

顧二姊忍不住咋舌。真是人不可貌相，看著那般嬌滴滴的柔弱姑娘，竟然如此心狠手辣，怕是在她們眼中，人命壓根兒就不值當什麼！

三人平時都按時就寢，一晚上的聊天，讓三人比往常睡得晚了，說著說著便紛紛睡去。

心裡存著事情，顧長安三人醒得便早。漱洗後，都去了廚房準備做些吃食。

跟著謝明珠先吃了三顆紅棗、兩顆核桃，顧長安做了酒釀荷包蛋，三人各自吃了一碗後，見丫鬟、婆子們已經將東西準備妥當，三人便開始動起手來。

等東西都準備好，日頭也高了。三人帶著丫鬟，拎著大大的食盒去了謝老夫人那兒。才剛進屋，就聽屋裡有人笑著招呼。「是明珠丫頭帶著顧家兩個小丫頭過來了？」

謝明珠臉上露出笑容，快步走了幾步。「祖母，我帶顧家兩位妹妹來陪您說話。」說話間，三人已經進了裡屋。

謝老夫人坐在炕上，笑咪咪地看著她們。她有些清瘦，不過臉頰上倒是有些肉，看著很是福氣，眼中帶笑，笑容慈祥，讓人看著便心生親近，可以說，自從入京以來，這大概是顧長安見過最讓人想要親近的老夫人了。就是她師娘，頭一回見面的時候，還是有些生疏。

待見禮、問安後，謝老夫人招手示意兩人上前說話，拉著姊妹兩人的手細細打量後，這才笑著道：「果然都是好孩子！怪不得明珠成日在我跟前顧家妹妹長、顧家妹妹短的，我這老婆子瞧著都可心，更別說她了。」

顧二姊柔柔一笑。「謝老夫人謬讚，我姊妹兩人愧不敢當。」

謝老夫人溫柔一笑。「當得起、當得起！」

接著謝老夫人又問了顧二姊的親事。知道家人早早就開始籌備，再確認是由金夫人親手操持的，連連誇讚。「有她幫忙操持，斷不會有差池。不過金夫人也是男方那邊的長輩，如此，妳們若是不嫌棄我這老婆子多管閒事，我便讓身邊做事的老嬤嬤去給妳們把把關。」

顧長安和顧二姊驚喜連連，趕忙答應下來。

謝老夫人肯讓自己身邊伺候的人去幫忙指點，可真是幫了她們天大的忙！

兩人再次誠心誠意地謝過謝老夫人，謝老夫人也沒跟她們客套，當著她們的面吩咐自己身邊的老嬤嬤直接去顧家，說是等顧家都安排妥當了，再讓她回來。

「老夫人，真是太感謝您了！有嬤嬤幫襯，我娘總算不會愁得睡不著。」顧長安道。

謝老夫人忍不住笑了起來。「妳敢在背後這般說妳娘，小心回頭妳娘知道了訓妳。」

顧長安笑著道：「我娘最近忙壞了，可沒工夫來訓我。老夫人，聽明珠姊姊說您最喜繡品，我二姊倒是有些天賦，手藝也不錯，回頭讓我二姊給您繡個抹額過來，您可別嫌棄。」

謝老夫人忍不住笑出聲來。「妳這丫頭倒是會慷他人之慨，怎不說要親手給我繡個抹額過來？倒是讓妳二姊幫忙繡，她不得準備嫁妝嗎？」

顧長安嘻嘻一笑。「老夫人，要是我真親手給您繡了，回頭就該是您來訓我了。我還是不獻醜了，所以我給我二姊準備嫁妝，讓她幫忙繡抹額吧！」

謝老夫人聞言，立刻就明白話裡的意思，卻是假裝不明白，反而好奇地問道：「這話怎麼說的？這好端端的，妳要送我抹額，我怎會訓妳？妳這丫頭可別壞我名聲，傳出去我倒是要成惡人了。」

顧長安摸摸鼻子，老老實實地承認。「我那點本事沒臉見人，平時用的帕子，都是我二姊替我做的，我做的那些，我娘說只能放在屋裡面用一用，千萬不能被外人瞧見。」

一旁跟顧二姊低聲說話的謝明珠，聞言也湊了過來，笑咪咪地道：「祖母，小五這話不是哄人的，就她那手藝，約莫是我六、七歲那時候的水準，說不定還不如我那時候呢！」

顧長安嘴角抽了抽。友誼的小船，說翻就翻。

顧二姊抿嘴淺笑。他們家小五很多方面都厲害，無論是做生意還是做學問，師公和金先生都是讚不絕口，唯二不好的地方，一是作詩，這第二便是做繡活了。

對此，顧長安也沒瞞著謝老夫人，大大方方地描述自己對這方面的不開竅；再加上顧二姊偶爾補充幾句，說的都是她做繡活時的一些小糗事，倒是讓謝老夫人樂不可支，覺得這孩子著實有趣得緊。

好在謝老夫人笑了一陣後，將這話題給揭了過去。

「我瞧妳們過來的時候拎著食盒，這是給我做了吃食？」

謝明珠連忙道：「祖母您不知道，顧家兩位妹妹做的小吃食尤為好吃，早起我也跟著忙活，打算偷師呢！她們做的吃食，我替祖母您先嚐了嚐，若真細品，肯定是比不上您身邊的嬤嬤做的，不過論起新穎，孫女敢說這滿京城找不出第二份來！」

謝老夫人有些驚訝。「這可難得，竟是能讓妳這般誇讚！有哪些吃食，拿來我嚐嚐，看看滋味如何？」

顧長安笑道：「老夫人，哪裡有明珠姊姊說得那樣誇張，不過是我們姊妹兩個閒著無事愛琢磨，這才折騰出點吃食來。說起來也的確就是占了個新穎，論起水準，怕是老夫人您身邊伺候的人，隨便哪個都能勝我們一籌。」

話雖如此，謝老夫人依然很有興致地讓她們把準備好的吃食拿上來。這食盒一直都放在她們身邊，並未讓其他人沾手，哪怕謝明珠是謝家最為得寵之人，她也從不會輕忽。而且這習慣也是謝老夫人一手教導出來的，等她嫁進太子府，這些習慣更是要成為本能才是。

謝老夫人最先嚐的是蛋糕，兩種分別嚐了一小塊。出乎意料，謝老夫人最喜歡的，居然是肉鬆餅；不過她吃得不多，早起本就已經用過早膳，這時候肯吃東西，說穿了只是給三個小輩面子罷了。

「這蛋糕有些甜了，不過妳們謝爺爺想必會很愛吃，待會兒我讓人把這些送去書房，也讓他嚐嚐妳們三個的手藝。」

顧長安連忙道：「老夫人，我們做了不少，給謝老大人的那一份已經送過去了。」

謝老夫人聞言頓時有些心疼起來。「做了不少？那怕是起早了。妳們這三個孩子也太實誠，少做一些無妨的。」

謝明珠抱著她的胳膊撒嬌。「祖母，左右都是要做，可不得乾脆多做一些？我那兒還存著一些呢，回頭給父親他們都送一份過去，也讓他們嚐嚐味道。再說了，顧家妹妹們的手藝難得，我得乘機多囤一些，等她們回去後，我還能喜孜孜多享受幾日呢！」

謝老夫人被她這厚臉皮的模樣給氣樂了。「妳倒是有臉說！到現在還不如妳這兩個妹妹做得好，等妳嫁了人，怕是連盤點心都沒法子做給太子吃。」

謝明珠嘻嘻一笑。「太子說了，他在皇后娘娘那兒磨了幾天，要了御廚來，前幾回太子送點心過來，就是那御廚的手藝。」原本是專門伺候帝后的，太子好不容易才從皇后娘娘那兒要過來的呢！

謝老夫人擺擺手，已經不想再說她。不過太子能做到這分上，想必是真心待她這孫女。

「太子肯為妳如此，妳日後也要將太子的事情放在心上。今上和娘娘肯同意也是一片愛子之心，往後妳可要恪守規矩。今上和娘娘身分貴重，可同樣也是妳的公婆，雖與尋常人家不同，卻要將他們當成公婆來孝敬，該做的事情要親自去做，不可輕慢。」謝老夫人沈聲道。這話是專門對謝明珠說的，可話中的意思，多少也是在提點顧長安姊妹兩人。

謝明珠連忙起身應道：「祖母放心，明珠都記下了。」

謝老夫人示意她坐下。該教的她早就教了，孫女是個聰慧的人，到底是自己唯一的孫女，自小放在心尖上寵愛，眼看要嫁人了，嫁的又是天家，她又怎會不擔心？無論孫女懂得再多，她總是擔心，生怕有個萬一，孫女就會栽觔斗。

不過她不打算說得太多，有些事情她倚老賣老可以提點幾句，可顧長安兩人到底不是自家孩子，說太多就有些過了；再者這也是她們第一次來，往後若是好相處，孩子也願意聽，她再慢慢教。

謝老夫人年紀大了，精力有些不濟，三人陪在跟前說了一會兒話，看謝老夫人有些乏了，三人便決定去後花園逛一逛。謝老夫人也由著她們，自己則是先歇一歇。

「我那兒有山楂醬，回頭我讓人給妳捎過來，飯後給老夫人泡水喝。」顧長安看得出來謝老夫人消化不太好，才吃了那幾口東西就有些撐著，又不是個愛動的人，喝些山楂水能幫助消化。

謝明珠自是不客氣地接受了。「上回問妳，妳還說沒有呢，這回又有一罐了。我也不跟妳要山楂醬，桃子醬分我一罐唄。」

顧長安翻了個白眼。「沒有桃子醬了，上回都給小琮做點心了，妳真想要的話，回頭等果子成熟，我再給妳做幾罐。」

謝明珠聞言無奈。沒果子也沒辦法，總不能無中生有。不過想起顧長安說的蕈肉醬，她又乘機從顧長安這兒預定了好幾罐。

顧長安三人在後花園逛了逛，在話本裡那些在後花園偶遇的事情是不可能在謝家發生的。

到了中午，謝老夫人那兒已經擺好飯菜。

謝老夫人笑著招呼三人坐下，道：「不知道妳們姊妹兩個愛吃什麼，便讓廚房依照妳們明珠姊姊的口味多準備了一些。」

顧二姊連忙道：「老夫人費心了！我們姊妹兩人不挑食，依明珠姊姊的口味就極好。」

謝明珠眼珠一轉，只留下謝老夫人身邊最得力的嬤嬤，等其他人都出去了才笑著道：「祖母，顧家二妹妹口味與妳相近，喜歡吃清淡一些；小五則是但凡好吃的都愛，尤其愛吃肉。」

「就這樣的話，妳非得把人給屏退做什麼？」謝老夫人難得有些疑惑。難不成是擔心這兩個丫頭有人在跟前伺候吃不好？

謝明珠笑嘻嘻地看了顧長安一眼。

顧長安滿腹心酸。她原本打算控制一下自己的食量，等回到謝明珠的住處再填飽肚子，被謝明珠這麼一說，只好實話實說。「老夫人，是因為我胃口大，明珠姊姊才讓人退下，免得把人給嚇著了。」

謝老夫人有些不以為意。「妳一個姑娘家，胃口再大又能大到哪裡去？」覺得謝明珠這是在逗弄小姊妹，忍不住瞪了她一眼。「妳別看人家小姑娘脾氣好，就著勁欺負人，小姑娘再能吃，最多也只比妳多吃一碗飯，成天瞎胡說，壞了小丫頭的名聲，小心我收拾妳。」

謝明珠扁扁嘴，委屈地道：「祖母，我可沒有欺負她。」

顧長安也連忙解釋。「老夫人，明珠姊姊待我極好，就跟親姊姊一般，哪裡會欺負我？的確是我食量有些大，跟明珠姊姊沒有關係。」

謝明珠不會欺負她，就是偶爾捉弄她、打趣她，好彰顯她們之間的姊妹情。

謝老夫人還是有些懷疑，不過並未再深究。好在準備的飯菜不少，光是主食就有三種，有香濃的魚片粥、香軟可口的大米飯，還有嬰兒拳頭大小的包子；包子還分葷、素兩種餡料，素餡是小白菜的，肉餡則是雞汁蕈的。

既然已經說開了，顧長安乾脆破罐子破摔，大大方方地吃了起來。

謝老夫人原本只吃半碗粥和一個素餡包子就飽了，可是看著顧長安動作優雅，實際上速度卻是不慢地吃下三碗粥、小半盤包子，原本不怎麼旺盛的食慾忽然被帶動，也多吃了半碗粥，被一旁同樣看呆的嬤嬤給攔下了。

顧二姊和謝明珠先後放下筷子，之後幾人眼睜睜看著顧長安慢條斯理地將剩下的飯菜一股腦兒地全都吃光了。

謝老夫人讓人準備了不少菜，不過顧長安全吃完也只有七分飽。

「可吃飽了？」謝老夫人驚愕地看著顧長安壓根兒沒有任何變化的肚子，這麼多年，第一次覺得自己的聲音在飄。

顧長安摸了摸肚子，誠實地回答。「七分飽，但是也差不多了。」

謝老夫人拍了拍心口，覺得這孩子真是實誠過頭了。不過這麼多的東西吃下去只有七分飽，她這食量，的確夠讓人吃驚的。

「小五啊，妳這小身體怎麼能吃那麼多？都吃到哪兒去了？」謝老夫人忍了忍，到底沒忍住，只是稱呼也改了，顯然顧長安的食量讓她跟這孩子親近不少。

顧長安摸摸鼻子，想了想，有些含糊地道：「我吃得多，力氣也比較大。」

謝老夫人又拍了拍心口，覺得力氣到底有多大這問題還是不要問出口，她怕自己被嚇著。

謝明珠知道顧長安力氣大，也見識過，可是她見到的只是顧長安順手把沈重的木頭桌子給抬起來，隨手放在一旁之類的，除此之外，還真不知道實際情況，所以對顧長安力氣大只有一個大致的概念，卻是不知真正的深淺。幸虧如此，這個話題就這樣跳了過去，等不久的將來，她親眼見識過顧長安的力氣到底有多大後，才深深佩服以前的自己實在太過天真。

顧長安這力氣，哪裡是一個「大」字足以形容！

不過這都是後話。顧長安三人吃飽喝足，謝老夫人或許是太過震驚，這時倒是精神十足，三人乾脆陪著她去花園散步。謝老夫人沒忘記跟她們提了一句，謝夫人她們都在忙著謝明珠大婚之事，著實分身乏術。

顧家姊妹自然是連連表示明白，她們本就是小輩，哪裡能讓長輩特意空出時間來見她們？更別說謝明珠大婚乃是國之大事，若是相處得好，往後的日子還長著呢，她們可不敢讓謝家人放下手裡的事情，就為了跟她們這兩個小丫頭見一面。

顧長安和顧二姊在謝明珠這兒住了兩個晚上就打算回家，顧二姊到底已經訂親了，在外久了也不妥當，而且家裡還有師公在呢，沒人給他準備各種吃食，這位大老說不定又得鬧脾氣。

他們師公還不老，心性已經達到這地步了。

當然，顧長安得承認她自己也不放心師公。她那師公嘴刁，脾氣又大，尤其是看見自家親爹和小叔心裡就憋氣，當年眼瞎才收了兩個醜弟子，如今百般嫌棄，要是她不在，她師公的火氣太大，可憐她爹和小叔得吃排頭了，所以還是早些回去吧！

謝明珠見她們堅持要走，也就沒再多挽留。謝老夫人給她們準備了不少東西，謝明珠更不用提，準備的東西裝了幾乎一馬車。

準備妥當正要走時，卻聽謝家下人匆匆過來，說是謝老大人請顧長安過去見一面。

顧長安微微一怔。謝老大人要見她？

謝老大人年紀雖然不小了，卻依然是個帥氣的小老頭。顧長安覺得，氣質這種東西，雖然是看不見、摸不著，卻能夠直接決定一個人的氣勢。饒是頭髮花白，皺紋橫生，也依然光風霽月，氣勢逼人。

「謝老大人，您找晚輩過來，可是有事情要吩咐？」見過禮後，謝老大人卻是只盯著她看，好半天都沒說話之意，她是小輩，雖說依然淡定，到底還是先開了口。

謝老大人心中得意。他就說嘛，老梆子那兩個關門弟子一看就是老實的，徒孫更是乖覺的，這不，見了他也得先放低姿態，絕不會跟那老梆子一樣，成天就知道氣他。

顧長安不知道眼前這光風霽月的謝老大人，正暗自把她最為崇拜的師公叫成老梆子，要是知道的話，她肯定……

好吧，就算她最為崇拜自家師公，可眼前這一位算起來也是師公的師兄弟，自然也是她的長輩；而且，這帥氣儒雅又有氣勢的小老頭，的確很得她眼緣。就算知道了，她最多只是幫自家師公說幾句話，總不能因此跟這一位打起來。

「眼神清明，看著就有正氣，是個好孩子。」謝老大人笑咪咪地誇讚，讚賞之意倒是很明顯，顯然是真覺得顧長安還不錯。

顧長安大大方方地道謝，雖說如今與她那個年代一般，喜歡中庸之道，別人誇獎，都會回一聲「當不起」，但是這種委婉，在謝老大人這些大老跟前，還是少用為妙。

她這般不虛偽，反而還有些自得的模樣，果然讓謝老大人看著更加歡喜。

「我跟妳師公也算是師兄弟，不過他不肯出仕，還因為我在朝廷為官，平時刻意與我保持距離；不過妳師公的弟子們，只有妳爹和小叔沒在我跟前待過。」謝老大人說起跟林湛的關係也是有些頭疼。林湛那性子說一聲拓落不羈也絲毫不為過，明明看起來儒雅之人，偏偏狂傲鐫刻在骨子裡，要不是他堅持，林湛能三年五載都不跟他見一面。

顧長安抿嘴一笑。「師公性情如此，本不適合出仕。」

有些人注定是高高在上，被人追捧。當然，憑她師公那張臉和那氣質，放在她那個年代，也是妥妥的儒雅大叔，無論哪個年代，看人先看臉都是正常。

聽她這麼說，謝老大人贊同地點點頭。「妳師公的確不適合出仕，還是安生當他的大儒吧！」

謝老大人對林湛很是關心，仔細問了他住在顧家的生活起居之類的事情。顧長安挑揀能說的說了，有些事情不太好說就乾脆裝傻，只有在吃食上說得多了一些，畢竟林湛的吃食，基本上都是她親手準備的。

「妳做的那些小吃食倒是不錯，那老東西有口福。」謝老大人有些酸溜溜的。他家中只有一個寶貝小孫女，只可惜手藝不佳，自家夫人年紀大了，他捨不得讓夫人動手。當然，他家夫人的手藝，那可真是一言難盡；倒是比不過林湛那個光棍運氣好，遇上這麼個有手藝的小徒孫。

顧長安聞言卻只是笑了笑，並未主動說往後也會給謝老大人送吃食。京中關係盤根錯節，狀況也複雜，吃食這種東西離開自己視線就容易出問題，還是不要輕易送出手。

謝老大人顯然也沒想過讓她往府裡送，笑咪咪地道：「若是得閒，不知可否上門叨擾？」

顧長安瞪大雙眼，沒料到他會有這一手，只好假裝高興地道：「自然可以！謝老大人能去，我師公想必也會很高興。」

謝老大人哈哈一笑，沒戳穿她這糊弄人的話。

林湛那老梆子，巴不得跟他老死不相往來，能高興看到他才是怪事。不過能去給林湛添堵，還能滿足一下自己的嘴巴，何樂而不為？

「妳前兩日做的那個蛋糕味道不錯，我記得明珠還帶過茶味的小零嘴，不知那蛋糕可否做成茶味的？」謝老大人忽然問道。

顧長安點點頭。「可以，若是謝老大人喜歡，下次給您做個茶味的。」不做抹茶味的蛋糕，完全是因為要將茶葉研磨的這道工序讓她心煩，而且家裡喜歡吃抹茶味的人不多，她就乾脆不費那心思。只是現在謝老大人特意提出來，她也只好答應下來。

好歹是師公的師兄弟呢！

謝老大人滿意地道：「那就有勞了。我也不多留妳，聽說妳書畫不錯，這畫冊和字帖乃是我以前練筆之作，妳若是不嫌棄，便當見面禮送妳了。」

謝老大人說得客氣，顧長安卻是在他跟前第一次露出她這年紀的孩子該有的喜悅來。

「不嫌棄、不嫌棄！多謝謝老大人！」

這可是謝老大人謝大儒的畫冊和字帖啊，謝老大人的書畫可是千金難求，哪怕以前所做比不上如今的水準，可放在外面也是會讓眾人搶破頭的東西。

跟謝老大人道別後，顧長安高高興興地捧著東西出了謝家。等著送她們的謝明珠，一得知顧長安居然從她祖父那兒得到這些東西後，也是一臉羨慕。

她也一直想要這些東西，只可惜她祖父嫌棄她水準不行，平時最多只給她寫張字充當字帖，或是畫一張畫，這還得是她祖父心情好的時候才有，這些年下來也只得了五、六回。祖父的弟子不少，卻沒人如同顧長安這般，只來謝家一回，就讓祖父主動送這些當見面禮。

若說出去，顧長安怕是瞬間就會成為諸多學子，甚至已經功成名就之人，羨慕和嫉妒的對象了。

第三十六章　閨中密友

顧長安一路上喜不自禁，她對書畫的確是真愛，能得謝老大人這份饋贈，她自是欣喜無比。

顧二姊也不打斷她，等到了家門口，才嘴角微揚，聲音輕柔地對她說：「若是師公知道，妳收了謝老大人的見面禮還如此欣喜……」

顧長安的笑容頓時僵硬。

但謝老大人送的東西，她到底不敢瞞著林湛。從謝老大人的態度便可看出林湛與他的關係不算和睦，原本以為林湛會不大高興，可他只看了一眼，便讓她安心收下。

顧長安摸摸鼻子，乾脆壯著膽子把話一次說完。「謝老大人說，有空時想要來家裡坐一坐。」

這話她說得委婉，林湛卻是一聽便知道，姓謝的老東西斷不會加上那一個「想」字！雖然有點暴躁，不過到底沒把火氣發洩在自己的小徒孫頭上。謝家的老東西是出了名的厚臉皮，他都開口了，自家小徒孫不管是不是願意都得應下來。

有火氣都先攢著，等那老東西來的時候再發洩也不晚。

見自家師公沒意見，顧長安懸在半空的心終於落到實處。出門兩、三天，歸來第二件事，便是去廚房給自家師公做了一頓好吃的。

林大儒表示非常滿意，哪怕聽到姓謝的老東西的消息，也沒讓他鬱悶太久。

安撫好師公，顧長安又開始忙碌起來。在謝家的時候就邀請新認識的朋友到家裡，總不能失約，先給雅欣郡主和秦無戰發了請帖，兩人都回帖言明會準時赴約。

幾日後，秦無戰和雅欣郡主幾乎是前後腳到達顧家，顧長安連忙將人迎進自己跟顧二姊住的院子。桌上已經擺好各色零嘴，是顧家人一早就準備好的。

「總算是吃到這蛋糕了，我可是饞了許久。」小姊妹碰面無須太過客套，與顧家姊妹寒暄幾句後，雅欣郡主便先嚐了一口蛋糕。這回顧長安做的是果醬口味，基本上姑娘家沒有不喜歡的。

秦無戰兩、三口就吃掉一塊蛋糕。「味道還不錯，就是軟綿綿的。」

沒有肉好吃！

顧長安輕笑，將肉鬆餅放在她面前。「嚐嚐這種鹹口味的點心。」

秦無戰是無肉不歡，顯然這肉鬆餅更合她的口味，其他的只嚐了嚐，一盤肉鬆餅大半都進了她的肚子。她速度快，好在動作也不算粗魯，相比之下雅欣郡主的一舉一動要優雅多了，不過想來也不讓人意外。秦無戰自小跟著當將軍的爹，能學會不粗魯就算不錯了，哪裡還能指望她學會優雅。

不過秦無戰的氣勢擺在那兒，就是外人看起來沒教養的吃相，顧長安也覺得順眼。

顧二姊只是小坐陪了片刻，便起身出去。雖說來了客人，廚房還有老陶兩口子，不過既然是要做他們顧家特意拿來招待客人的吃食，她也得去看著；而且籌備嫁妝不是小事，總不能都壓在鄒氏身上。

秦無戰心大，跟顧二姊這樣嫻靜溫柔的人還真有些不知道該如何相處；雅欣郡主則是對誰都是冷冷淡淡的，對顧二姊的印象也僅限於她是顧長安的姊姊罷了。見顧二姊離開，兩人也是暗鬆一口氣。

「長安，妳在謝家住了兩天嗎？」秦無戰心直口快，既然是朋友，她便不會來那些虛的，直接問道。

顧長安點點頭。「我師公與謝老大人算是師兄弟，明珠姊姊又是我們入京後認識的第一個人，性情相投，走得便近了一些。明珠姊姊即將大婚，日後相處的機會怕是不多，便乾脆在謝家住上兩日，也多陪陪她。」

秦無戰回京的時間不長，她這性子又頗受人排擠，偏偏她不是個為了得到他人歡喜就改變自己的人，所以很多事情只能靠自己摸索，所以的確不知情。

顧長安便三言兩語解釋了一番，此事早就不是秘密了，說一說也無妨。不過細節上就不能說得太清楚，謝明珠身分貴重，若是直言她嘴饞才跟她們搭上話，為的就是買點吃食，哪怕是人之常情，也有可能會有人因此對謝明珠說三道四。

秦無戰表示是因為她們的緣分深厚，不然又怎會在路上偶遇？

顧長安對此不置可否，瞧著雅欣郡主的臉色不是太好，便問道：「郡主可是身子不舒服？」

雅欣郡主擺擺手。「我這破身子如何，哪個不知道？撿回來的一條命，能吃、能喝、能走就不錯了，我也不指望更多。」

每個月總要病上一、兩回，她早就習慣了。

秦無戰輕嘖了一聲。「身為女子就這點煩人，前些年在北方時，有一回和外族有小磨擦，我正要跟上去呢，偏偏遇上女子最為煩悶之事，最後被我爹給踹了回去！」

顧長安摸摸鼻子。她暫時沒有這種煩惱，不過聽秦無戰這般說起，忽然問道：「妳每月那幾日，可會腹痛難忍？」

秦無戰無所謂地點點頭。「的確如此，有的時候痛得我都想殺人了。後來我爹找了個老大夫，喝了幾回藥，就不至於那般疼痛。不過老大夫也說了，我小時候受寒太重，若是不好好調理，日後想要孕育孩子比尋常人要困難一些。」從那之後，她爹就總盯著她，可煩人了。

顧長安無語，就連雅欣郡主也有些頭疼地看著秦無戰。她的心也是夠大，這種不該讓人知曉之事，她居然這麼大剌剌地說了出來，也不怕她們心懷不軌？

不過顧長安卻是心中一動。

顧長安想了想，到底還是將先前準備好的藥丸拿了出來。這藥丸只是尋常養身用的，不過特意找紀琮手底下專門負責製藥的大夫，在製藥時將泉水添加進去。這藥丸吃了對人無害，說不定還能有意外收穫。

若非如此，顧長安也不敢拿出來給雅欣郡主和秦無戰。

「這是養身子用的藥丸，我無意間從別人那兒買來的。」

秦無戰壓根兒不想去接。「我可不吃這些苦口的藥丸，往年光是喝那些湯藥就喝夠了。」

雅欣郡主倒是眉頭輕挑。「莫不是這養身子的藥丸，跟尋常養身用的不同？」

顧長安點點頭。「對受寒、受孕不易的女子最有效果，不過也是因人而異，體質不同，效果便也不同。有人傷了身子，無論哪個大夫都說不能有孩子，這藥丸吃下去卻是徹底改善了身子；有的問題不是那麼嚴重，卻是沒什麼效果。不過無論哪種，這都是補藥，對身子不會有壞處。」

雅欣郡主似笑非笑地斜睨了她一眼，對她所說的「無意間買到」，以及「聽人說」之類的話，全然不信。然而，她本不是個喜歡追根究柢之人，顧長安有自己的小秘密不假，可願意冒著風險將東西送給她，她領情。

「那我就不跟妳客氣了。」她大大方方地收下。

秦無戰見狀也立刻收了下來，就像是顧長安說的，哪怕沒有效果，至少也能補身子。

「不過這東西妳就算手裡面還有，往後也莫輕易拿出來。人心本貪，太好的東西於妳不利。」雅欣郡主難得提醒了一句。若非是在京城，這東西就算真有利孕育子孫，也不至於讓人鋌而走險。可是在京城卻是不同，後宅陰私多，女子壞了身子的事情自是最多，若能有這機遇，那些女子無論何種事情都做得出來。

顧長安哪裡不知道她這是在關心自己，自是一口答應下來，保證自己絕不是那種輕信他人之人。

「把妳們當成朋友，也知道妳們會信我，這才拿出來給妳們試一試。」

聽她這般說，雅欣郡主才放心。雖然認識不久，今日也只是第二次相處，可對這新朋友的性情還是有些瞭解，知道她不是那種沒心眼的人，所以只是提醒一句而已。

秦無戰想了想，倒出一粒藥丸，忽然直接扔進嘴裡。「味道倒是不怎麼苦澀，比起我以前吃……咦？」

她忽然驚訝地挑起眉頭，顯然很是意外。

雅欣郡主心頭一跳，立刻盯著她。「有何感受？」

秦無戰摸了摸腹部，面上多了幾分驚奇之色。「這藥丸倒是有意思，才吃下去，就覺得肚子暖呼呼的。」她以前喝那些湯藥都得喝一段時日，肚子才會變得暖和，可這藥丸，居然一顆下去就有這效果！

雅欣郡主聞言先是一愣，旋即也露出兩分驚訝之色，想了想，也如同秦無戰一般，倒出一顆藥丸吞了下去。滋味於她全無用處，只是在吞下後沒一會兒腹中便湧起陣陣暖意，讓她也忍不住露出幾分喜色。

「長安，這藥丸只吃這一小瓶就能改善身子？」雅欣郡主忽然面色一整，一本正經地問道，明擺著想再要一瓶。

顧長安木著臉。「妳們先吃吃看，裡面一共有三十顆，一個月後看效果再決定要不要繼續吃？」

先不說她手裡面的確只有這麼點，就是有多的，她也不能給啊！吃一個月，能讓太醫把把脈，看看到底是否有效果。

聽她這般說，雅欣郡主也只好作罷。她也是一時情急才失了分寸，等靜下心來，便有些內疚起來？

這般對待自己的朋友，當真算不上是光明磊落！

她這人雖然高傲，性子也稱得上有些古怪，但在是非問題上自有底線，何況還是自己看重之人，當下就大大方方地道歉了。「是我太過貪心了，抱歉！」

顧長安淺淺一笑。「妳若是不貪心我反倒會覺得奇怪。」

秦無戰完全沒將她們之間的這點小問題放在心上，吃完藥丸覺得有用後，更加高興地把東西妥當收好，繼續樂呵呵地吃起小零嘴。

雅欣郡主轉頭正好看到她這沒心沒肺的樣子，忍不住一陣頭疼。她活了這十幾年，從未像現在這般操心。

這兩個好友，一個太老成，才十歲出頭，心眼多得跟篩子似的，好在三觀正，做事也有底線，而且靠山不只是強大，還護短；再加上前程無限的家人護著，紀家那小子對她又是死心塌地，日後自是差不了。

可秦無戰就不同了，雖說秦將軍也算是個靠山，可架不住秦家沒腦子、心思多的人太多；最關鍵的是，這丫頭自個兒就不是個省心的人，行事大剌剌、缺心眼，入京至今，對京中的事情還沒弄出個章程來，凡事都不放在心上，再這麼下去，估計秦家人在掂量後，直接把她「賣」出一個好價錢來了。

「秦家現在對妳的親事可有決斷了？」忍了忍，到底沒忍住，雅欣郡主還是開口問道。

顧長安對這問題也很是關心。「正是！妳回京也有數月，想必秦家也有個說法了。」

秦無戰一口喝掉一盞茶，伸手想要抹嘴，忽然動作一頓，拿出帕子馬馬虎虎地擦了擦嘴。「有，只不過我沒依著他們！若是順著他們的意思，我現在怕是已經當人填房了。」

兩人還沒對她粗魯豪邁的動作有反應，就因為她所說秦家人做的事情變了臉色。

大荊朝允許女子再嫁，無論是守寡、和離，甚至是被休後的女子；對女子尚且寬容，更不用說是鰥夫再娶了。不過但凡是鐘鼎高門，為了自家顏面，斷不會做出將本家嫡女嫁為鰥夫當填房之事來；當然，為皇家子弟的填房，那就是另外一說。

秦家當年榮光不必提起，只說眼前，秦無戰的父親才是秦家的頂梁柱。秦將軍喪妻後便不曾再娶，膝下除了秦無戰之外，便只有一子。秦將軍雖然為人粗魯一點，對女兒也是採放養的方式，可誰都知道他很看重這個唯一的女兒。如今靠著秦將軍才能維持眼前體面的秦家人，不忙著討好秦無戰不說，竟然還打算把她嫁給鰥夫當填房，這得多想不開，放著好日子不過拚命作死呢？

「是想把妳說給哪家人？」雅欣郡主冷著臉問道。

秦無戰皺著眉頭努力回想一番。「不大記得了，好像是工部哪個侍郎的長子。今年二十有三，正妻病逝，膝下有嫡出子女三人，最小的那個好像尚未滿周歲；至於庶出的子女，我記得也有兩、三個，妾室、通房有幾個他們也沒說，具體大概就是這些了。」

饒是顧長安和雅欣郡主這樣從容不迫之人，也忍不住被氣樂了。

雅欣郡主想了想，道：「六部尚書下各有兩位侍郎，若是秦家人選的是工部侍郎的話，我倒是知道那家。那位侍郎是京中出了名的子嗣頗豐，前後娶了三個正妻，前兩個一個是病死的，一個是生產的時候血崩沒救回來。三位正妻給他生了七、八個嫡子，兩、三個嫡女，除此之外，庶子、庶女的具體數量，只能大概估算，或許有十幾個，我記得好像是上個月，聽說他家裡又要添丁了，添幾個卻是不知。」

這回輪到顧長安和秦無戰目瞪口呆了，兩人愣愣地看著雅欣郡主，好半天都沒回過神來。

顧長安咋舌，真是「能生」啊！他們家生孩子怎麼跟批發似的，隨隨便便就能來一打！這麼多孩子，光是養活每年都是一筆不小的支出，何況能生出那麼多的孩子，後宅女子自然不會少。畢竟他的長子已經二十有三，可以想見那位侍郎房中的人到底有多少。

這種官員，要麼是家族底蘊深厚，在家族中地位穩固，每年產業的收入足夠讓一家子過得逍遙；要麼就是家裡有人是做生意的好手，而且還頗有家族觀念，將利潤都歸公養活一大家子；最後一種可能，便是解開錢袋子，心安理得地接受別人給的孝敬，甚至主動伸手去掏人家的錢袋子。

聽雅欣郡主這番話，這一位恐怕不是那麼乾淨，而且怕是已經引起有心人的注意，這樣的人家，好日子也該到頭了。

這時候秦家人居然還琢磨著，要將自家頂梁柱唯一的女兒嫁過去當填房，也算是腦洞清奇了。

「先拖著，給秦將軍送信，這件事不能瞞著。」秦家人做出這種噁心人之事，不能瞞著秦將軍。雅欣郡主冷冷道：「我記得妳伯父的兒子有心入工部，想必這是將妳送出去，好給他們鋪路呢！」

秦無戰咧嘴。「已經送信了，沒我爹點頭，他們那點膽子只敢在私下裡攛掇我，要是我態度軟和一些，到時候就算我爹動怒，他們也可以說是我自己與對方看對眼了。」

這種蠢事她可不會幹，如今秦家是仗著她爹的威勢，憑什麼還要她委屈地被那群人給拿捏？

顧長安忽然問道：「京中可有與秦將軍交好的長輩？」

秦無戰摸了摸鼻子。「有的，不只是我爹，我娘生前也有交好的閨中好友，健在的長輩也有幾人。回京後我都去拜訪過了，只是當時想著這親事一時半刻也說不成，就沒託付她們幫忙留意。」

雅欣郡主冷冷掃了她一眼，嗤笑一聲。「妳也是個蠢的，乾脆託付那些人幫妳留意，也莫要寄望那些寄生蟲。」

秦無戰哈哈一笑。「妳說得對極了！回頭我就去幾位長輩家再拜訪一回，這事還真得託付給她們才行。」

若是可以，她真不想嫁人。嫁人有什麼好的，相夫教子這種事情她做不來，她真怕嫁了人後，未來男人做的事情不順她的心，她一怒之下把人給揍了。

秦無戰摸了摸鼻子，訕訕想著這事還真有可能發生。

所以，她該找一個抗揍的？

「什麼抗揍的？」雅欣郡主眉頭一皺，沒聽明白。

秦無戰這才發現自己居然說出口了，也不瞞著，笑嘻嘻地道：「我脾氣不是太好，琢磨著找一個抗揍的，免得到時候兩人打起來，他被我一拳給打壞了。」

顧長安嘴角抽了抽，越發覺得秦無戰跟自家三哥簡直絕配。這麼悍的女漢子，就該配一個俊秀的芝麻餡小書生啊！她三哥的武力值，對付一個秦無戰還是綽綽有餘的；更何況她三哥最可怕的不是武力值，而是他的腦子，就秦無戰這樣子，大概十個她加起來也玩不過他一個人！

不過秦無戰比她三哥還要大一歲，想要促成還是有些麻煩，更別說大哥還沒說親呢，二姊可以先越過大哥，可三哥若也搶先大哥就不是那麼一回事了。

顧長安只是這麼一琢磨，沒將這事放在心上；倒是雅欣郡主問起秦無戰能去拜訪的長輩有哪些？她自小在京中，對京中那些人都一清二楚。秦無戰這事不能馬馬虎虎地選個人幫忙留意，總要慎重一些，選幾個合適的人出來才行。

這事說起來簡單，實際操作起來有些難度。無論在哪個年代，婚姻大事，總歸不是幾個孩子就能做主決定的，只不過秦將軍不在京城，秦家人又不可靠，所以她們才敢私下算計來、算計去，琢磨著求長輩們幫忙留意。

至於幫忙介紹人選這事情，她們小姊妹三個關起門來嘀嘀咕咕就罷了，真要說出去，怕是會惹來天大的麻煩！她們三個都是別人口中的話題人物，還是安分一些，莫要再做出容易被人揪住不放的小把柄。

雅欣郡主和秦無戰用了午膳後，相偕去看顧二姊做繡活。雅欣郡主的繡活極好，她沒幫忙做繡活，卻教給顧二姊兩種針法，只看顧二姊歡喜的模樣，也知道她的水準要更高一些。至於秦無戰，顧長安心中歡喜，終於認識比她的繡活更差的人了！她好歹還能繡出個東西來呢，秦無戰就連縫縫補補都手忙腳亂，針腳大得嚇人。

雅欣郡主對於她們兩個手藝不佳倒是覺得無所謂。「本就是打發時間用的，妳們兩個也沒空閒的時候，會不會又有什麼關係？」

秦無戰拍了拍她的肩膀，一臉贊同。「可不是？我也是這麼跟我爹說的，只可惜我爹不肯聽我勸，等下回我爹回京，我請妳們去我家玩，到時候妳可千萬要把這話再重複一遍給我爹聽啊！」

顧長安三人忍不住笑了起來。看她這樣子想也知道為了學這些事情，當初怕是沒少被秦將軍教訓。

心裡壓著事情，兩人就沒再多留，又一起吃了一頓小點心，便起身告辭。顧長安準備了不少零嘴，只是原本的分配稍微改了改，將鹹口味的大半都給了秦無戰，原本要給秦無戰的甜口味零嘴，則是分出一些給雅欣郡主。正好兩人的口味相反，對此自是皆大歡喜。

送走小姊妹，接下來的日子顧長安又忙碌起來。

這段期間，顧錚禮順利進入翰林院，而顧錚維則是如願以償地說服自家兄嫂，有林湛幫忙運作，想必過段時日便能外放為官。時間可能有些緊迫，說不定都來不及參加顧二姊的婚宴。

對此顧錚維很早就開始內疚，要不是有鄒氏和顧錚禮攔著，他都快把自己全部身家全都留給顧二姊了。

似乎只是一眨眼，就到了謝明珠大婚前夕。

顧長安和顧二姊裝扮一新，掐著時間出門，事先得謝明珠的再三叮囑，兩人去得比較早。

謝明珠面色紅潤，眼底帶著幾分喜氣和兩分難掩的羞澀，不過還是大大方方地接待兩人。

「妳們總算來了！」謝明珠拉著兩人進了房間，有丫鬟連忙送上溫熱的茶水。「原本以為妳們能早一些到，可惜了我這一壺好茶。」

偏偏這好茶不多，剩下的都打算送給顧長安，已經準備妥當，總不能再拿出來。只好用這已經變得溫熱的茶水「待客」了，好在兩位客人都算是自家姊妹，不會在意這些。

顧長安輕笑。她二姊對茶水的喜好一般，能喝就成；倒是她跟著金先生和林湛的時間長了，能品出茶水的好壞。上回謝明珠就提過，回頭要送點好茶給她，想必就是這一種了。當然，她很明白謝明珠送的好茶，一半的原因是因為她，其他的全都是為了自家師公和老師。

不過無所謂，親姊妹之間都會有利益牽扯，何況她們不是親姊妹呢。互有所求，反倒能更加和睦相處。

各自喝了一杯茶，顧長安和顧二姊便將準備好的添妝送到謝明珠跟前。

謝明珠高高興興地接過一看，頓時驚愕地瞪大了雙眼。

顧二姊送的東西價值不菲，是一對羊脂白玉的手鐲，她花了自己至少一半的私房，可這對手鐲比起顧長安送的東西，卻還是差了一些。

顧長安送的是兩張方子。

這算是顧長安精挑細選後才做出的決定，這兩張方子雖然是添妝，實際上謝明珠應當明白這是送給太子府的，也算是初步跟太子府拉近關係的小手段。

一張是月餅的方子，大荊朝有中秋，可並沒有月餅。顧長安詳細說明了做法後，還特意提起五仁餡。當然，她是絕對不會吃這種口味的月餅，對她來說再也沒有比五仁餡更加恐怖的口味；至於其他的口味，就等他們自己去琢磨了。

另一張則是豆麵糕的方子。在她那個時代，這種特色小吃算是風靡全國，她也很是喜歡，尤其喜歡撒了黃豆麵的口感。原本打算放在作坊裡批量生產的，不過考慮一番後，還是拿出來給謝明珠當添妝。

這兩種吃食只是占一個新奇，無論是在家中自行食用，還是開個鋪子專門賣這些都可以；若是拿出去賣，只要做好宣傳手段，就算不能日進斗金，至少也能增添一大筆進項。以她對謝明珠和太子的瞭解，基本上不會將東西拿出去只為換點銀錢，用來討好那兩位長輩倒是很有可能。不過這些都跟顧長安無關，左右都是送出去的東西，他們願意如何處置便隨意。

「這有些太貴重了。」饒是謝明珠也忍不住有些遲疑起來。

顧長安淺淺一笑。「明珠姊姊，這可是我們姊妹送妳的添妝。我以前在村裡的時候，只聽過嫌棄添妝不夠貴重的，倒是沒想到，今兒還能聽見覺得添妝太過貴重。這話，我只當作是妳在誇獎我跟我二姊了。」

謝明珠先是一愣，隨即也忍不住笑了起來。本是添妝，她這作態反倒是有些做作了。如此一想，她就大大方方地收下。「是我著相了！如此，我便收下了。這兩種吃食我瞧著都喜歡，等回頭讓廚子做了給妳們送一些過去，太子府裡有御廚，看看他的手藝比起妳們兩個如何？」

顧長安輕笑一聲。「我這點水準只是哄哄妳們，哪裡比得上御廚的手藝？」

顧二姊則是應道：「那我們便借明珠姊姊的光，等著嚐嚐那位御廚的好手藝了。」

謝明珠想著等大婚後就將方子給御廚，不然，顧二姊怕是吃不到了。正好，早些將東西做出來，也能趁著新婚多在帝后那兒走動，這東西拿來做人情也不錯，尤其是那月餅，今年的中秋是她在婆家的第一個節日，準備點新吃食，也顯得鄭重。

其他人還沒來，謝明珠便讓屋裡伺候的人都退下，只拉著兩人說說話。

提及顧二姊的親事和陶沐之，謝明珠不知是一時感慨，還是憋悶了太久，忽然嘆了口氣，道：「陶探花只有出身惹人詬病，外面那些人說三道四的，可說穿了有多少姑娘家都在羨慕妳？不說陶探花的前程，光是他只願意守著妳一人，便是其他人羨慕都羨慕不來的。」

顧長安姊妹兩個對視一眼，心頭微微一跳。這話她們有點沒法子接，謝明珠分明是在擔心，日後太子身邊會有更多的女子跟她分享自己的夫君。

這真不是她們能夠接下的話題，就顧長安所知，現今太子對謝明珠的確有些情意，而且短時間內不會再往後院添人；可是以後的事情誰也說不準，權力傾軋，難保太子日後為了拉攏人心，或是穩固自己的權勢，不得不做出一些妥協之事。

當然，太子或許可以挺住這些壓力，憑藉自己的手段和本事收服人心，若是那般，只要他跟謝明珠感情深厚，還真有機會不會再有其他人。

這件事到底不是她們能多嘴的。

好在謝明珠向來擅長掌控自己的情緒，話一說出口便隱隱有些後悔，也不知是怎地，越是臨近大婚，她心裡就越是焦躁。太子身邊有其他人這種事情，她以前不是沒考慮過，雖然內心深處有些抵觸，可也知道身分使然，有些事情不說她，就是連太子也只能妥協；一邊又信任太子，若是好生經營，他們有可能互相扶持一生。

她心裡存著這事情太久了，不然也不會在今日脫口而出。好在只有與自己情同姊妹的顧家姊妹在，剛才那話萬一被第四人知道了，反倒是會落人口實。

跳過這個話題，三人之間的氣氛立刻歡快起來，時辰也差不多了，沒一會兒就有其他人陸續抵達。謝明珠邀請的人其實不多，都是各家嫡出的姑娘，只不過她即將成為太子妃，就算沒收到邀請，能來的也都厚著臉皮跟著接帖子的人一起過來。好在本是大喜之事，謝家人自不會將這些人擋在門外。謝明珠原便料到會有此事發生，底下人一早都安排妥當，不至於因為來的人多手忙腳亂。

趙嬌嬌也帶著兩個姑娘一同過來，等到了謝明珠房間，那兩個姑娘便笑著試圖跟謝明珠說話，倒是將趙嬌嬌給撇下了。趙嬌嬌也毫不在意，眼尖地瞧見顧長安姊妹兩個，直奔她們過來。

「妳怎麼帶人來了？」顧二姊有些揶揄地問道。

趙嬌嬌仗著站的地方有些偏，不雅地翻了個白眼。「妳當我願意？家裡長輩開口，我便是不肯也得肯。」

顧長安也有些好奇。「帶的都是什麼人？」

那兩個姑娘她剛才掃了一眼，跟趙嬌嬌長得沒有半分相似。

趙嬌嬌輕嗤一聲，道：「長得人高馬大那個，是我母親娘家的姪女；長得柔弱似乎一陣風就能吹跑的那個，是我二叔家的嫡女。」

說是二房嫡女，實際上她二嬸是個填房。說起來也是當年趙家的一樁醜事，簡而言之，便是這二嬸當年懷著孩子嫁進趙家，生下來的便是這一個「嫡女」了。

顧長安兩人自是不知趙家的過往，不過只聽她介紹，便知她對趙家二房的嫡女不太喜歡。

好在，也不會跟她們有什麼交集。

等了好半晌，才看到秦無戰和雅欣郡主一同前來。

顧長安連忙問道：「妳們兩個怎麼這時候才來？原本以為妳們能早些過來呢！」

秦無戰聳聳肩。「這事怪我，原本一早就該出來了，不過秦家有幾個人鬧事，要不是提前拜託郡主過去接我，怕是現在都不能過來。」

顧長安眉頭微皺。秦家又鬧什麼？

秦無戰在她們面前不會替秦家人隱瞞，找了個角落，輕聲將秦家人鬧的那點事說給她們聽。

說穿了還是為了來謝家的名額，依照規矩，就算是帶著人來，最多也不會超過三個。為了這三個名額，秦家人就先鬧了一通，好不容易折騰出個結果，臨出門前忽然又反悔，一群人鬧成一團，到了最後不知道怎麼商量的，非得讓她把人增加到五人！她自是不肯，真要帶著五個人一同前往，謝明珠那兒如何交代？就因為她拒絕，秦家人便鬧個不停，最後居然還有人提出，既然她不肯多替自家人著想，那就乾脆不要來了，直接把帖子交給她們，她們非常願意為秦家人多著想些。

秦無戰差點被她們這無恥程度給氣死，最後還是雅欣郡主到了，才將那些人都給解決了。

雅欣郡主冷笑一聲。「看著就煩心，乾脆讓她們都別跟著來了。」

顧長安輕笑。雅欣郡主的性子她自是清楚，秦家人怕是真讓她嫌棄了，不然以她清冷的性子，絕不會直接出言干涉秦家的事情。不過秦家人就算再惱恨也無法，哪怕再多人在背後對雅欣郡主說三道四，也抵不過她在寧王府受寵。秦家那些人又是慣會捧高踩低的，再憋屈也只能忍著，斷不會得罪她。

「為了那群人生氣不值當。」顧長安沒什麼誠意地安慰了一句，示意她們先去給謝明珠添妝。

兩人都不是愛湊熱鬧的性子，至於給的添妝，價值也都不菲。除了看在彼此的交情，也因為謝明珠是太子妃的緣故；不過在場的人裡面，只有她們幾個是看重交情而不是身分，謝明珠心中自是明白這一點，所以都是高高興興地收下東西。

今日這場合並不適合久留，要見的人都見到了，顧長安姊妹兩人便與秦無戰兩個告辭離去。

第三十七章　二姊出嫁

等謝明珠與太子大婚事畢，顧家人便將全部精力放在顧二姊的親事和顧錚維的外放上。

顧錚維赴任之處靠近北方，距離京城不算很遠，如此讓鄒氏安心不少。不過他還是等不到顧二姊成親，到了日子也只能依依不捨地離開。走的時候將有麥和齊海給帶走了，這兩個是熟悉的，用起來也順手，剩下的人則是等到了地方再買也不遲。

日子一晃就過，轉眼便到了顧二姊出嫁前兩日。顧長安剛把事情都忙完，抽出身來打算陪伴顧二姊兩日。

「我記得妳七歲之前，吃得不算太多。」姊妹兩人一早起來後，便去廚房給家人準備早膳，想起過去的種種，顧二姊忽然有些感慨。「後來妳力氣變大，吃得就更多了，那時候我總擔心，萬一家裡糧食不夠，妳吃不飽該如何是好？」

顧長安嘴角抽搐了一下。其實原主的食量也不是很小，只不過「她」是個乖巧懂事的孩子，寧可不吃飽，也不願意家人為了一日三餐憂心。她則是不同，有得吃自然要吃飽，真沒了想辦法再弄食物就好，所以食量看起來才像是一下子增多；當然，她也得承認，她的食量隨著力氣的增長，的確是在緩慢往上增加。

顧二姊只是有感而發，見她悶不吭聲抿嘴輕笑。「好在現今咱們家吃穿不愁，妳又有本事，也能養活自己。對了，還有小琮，他巴不得妳能讓他養著呢！」說到最後多了幾分揶揄之色。

顧長安聞言也不反駁，反而有些得意地輕笑。「這便看出我有先見之明，早早培養好，免得到了年紀抓瞎。」

顧二姊忍俊不禁，忍不住瞪了她一眼，輕啐道：「沒皮沒臉的，到了外面可別胡說。」

顧長安一攤手。「我說的都是實話，可沒胡說。」

自家妹妹的臉皮厚，顧二姊一直都知道，她向來都寵著妹妹，何況這本就是實話，當下也不再訓她，只不過紀琮這話題原本就是她提起的，該叮囑的話還是要說。

「小琮家裡麻煩事情多，妳也多幫忙點，別的不說，生意上的事情小琮一直都想要交給妳，妳若是得空，便幫幫他。」

顧長安木著臉。「二姊，我也很忙，老師和師公成天盯著我不放，每天都有寫不完的大字和畫不完的畫；京城的作坊也開辦起來了，等妳嫁人後，我總要多看顧一些，紀琮的生意，我才不要插手。」

何況這可是鍛鍊紀琮的好機會，哪裡能隨便剝奪了呢？

顧二姊沒好氣地拍了拍她。「妳這丫頭，這張小嘴成天就沒個饒人的時候。」

不過話雖如此，到底不再堅持要顧長安幫忙管紀琮的生意，話題又轉了回來。

「往後出門的機會怕是不少，若不是和那幾個熟悉的人出遊，妳這食量還是收斂些得好；還有，在外人面前莫要輕易顯露妳的力氣，留著也算是底牌。」

顧長安小臉僵硬了一下。出門不能吃飽飯，她二姊果然嫌棄她是個飯桶吧！她決定，待會兒她得多吃點好吃的，化悲憤為食量！

顧二姊見她生悶氣的模樣，眼底泛起層層笑意，不過到底捨不得讓自家妹妹太委屈，輕聲道：「京中多的是喜歡在背後嚼舌根的人，而且不少人心思歹毒，讓人防不勝防。妳吃得多一些本不是什麼大不了的事情，可落在那些有心人眼中，卻是對付妳的好藉口。師公、金先生和爹雖然都能護著妳，可他們到底是男子，對女子之間的矛盾無法插手太過；我也相信憑妳的本事，別人想算計妳也不容易，而且小琮那兒麻煩也多，妳留下底牌，說不定日後對小琮大有幫助。」

顧長安明白顧二姊的顧慮，只是有些時候，越是顧慮重重，就越是有人盯著不肯放。不過這些話暫時不必跟二姊說了，她自己心中有數就好。

顧二姊將捏好的菜團子放在蒸架上，擺放得整整齊齊。「不過也莫要吃虧，師公最討厭自家孩子吃虧了，真遇上有人想要對付妳，妳那一身力氣該用也得用。有想要對付妳的，先揍了再說，左右師公都扛得住；當然，這道理得先占住了，莫要讓人拿捏住妳。」

顧長安木著臉，不知要如何回答？她二姊這是教她做任何事情都要先站在道德至高點上嗎？最不可思議的是，居然還讓她別吃虧，該揍就揍？感覺有點怪怪的！

顧二姊自是猜得到她在想什麼，卻也只是笑了笑，並未再多言。小五做事向來有分寸，她雖然是姊姊，但在這方面還真沒有可指點小五的，說那些話，無非是因為不放心，所以多嘴說上幾句，再多，卻是不必要了。

「作坊的事情妳打算如何？」顧二姊又問道。

顧長安想了想。「袁叔在這方面的確是個人才，暫時就讓他繼續管著，若是他願意，往後就讓他留在京城這邊；不過這麼一來，安嬸子就得來京城了。」

現在小食肆是安氏在管理，若是她要入京，小食肆那邊也得先安排好。

顧二姊提議。「老家的小食肆，還是再買人吧！先讓安嬸子調教一段時日，選個合適的人負責。小五，妳有沒有想過在京城也開一家小食肆？」

顧長安點點頭。「原本打算等爹和小叔的事情都確定後，我們姊妹再一起開一家，不過現在妳要出嫁，只能等妳出嫁後，再看看了。」

在京城開個小食肆，她之前就考慮過。她是個閒不住的人，而且沒有銀子傍身總覺得不安心，做吃食的生意，只要東西好吃，生意總歸不會差。她有的是各種新奇的點子，再找幾個有手藝又肯創新的廚子，撐起一家食肆的生意應該很輕鬆；再加上京城作坊的收入，荷包眼看就能鼓起來。

等小食肆的生意步入正軌，她打算再開一家大一些的酒樓。有紀琮的玉珠子空間，可以在冬天多存點冰，等到夏天，做各種冰品生意，天氣冷了，就開始賣火鍋。她毫不懷疑這兩種生意的火爆程度，畢竟在她那個時代，都是讓無數人追捧的美食。

不過這些事情都不著急，顧長安便沒繼續琢磨。將菜團子蒸上後，姊妹兩個又開始做蝦餃和小籠包。蝦餃裡的蝦子，是紀琮的莊子送來的，到手的時候還活蹦亂跳的，這蝦是莊子的池子裡特意養出來的河蝦，個頭都不小。他們先吃了一頓白灼蝦，剩下的顧長安就想到了蝦餃，一小部分蝦子跟豬肉一起剁碎後調味，最後再放一隻蝦進去。

「娘最近愛吃玉米粥，熬一小鍋，再煮一鍋菜泡飯。」顧二姊琢磨著要不要再熬一鍋甜粥？小六他們幾個都在家，說不定小琮今天也會過來，幾個小的都喜歡喝甜粥。

顧長安道：「這就夠了，今天不熬甜粥了，若是想要吃甜的，喝一碗酒釀便是。」

顧二姊聞言沒再堅持。玉米早就泡著了，和浸泡的水一起下鍋熬就可以；菜泡飯更簡單了，昨天晚上難得有剩飯，直接下鍋加稀釋的豬骨湯煮，等水滾後將菜放進去，加鹽調味，等菜大約八、九分熟，就能起鍋。

姊妹兩個手腳都很麻利，嘴裡也沒閒著，說完小食肆的事情，又說起婚後要離京之事。

「原本以為你們能去南邊，若是離家近，妳也能得些便利；沒想到最後居然是往西去，那邊的條件不太好，我怕妳不習慣。」

首先便是吃喝。大荊朝西邊領土的百姓日子過得艱難，物產不豐，土地貧瘠，民風刁悍，就連行商的商人，都不太願意往西邊去。她也是萬萬沒有想到，自家四師兄會被外放去西邊。

「回頭我給你們多準備點東西，免得到了那邊抓瞎。」顧長安越想越是擔心，若非這是四師兄的事情，她都恨不得去求師公幫忙了。

不過這件事她還是偷了個空，去找林湛。

林湛慢條斯理地將畫筆放在筆架上，淡然道：「西邊的確不算是好地方，往年只有那些沒門路或是得罪人的，才會被外放去那裡。」

顧長安心思一動。「往年？如今卻是不同了？」

林湛讚許地看了她一眼。「論起聰明，妳可比那兩個榆木疙瘩強多了！」

顧長安有些無語。她師公到底有多看不上自家親爹和小叔？想起師公時不時就嫌棄爹和小叔的眼神，一臉傷眼的態度，她也是有些想笑。

林湛輕飄飄地斜睨她一眼，立刻就猜到她在想什麼，也不覺得尷尬，只冷笑一聲，卻不在這問題上糾纏。

如今覺得醜也無用，誰讓他當初眼瞎，非得收下那兩個礙眼的呢？而且當初還不是他們求上門的，是他自個兒上趕著收弟子，所以，再醜也就受著吧！

視線落在顧長安的臉上，林湛安慰自己，好歹徒孫們長得順眼；至於那兩個醜弟子，好歹腦子沒笨到讓他把他們逐出師門，長相看習慣了也就那麼一回事。

顧長安沒那膽子，師公可不是什麼好脾氣的人，揪著他的小毛病不放，絕對會被他報復。

「師公，西邊如今可有什麼東西讓朝廷重視的？」顧長安話一問出口，心頭忽然一動，立刻想到一種可能。「不會是發現礦了吧？」

西邊幅員遼闊，卻因為土地貧瘠種不出多少糧食，導致人口不多，一直都是朝廷眼中的雞肋，這雞肋忽然受重視、變得可口起來，很顯然是因為本身有了值得重視的地方。

土地不可能眨眼間就變得肥沃，那麼最有可能的，便是意外發現礦產，而且數量還不小！

林湛聞言更是對自己這小徒孫喜愛，瞧這腦子轉得多快！

「的確如此！約莫半年前，有人意外發現了一座鐵礦山，緊跟著又發現了金礦，還有伴生礦。那人不敢瞞下便上報了，正好接到消息的是太子的人，太子便將此事告知今上。最後經過商議，決定先將今上和太子的人安插一部分過去，等所有的狀況都掌控在手中後，再公告此事，等到那時候，就算有人想要插手，無論如何也越不過今上和太子。」

顧長安了然。金礦的伴生礦有可能會是銀礦，如此，不管是金礦、銀礦還是鐵礦，對朝廷都是極為重要。原本這些東西便該掌握在朝廷手中，若早早讓那些朝臣知道，他們勢必會爭先恐後地安插人手為自己謀利。哪怕今上和太子知道這種事情避免不了，大多也都選擇睜隻眼、閉隻眼，放任他們為自己謀取一點好處；但是，他們絕對不會允許大部分的利益，落到那些貪婪的人手中，卻不先讓國庫充盈起來，所以，先知道跟後知道的區別還是很大。

如今今上和太子率先將主權掌握在手裡，那些朝臣想要動手都得處處顧忌，貪污是免不了的，只不過貪污的數量至少能掌控在恰當的範圍之內。

對於太子的選擇，顧長安頗為贊同。這種事情不是太子能夠獨吞的，他若真起了那心思，跟今上的父子關係就會受到極大衝擊，說不定還會破裂。好在太子向來看重父子之間的感情，為人又極為清醒自制，不會被利益衝昏頭腦，將此事毫不遲疑地告知今上，凡事又是由今上拿主意，反而讓父子感情更為深厚，今上對太子自然也越發看重。

對於龍子來說，還有什麼比今上的看重更加重要？

「太子是個聰明人，又是看重親情之人。而今上也看重這個兒子，早早便打算將江山交給太子，如今只掌控大方向，具體事宜都讓太子負責，既鍛鍊了太子，又能讓太子收攏人心，待日後太子執掌江山，也有自己培養出來之人可用。」林湛一一將事情分析給顧長安聽。他對顧長安一向上心，只要是顧長安想要知道的，能說的他從來不會瞞著。

顧長安贊同地點頭。「太子的確不錯。」除了總想要她當妹妹這一點，到目前為止，太子還真沒讓她覺得不好的地方。

林湛斜睨了她一眼，忽然不懷好意地笑了一聲。「聽說太子想認妳當妹妹？」

顧長安也不覺得這件事可以瞞過林湛，不過一想起太子那總以兄長自居的模樣，總有種拳頭發癢的感覺。

「我可高攀不起。」主要是她不想被那些人給盯上。太子的妹妹本就不好當，更別說還是一個得到太子看重的外姓人。

林湛輕哼一聲，沒針對此事發表任何意見。在他看來，太子也算是個有眼光的人，才能發現小徒孫的好。不過當兄妹這種事情就不是那麼重要了，太子自己的麻煩一大堆，沒必要讓小徒孫跟著摻和進去。但若是小徒孫自己願意，他也不會阻攔，真有不長眼的人，他當師公的自然有手段護住小徒孫。

顧長安不知道自家師公已經想得那般周全，暫時將此事拋在腦後，目前最重要的，便是將二姊順利嫁出去。

自從謝明珠大婚後，今日是姊妹兩個第一次見到她。

顧二姊仔細打量了她一番，誇道：「明珠姊姊氣色不錯，看著好像更漂亮了。」

顧長安抿嘴淺笑，附和道：「光彩照人！」看來成親後的日子過得舒心，夫妻感情和睦。

謝明珠瞪了她們一眼，到底掩不住內心的歡喜，又笑出聲來。「妳們兩個丫頭，我好心好意地來看妳們，妳們反倒是打趣起我來了。早知如此，我乾脆不來才好。」

顧二姊連忙抱住她的胳膊。「明珠姊姊能來，我們姊妹心中可是歡喜呢！」

顧長安也跟著點頭。「明珠姊姊若是不來，我二姊怕是要覺得心有遺憾了。」

這話不假，顧二姊平時就是不愛出門的人，在京城唯一算得上真心相交的朋友，便是謝明珠。成親乃是人生大事，若是這唯一的好友不來，她怎會不遺憾？看到謝明珠出現，她心中的確很高興。

謝明珠拍了拍她的手。「我不過就是這麼一說，妳成親是大事，我怎會不來？」說著又朝顧長安看了一眼，似笑非笑地勾唇，面帶揶揄之色。「不過要是換成小五成親，我來不來可就說不準了。」

顧長安一撇嘴。是是是，她就是那個不受重視的小可憐！她們姊妹情深，她本就沒奢望！

轉念一想，以太子成天喊著要當她兄長的興奮勁，若是她嫁人，太子就算不能親自來，也絕對會讓謝明珠代表他過來，這麼一想，頓時覺得沒什麼好憋氣的了。

謝明珠先將要送的東西拿給顧二姊。雖說只是朋友添妝，可送的東西卻是不少，而且還有兩份，她先將其中一個小匣子推了過去。「這是太子跟我一起送的，是底下人前兩年送上來的，算是得用的東西，等妳跟著陶大人外放，與當地的那些官家夫人碰面，也能拿得出手。」

顧二姊心知太子和太子妃送的東西斷然不會便宜，可等一看到東西，還是被嚇到了。

「這也太貴重了！」顧二姊有些不敢收，是一整套的紅珊瑚首飾，這東西的價值，可是要比寶石、翡翠都要高不少。

顧長安倒是直接將匣子合上，替她收下了。「讓太子殿下和明珠姊姊破費了。」

謝明珠既然拿來了，而且用的還是太子和太子妃的名義，坦然收下就是。之所以送這東西，不單是因為雙方的關係，更多是因為陶沐之現今算是太子這一方的人馬，第一次為太子辦差，這東西也算是收買人心之物。

價值幾何，端看陶沐之在太子心中有多大用處，很顯然，從目前來看，陶沐之在太子眼中還是有些地位。

顧二姊看了她一眼，見她堅持，當下也不再多言，依言將東西收了下來。

第二個匣子裡裝著謝明珠自己給的添妝，是一整套的翡翠頭面，看著不像是新物，無論是色澤還是做工卻極為出色。

「這套頭面是我母親的陪嫁之物，我十三歲那年我母親送給我的，無論是做工還是款式，就算再過些年都能拿得出手。」這套頭面算是謝明珠的心愛之物，若不是送給自己最要好的朋友，她可捨不得拿出來。

連價值更嚇人的紅珊瑚首飾都收了，再收下這一套翡翠頭面心裡壓力就小了很多；再者顧二姊也想起自己給謝明珠添妝時送的那些東西，當下沒再矯情，乾脆地收了下來。

見她如此爽快，又的確很喜歡自己送的東西，謝明珠臉上也多了幾分歡喜之色，畢竟，自己送出去的東西能得對方的歡心，是一件快樂之事。

猜測今日謝明珠可能會來，來顧家給顧二姊添妝的姑娘也不少，先來的都是關係親近些的人，好比趙嬌嬌、秦無戰和雅欣郡主等人。

有其他幾人是為了謝明珠來的，送顧二姊的東西便有些不妥當了。

秦無戰在北方太久，對京城這邊送禮的薄厚程度還是一知半解，聞言有些懵懂地道：

「不就是送點心意？」

雅欣郡主稍稍換了一下坐姿，等別人瞧不見她的動作，這才不雅地翻了個白眼。「給朋友添妝的確不看重價值，不少人都會送自己用過之物，送的若是全新之物，反倒顯得有些客套。但是，送自己用過的舊物，都會精挑細選，既能拿得出手，又是對方合用的，而且送的幾乎都是自己心愛之物。」因為是自己心愛、珍惜之物，才會想送給朋友。

說著又朝另外一邊看了一眼，繼續道：「她們送的，怕是隨便選的，而且都是選自己不喜歡之物。她們與黃柑之間幾乎稱不上有交情，本就是選送新物才更加合適，不顧交情深淺，又心不在焉地隨意糊弄，到頭來只會讓人看了笑話。」

最可笑的是，她們被人當成了笑話猶不自知！

秦無戰這才恍然，心有餘悸地拍怕胸口。「原來還有這種說法，好在最近成親的人不多！」

秦無戰忽然為自己的不討喜而高興。

顧長安和雅欣郡主看得真切，滿心無奈。大概滿京城也找不出幾個像她這般心大的了，若是秦將軍得知，怕是要愁壞了。

兩人對視一眼。看來只能她們兩個往後多看著一些，免得她被人算計了。

或許是因為謝明珠的身分已經從「準太子妃」變為「太子妃」，原本喜歡找碴的人，今天都很安靜。顧家沒留客，不過也按照習俗奉上回禮。與顧家關係親近的幾個人，還多送一份吃食的禮盒，這幾人都知道顧家做的小吃食極為美味，得到吃食禮盒心中自是歡喜。

當天夜裡，鄒氏把顧長安趕走，自己陪著顧二姊睡了一晚。

顧長安木著臉。當她不知道今晚娘親要教關於洞房夜的那些事情呢！

不說顧長安如何，只說鄒氏陪著顧二姊一同睡下，天氣炎熱，母女兩人共用一床特意做的小薄被子，靠得很近。

鄒氏下意識伸手給顧二姊拉了拉被角。「天氣熱也莫要跟小五一樣貪涼，女兒家可不能凍著了。」

顧二姊往鄒氏身邊湊了湊，輕聲道：「娘，我都記住了，倒是小五那兒得多叮囑幾回，她年紀小，又是練武的，火氣旺，若非我盯著，一整個夏天過來，她怕是都不會碰這被子一下。」

鄒氏也發愁。「等妳出嫁，她一個人怕是更加任性了。」

顧二姊見她如此，反倒回過頭來勸她。「小五做事向來心中有數，娘也別太掛心了，真要哪天凍著了也是好事，好讓她長長記性。」

鄒氏拍了拍她的背，又是好氣、又是好笑。「真凍著了，到時候該輪到妳心疼了。」

顧二姊輕哼一聲。「我就要離京了，光是惦記妳跟我爹都來不及呢，誰還心疼那丫頭？」

一說起離京的話題，鄒氏有些堵心起來。「以前住在老家的時候，我跟妳們爹想得最多的便是要多攢錢，不想讓妳們遠嫁，就算不是在村裡挑選個出挑的，也得是在附近村子裡的；若是運氣好，能把妳們嫁到鎮上，讓妳們過上好日子就成了。」

只是後來家裡境況越來越好，她知道自家孩子往後不一定都能陪在她身邊。但是，她也沒想過會分開得那麼遠，先是小叔，再是長女，一想到往後想要見一面都難，她心裡就堵得慌。

顧二姊摟著她的胳膊，輕聲道：「娘，您別擔心，金夫人不都說了，就算出去最多只是三、五年，等回了京，往後就會一直留在京城，等那時候，我就能一直陪在您身邊了。」

鄒氏嘆了口氣。「我也只能這麼指望了。好在小五現在年紀還小，能多留幾年，等她可以嫁人，妳也該回來了。」

顧二姊連忙點頭。「可不是？再說小五跟小琮怕是分不開了，往後小五嫁了人也不會離家太遠。」

想想紀家一直都是扎根在京城，鄒氏就安心不少，不過說起家人，她又有些歉疚起來。「原本妳外公、外婆也該到了，哪裡想得到妳外婆半路身子有些不適，應該是趕不上了，沒能看著妳出嫁，回頭妳外婆怕是要哭幾天。」

定下婚期的時候就給老家送信，鄒生和林氏一同來了京城。想著哪怕他們走得慢，到的時候也正好能趕上婚期；卻不想，林氏受不了馬車顛簸，又有些水土不服，在半路上就病倒了。護送的人不敢冒險，只好留在當地看病靜養，這一來二去的，等鄒生和林氏到京城的時候，說不定陶沐之已經外放出行了。

雖然覺得有些遺憾，不過顧二姊更加在意的還是林氏的身子，見鄒氏心中難受，連忙安撫道：「娘，只要外婆身子好就好，就算沒能趕到也不礙事，我知道他們疼我。說來倒是我覺得內疚，若非為了我，外公、外婆也不會急著入京，半路就病倒了。」

鄒氏聞言倒是安慰起她來。「我看沐之是個值得託付終生之人，婚期著急一些便著急一些吧！好在妳外婆無大礙，大夫不都說了不嚴重嗎？左右趕不上婚期了，他們也不用急著趕路。他們操勞一輩子了，就當是出門遊玩，散散心。」

想起要跟女兒叮囑的那些話，鄒氏自個兒的臉頰有些發燙，穩了穩心神，先說起其他事情。

「雖說妳嫁過去後沒有婆母需要孝敬，等離京後，家裡也只有你們兩個，不過妳嫁了人，該做的事情還是得做。哪怕家中富裕不需要妳親自下廚，妳時不時也該親手為女婿做些吃食。為人妻子親手做的吃食、縫製的衣裳，都會讓女婿心中歡喜，好在妳是個脾氣軟和的，我倒是不擔心妳跟女婿有爭執的時候鬧起來。」

鄒氏眨眨眼，這話聽著稍微有那麼點古怪。

長女的脾氣，應該算是軟和的吧！

至於最該說的那話題，最後還是支支吾吾，非常含糊地跟顧二姊提了提。鄒氏急得額角冒出汗珠，聽女兒的回答便知她還是懵懵懂懂的，可她沒辦法張嘴把話說得太清楚。

不然還是把偷偷準備的避火圖塞給女兒吧，到時候他們小倆口可以自己看。

鄒氏如此想著，便主動換了話題，主要還是教導顧二姊嫁人後如何當家。陶沐之與本家近乎斷絕關係一般地分家，家中沒長輩需要伺候，這是好事，不過也有不便之處，家裡沒個長輩，有些地方多少會吃虧些。成家過日子，很多時候都是有講究的，有個老人在身邊指導，能少走很多錯路。

當然，前提這老人得是個可靠的，像陶家和紀家長輩那樣的，有還不如沒有。

母女兩人低聲說著話，直到夜深才沈沈睡去。

彷彿只是打了個盹兒，門外就有了動靜。顧長安象徵性地敲了敲門，把人都叫了起來。花兒先伺候顧二姊漱洗，自有人來給她裝扮。顧長安在一旁打下手，中間也抽出點時間囫圇吃了點東西；至於顧二姊，她今兒是吃不到家裡的早膳了。

夏天日頭出得早，顧二姊一換上嫁衣，顧長安見鄒氏紅了眼圈，連忙招呼道：「娘，妳們先去吃些東西墊墊肚子，時辰還沒到呢，姊夫他們還得一會兒才過來，總不能都餓著肚子等。」

鄒氏這時候是半步都不想走開。「我讓人送過來。」

「娘！」顧長安扶著鄒氏起身，滿臉揶揄。「我二姊可是空著肚子呢，再眼睜睜看著妳們在她面前吃，還不得跟著流口水？這可是二姊的大喜之日，真流口水就不雅觀了。」

鄒氏到底沒忍住，噗哧一聲笑出來，在她胳膊上不輕不重地拍了一下。「妳這丫頭，成天就知道耍嘴皮子！得了，妳們姊妹倆要說話，我就給妳們騰個地方。」

顧長安笑嘻嘻地任由自家娘親打趣，等人都出門後，才坐到顧二姊身邊，仔細打量她。

他們家的孩子長相都不差，長得最像顧錚禮的顧大哥和顧四哥，也有鄒氏的出色樣貌，都是粗獷中帶著俊。兄弟中樣貌最出色的是顧三哥，姊妹兩個倒是都很出挑。不過顧長安到底年紀小，還沒長開，而且她最出色的是那雙眼睛，若是要在她們姊妹當中挑選合心意的媳婦，幾乎所有人都會毫不遲疑地選擇顧二姊。她那明明精緻卻是一看就溫和無害的模樣，正是媳婦的最好人選。

平時顧二姊大多都是素面朝天，也是在家裡日子漸漸好過後，才開始用一些最基本保養肌膚的東西，這還是顧長安要求的，不然她連這些都不會做。饒是如此，顧二姊的皮膚也是極好，因為家裡在吃食上最為看重，所以氣色保養得不錯，就算平時不上妝，看著也很美。

而今日妝容精緻，又添了幾分新嫁娘的嬌羞，容貌更是美上幾分。美眸動人，顧盼生輝，就是顧長安也忍不住驚豔。

她二姊可真好看！

「二姊，剛才娘偷偷塞給妳的是什麼？」顧長安最是眼尖，剛才鄒氏的動作很隱蔽，偏偏就叫她看到了。

顧二姊臉上泛起陣陣紅暈，嗔道：「小孩子別管那麼多閒事。」

一想起娘把東西給她時說的那話，她就止不住臉熱，真是羞死人了！

顧長安原本只是順嘴兒一問，可一看顧二姊這神態，立刻就明白過來。娘這是偷偷給二姊塞了避火圖吧？

想起這時代對於那些事情的避諱，顧長安輕咳一聲，視線飄忽了一下，這才小聲道：「二姊若是不敢看，到時候都交給四師兄便是。」

「小五！」顧二姊的臉驟然通紅一片，又羞又氣地低呼一聲。

自家妹妹怎會如此大膽？居、居然還說什麼交給……

顧長安非常有眼色地換了話題。「二姊，四師兄家裡沒有長輩，這些年也只有老師和師娘，還有三位師兄、師嫂關心他，等妳嫁過去後，妳要多多關心四師兄。他那人性子淡，卻是個知道好歹的，誰對他好，他會加倍對對方好，妳給他一個家，他會把妳當成最為重要的人。」

顧二姊面色依然緋紅一片。定下親事的時日不短，她對即將與自己相伴一生之人有了更多瞭解，瞭解越多，她就越是心疼。或許是習慣了自家家人之間的溫情，再看那個與自己未來牽絆在一起之人曾經過的日子，只覺得憐惜。

顧長安見她如此，暗自滿意地點點頭。說這些話，無非是想讓二姊將更多的心思放在夫妻相處上。她雖然沒有嫁過人，可看過不少，夫妻之間的感情總是最重要的。有很多女子嫁人生子後，會將更多心思放在孩子身上，卻忽略了夫君，這並不可取，畢竟相伴一生的只有伴侶，而非子女。尤其是她四師兄那樣缺愛、缺陪伴的人，二姊應當更加看重一些才是，只有如此，夫妻相處才能更加和諧。

顧二姊瞪了她一眼。「哪裡要妳這麼個小丫頭來教我這些？」話雖如此，到底沒否定她的用心，又補充了一句。「這些我都知道，妳用不著操心。」

顧長安知道自家二姊聰明，這些事情鄒氏肯定也教過，她只是擔心所以多說兩句。時間過得飛快，姊妹兩個似乎沒說上幾句話，就聽外面忽然熱鬧起來。迎親的隊伍到了。

鄒氏餵了一碗送嫁飯，親手給自己嬌養著長大的長女蓋上蓋頭，遮去長女容顏的一剎那，鄒氏的眼淚一下子就掉了下來。

「娘！」顧長安連忙扶著鄒氏，還沒到哭嫁的時候，可不能這時候哭。

鄒氏連忙壓了壓眼角，拉著顧二姊的手輕聲細語叮囑著，生怕自己少說一句，就會讓女兒多走一步彎路。

「嫁了人跟在娘家不一樣，莫要使小性子。」鄒氏絮絮叨叨地道。

顧長安見不得她說兩句就想要落淚，連忙打岔。「娘，二姊的脾氣，哪裡會使小性子？」

鄒氏才醞釀起來的情緒被她破壞，瞪了她一眼。「可不是，瞧我這記性，愛使小性子的人是妳才對。」

「……」

她這不是心疼自家娘親嗎？才想要緩和一下情緒，有必要把這口鍋扣在她頭上嗎？

鬧了這麼一齣，氣氛變得溫馨不少。來送嫁的人不多，原本金夫人是最想要來的人，只是她今天算是男方那邊的高堂，所以除了顧長安母女之外，來的便只有謝老夫人身邊伺候多年的老嬤嬤。雖說是個下人，可誰都知道這老嬤嬤代表謝老夫人的顏面，無論到哪裡，都是要對她客氣三分。

謝明珠倒是想要來，只可惜她的身分擺在那兒，添妝的時候已經來過，今天再來就不合適了。

除此之外便是周圍鄰居女眷了，多為讀書人家的當家婦人，別的不說，至少態度極為親近，喜慶話不要錢似地往外撒。

大荊朝迎親時不興鬧一鬧，大多都是掐著時辰來的，何時出門也都是嚴守章程，是以，不論接親、送嫁都是順順利利，只有在哭嫁的時候，讓顧二姊恨不得不嫁了。原本顧長安在一旁跟著掉淚，一看她二姊這反應，再看新進姊夫變黑的臉，頓時就哭不出來了。

娘家人不能跟著送嫁，等接親的隊伍離去，再回到院中，好像整個家都空了下來。家裡明明只少了一個人，可每個人心裡都空落落的，一下子家中就冷清下來。

「娘，您可別傷心了，二姊嫁人是喜事，我們都要為二姊高興才是。」顧三哥拿出帕子給鄒氏擦了擦眼淚，笑著安慰。「姊夫人不錯，也算是知根知底，又有跟金先生和師公的關係在，二姊往後吃不了虧。妳不是常說不求大富大貴，只希望二姊和小五能嫁個好人家嗎？

現在第一個願望達成，妳得多笑一笑才是。」

鄒氏聞言反而瞪了他一眼。「我第一個願望是你小叔能說一門好親事，娶個合心意的婆娘！第二個願望是希望你們幾個討債的早些有看中的姑娘，好早些娶進門來陪我！」

顧三哥摸摸鼻子。他看娘親還在傷心，所以想要安慰罷了。怎麼這火最後燒到他頭上來了？不過，早些成親嘛……

顧三哥眼神微閃。這件事情也不是完全不可以。想起那張英氣勃勃的小臉，他的嘴角勾起一道淺淺的弧度。

顧長安正好看向自家三哥，沒有錯過他嘴角的這一絲笑意，忽然心中一動，怎麼突然覺得她三哥這一抹笑意，好像有特別不同的深意？

她三哥，不會看中哪家姑娘了吧？可三哥幾乎一直都在書院裡，就算是休沐也是回家陪伴家人，最多只有陪她一同去街上買些東西罷了，能認識哪家的姑娘？莫非，是她身邊的那幾個？

顧長安也存了個心思，卻是不打算直接追問，免得會錯意了。最關鍵的是，若是當眾問出來卻誤會三哥的意思，那她就得小心了。她三哥那記仇又腹黑的性子可不是好惹的，難保什麼時候就報復她，當人妹妹，也不是那麼容易的。

「小三說得對，二丫頭嫁人是喜事，我們得笑。」顧錚禮最是心疼鄒氏，要不是還有外人在，他早就湊過來哄她開心，哄妻女的時候，兒子們就跟透明的一樣。

話雖如此，顧錚禮想起自己辛辛苦苦養大的閨女成了別人家的，眼睛也是有些發燙，鼻子酸酸的。最可氣的是那搶走他女兒的臭小子等回了門後，就要帶著女兒遠行了。別人不知道，他難道還不知道那小子的心思！說什麼難保三年內就回京，據他所知，至少五、六年後，那小子才會帶著他寶貝女兒回京。

五、六年啊，他的親外孫都能滿地跑了！嘖，早知道還是不點頭同意這門親事，至少現在不會這樣難熬。

顧錚禮越想越是不甘心，眼角餘光瞥見自家小五，立刻決定絕對不會讓小五這麼輕易嫁人，至少也要留到十八歲才行！紀琮那小子如果願意等就等著，如果不願意等，那就算了。

他家小五人長得俊且聰明，就連老師和金先生這兩位大儒都讚賞有加，這滿京城，就找不出比他家小五更加出色的，難道還需要擔心以後嫁不出去？

顧錚禮正為了嫁出去一個女兒而心痛，完全忘了自己一直都在擔心的顧長安會嫁不出去，才想要將紀琮當成童養夫養大之事了。畢竟顧長安這飯桶和力大無窮的本事，還真不是一般人能擋得住的。

倒是穩重不少的顧大哥開口勸了兩句，道：「爹、娘，先請大家坐下來喝杯茶吧！今天多虧大家幫忙，廚房也早就準備好了，中午就請大家賞個臉。」

留下來的除了周邊鄰居之外，便只有謝老夫人身邊的老嬤嬤。老嬤嬤本想告辭，卻是被勸下了，左右也不急在這一頓飯的工夫，總不能讓人餓著肚子回去。

第三十八章 看上秦無戰

顧長安去廚房幫忙，前腳剛走進去，轉頭就看到自家三哥跟著她進了廚房。

顧長安的眼睛微微瞇起，再次想起剛才自己的那點猜想。

「三哥。」顧長安壓下心中猜想，不動聲色地叫了一聲。

顧三哥笑咪咪地應了一聲。「陶叔、陶嬸都準備得差不多了，哪裡需要妳來幫把手？」

顧長安笑了笑，將準備好的酒釀倒在鍋裡加熱，道：「先前不是說好要把這酒釀拿出去給大家嚐一嚐？陶嬸說做酒釀的手藝還是我最好，這活兒就交給我了。三哥，你要多大碗的？要不要加點糖桂花餡的丸子？」

顧三哥有些心不在焉，順口應了一聲。「要大碗的，要加糖桂花餡的丸子，再加幾個紅豆餡的，不要另外再加酒釀。」

糖桂花餡的丸子就夠甜的，再加酒釀會甜得膩人。

話說出口，顧三哥才反應過來自己說了什麼。俊臉上閃過一抹尷尬之色，下意識地摸了摸鼻尖，換上慣常的溫和笑容。

「小五啊，二姊出嫁了，這幾日妳多陪著娘一些，免得娘胡思亂想。」顧三哥叮囑道。

顧長安點點頭。「我知道，三哥你放心吧！」

其實出嫁還是小事呢，等過幾天四師兄帶著二姊遠行後，他們家娘親肯定得哭上好幾天。就像是上回小叔離家的時候一樣，要不是有二姊要出嫁的事情頂著，怕是娘會哭到今天。

兄妹兩個對話幾句後，同時陷入沈默。老陶兩口子正在忙，沒有注意到他們兩個。沈默了片刻，顧三哥才似乎是漫不經心地問了一句。「給二姊添妝那時，妳特意送了兩罐酒釀給朋友？」

顧長安心中微動，面上卻是半點不顯，自在地應道：「是啊！雅欣郡主她們是我最要好的朋友，上回就送過酒釀，她們兩個都喜歡，正好這回要送吃食，順便給她們帶了一罐。」

顧三哥暗吸一口氣，再看到自家小五眼底那抹揶揄，哪裡還不知道這臭丫頭的那點小心思，當下沒再遮遮掩掩，直言問道：「妳說的雅欣郡主，是那個看起來有些柔弱的那個？另一位便是秦將軍家的姑娘？」

顧長安頓時一陣暗爽。就知道她三哥忍不住會問！

「是啊，秦將軍的嫡女。三哥怎麼忽然問起這個？」

顧三哥輕笑一聲，似笑非笑地斜睨她一眼。「妳說呢？」

顧長安非常不怕死地繼續裝糊塗。「三哥不說，我如何猜得到三哥的心思？」

顧三哥也不說話，眼底的笑意越發深沈，顧長安的心頭突突一跳，不過到底撐住了沒吱聲。

兄妹兩人對視片刻，最後還是顧三哥先開口。「妳覺得，讓她當妳三嫂如何？」

饒是顧長安早有預感，也忍不住目瞪口呆，舌頭跟打結了一般，好半天都找不著說話的調。

她是覺得秦無戰那傻大姐的性子，跟自家三哥若能配成一對，肯定能將日子過得極為有趣；可她不過就是那麼一想，還真沒有琢磨過這想法能否實現。畢竟秦無戰可是比自家三哥大上一歲，而且性子狂野，恨不得成天上陣殺敵；她三哥走的是文人路線，而且還是儒雅的那一種，怎麼看都不是同路人不是？

沒想到，她三哥居然真的看上秦無戰，簡直是天方夜譚！

好不容易才找回自己的聲音，顧長安結結巴巴地道：「不、不是，三哥，你真看中了秦無戰？」

不是逗著她玩？

既然已經把話說出口，顧三哥索性放飛自我。「自然是真看中了，不然又怎會問妳這事？我記得妳說過秦家嫡女尚未定下親事？」

顧長安此時的心情有些一言難盡，不過到底沒為難自家哥哥，點點頭。「的確如此，秦將軍將人送回來，便是為了給她說一門親事。」停頓了一下，又道：「無戰比你要大上一歲，她為人有些大剌剌的，性子也不錯，若能進咱們家的門，我倒是贊成；只是三哥你不能現在就成親，可若是要再等上幾年，怕是秦將軍那兒不好說。」

最關鍵的是，她三哥是潛力股不假，可別人不一定看得上啊！至少秦家人是肯定看不上的！

而且，她家大哥還沒說親呢！二姊先出嫁不算事情，女兒家到底跟男丁不同。男子娶妻稍稍晚一些並不是問題，可若是姑娘家十七、八歲了還不說親，就得被人說三道四了，所以底下的妹妹先出嫁都在情理當中。可兄弟間卻是不同，長兄尚未說親，底下的弟弟就先定下親事，真要計較起來，無論是對大的、小的都不算美事。

顧三哥一眼便看穿她的心思，輕笑一聲，道：「其他事情無須妳掛心，我自會解決。倒是秦家姑娘那兒，等二姊的事情了了，妳幫我打探打探，若是秦家姑娘不反感，在得到她首肯的前提下，我希望能與她見一面。」

顧家不興盲婚啞嫁，私下碰面的確不好，不過既然他看中了，自然要探知人家姑娘的看法。

當然，顧家三少爺早已決定，只要人家姑娘對他不反感，這門親事他結定了！

顧長安回頭看著自家三哥。「問一問無戰倒是可以，只是秦家那邊不是那麼好應付的。三哥想必也知道一些，在京城的秦家人中出門帶腦子的沒幾個，他們現在正上竄下跳地想要用無戰的親事給他們換點好處呢！」

顧三哥嗤笑一聲。「若非有秦將軍在，秦家早十年前就在京城除名了。」

顧長安眉頭一挑。「這當中有什麼故事？」

顧三哥正想要說話，不過正好鍋裡的水滾了，到了嘴邊的話就收了回去。「等回頭有空的時候再跟妳說，那邊還等著吃呢！」

也是，總不能讓客人等著，當下她也不再多問。

煮好了酒釀，兄妹兩人一人端酒釀，一人端丸子，出了廚房去待客。

招待完客人，又將回禮奉上，這才將人一一送走。給謝家老嬤嬤送的東西最多，大半是給她的，一小半則是給謝老夫人和謝老大人送的。送的吃食只占一小部分，也是為了安全起見，哪怕老嬤嬤是在謝老夫人身邊伺候多年的人也不例外。

再將家裡收拾妥當，一天的忙碌也就過去了。

隔日，顧長安早起打拳鍛鍊後，去了鄒氏那兒。果然見鄒氏正怔怔地坐在窗邊，手裡拿著繡了一半的帕子卻是沒動下一針，也不知在想些什麼？

「娘，您怎麼這麼早就在做繡活？不是說白天才能做的嗎？」做繡活傷眼睛，所以家人都要求鄒氏只在白天光線好的時候做，清晨和晚上光線都不是那麼好，做多了傷眼睛。

鄒氏低頭看了一眼，像是忽然反應過來，忙將東西收起來。「沒做繡活，也不知道怎地就拿出來了。」

顧長安靠在她身邊坐下。「娘是在擔心二姊嗎？」

鄒氏被說中心思，忍不住嘆了口氣。「妳二姊從小就沒離開過家，她的性子不像妳，平時連話都不多，這一出嫁，我心裡空落落的，明知道女婿是個好孩子，可就是擔心。」

顧長安輕笑道：「莫說是娘了，就是我也擔心。不過我四師兄的確是個好的，二姊嫁給他，我反倒放心不少。娘您想啊，就算我們現在在老家，二姊也該出嫁了，她嫁了人，就算是在同一個村子裡，也不能見天地回娘家不是？」

見鄒氏臉色好一些了，她才繼續道：「再者，村裡那些人哪裡有我四師兄出色？有一個探花郎當女婿，等娘回老家的時候，葉家嬸子她們怕是要羨慕壞了，誰家找女婿能有妳的眼光好啊？」

鄒氏嘴角露出一絲笑意。這話倒是說到她心坎上了，別的不說，這女婿選得當真不錯，不說是個探花郎，只說那性子，只相處一段時日便知道很適合自家二丫頭，往後小夫妻兩個相敬相愛，再生幾個小娃娃，日子肯定能過得順心。

為人母的還能有多少指望，不就是希望自己孩子能過得順心？

「這話說得倒是對，妳姊夫的確是個好的。」

顧長安笑著道：「可不是？當然，我二姊也很好，足以匹配我四師兄了。娘再想想，現今咱們家不同往日了，二姊總歸是要嫁進官宦人家，與其選那些家中有底蘊、住在京城的，還不如選我四師兄。雖然接下來有數年見不著人，可我覺得四師兄那樣的人家，好過那些家中有公婆、妯娌的。我二姊那樣的性子若真嫁到那樣的人家，往後不知道會如何被人折騰；就算長住京城，可那樣的人家哪裡能允許嫁進去的媳婦成天往娘家跑的？」

這些話還真不是嚇唬鄒氏的，婆媳關係自古便是無解的，多年媳婦熬成婆，這話也半點不假。每個婆婆都是從媳婦這條路慢慢熬出來的，遇上好的就罷，遇上那種尖酸刻薄又喜歡拿捏人、窮講究規矩的，當媳婦的幾乎都得被折磨多年。再等這些被折磨出來的媳婦熬成了婆婆，大多會成為兩個極端，要麼是回想自己當初吃過的苦，不忍心自己的兒媳再吃一遍，對兒媳多幾分疼惜，自然不會多加為難；要麼就是將自己曾經受過的苦難全都發洩在媳婦身上，而現實便是，大多數都會選擇後者。

鄒氏這段時日聽到的說法也不少，自是知道顧長安不是在嚇唬她，原本的那點傷感也逐漸消散了。想想還真是這麼一回事，兒女大了，總不能都拘在眼皮子底下，現在只是小叔和二丫頭離家，往後大小子他們說不定也得各自奔前程。她當娘親的，只需要將他們的家給守好了，等他們累了的時候，回家能吃上熱飯、穿上乾淨的衣裳、睡到溫暖柔軟的床就足夠了。

「罷了，你們都長大了，我也不好拘著你們。」鄒氏想通了，眉宇間的憂愁也少了大半。「想一想也不是什麼大事，女孩子總是要嫁人的。」

不過到底還是有那麼點不甘心，她看了顧長安一眼，很是慶幸地道：「好在咱們家就兩個姑娘，大女婿也是有本事的，妳二姊過幾年也能回京；至於妳，小琮本就是京城人，往後我倒是不用愁妳。」

再想到自家的男丁，鄒氏臉上就多了幾分笑意。「咱們家還有五個男丁呢，到時候能給我娶回五個兒媳婦來！這麼一算，還是我們家賺了。」

顧長安見她終於想開，連忙跟著點頭，細細一想又覺得不對，他們兄弟姊妹六人，除了她跟二姊之外，第五個兒媳婦哪裡來的？

猛然想起她家娘親對待小叔的態度，顧長安摸摸鼻子，到底沒在這時候更正娘親的說法。

兒媳就兒媳吧，反正輩分亂了也不怪她！

安撫好鄒氏，顧長安怕她待會兒又想起來，連忙提醒。「娘，二姊和姊夫要出遠門，得給他們多準備些東西才是。對了，我記得上回妳說做了不少小衣裳要讓二姊帶上，可都裝好了？過幾日二姊他們就要出發了，可別到時候才發現落下東西了。」

鄒氏聞言倏地拍腿。「可不是？得虧妳提醒我，不少零零碎碎的東西都沒裝箱呢！妳自個兒玩去，我先去忙了。」說完也不等顧長安回答，風風火火地開始收拾起東西。

顧長安嘴角往下拉。算了，總歸是把人安撫好了。

因為寬慰了鄒氏，顧家其他人也都鬆了口氣。

只要鄒氏能放得開，他們就不會那麼擔心，成日唉聲嘆氣，容易傷身。

替顧二姊準備行李的事情由鄒氏全權負責，至於顧長安要準備的，當天下午紀琮就送了過來。

「這些都是讓人特意做出來的藥丸，除了常見的幾種，其餘少見的每一丸都用蠟封好了，要用時拿出來，捏開蠟丸就成了。若是不用千萬不要捏開，如此保存三、四年都不會壞，不然，一個月之內就會失了藥效。」紀琮將一個小箱子放在桌上，仔細叮囑。

顧長安打開翻看了一番，一半是常見的藥丸，好比治療頭疼腦熱、水土不服等，還有一些零零碎碎的藥丸，可以解各種毒的、瘴氣、蛇毒之類；剩下的是滋補類的，顧長安掃了一眼，居然還有保胎用的藥丸。

先前為了研究空間裡的泉水，紀琮私下裡找到幾個有真本事的大夫，這些藥丸便是他們趕著熬製出來的。

陶沐之和顧二姊要遠行，這些東西都是必備的藥物，有備無患總是好的！

將箱子放置好，紀琮才又拿出一個更小的箱子，對著顧長安眨眨眼。「這些都是獨家方子，有止血用的金創藥，已經讓人實驗過，效果極好；還有給婦人補身用的，是一位老大夫家中祖傳下來的方子，對治療女子宮寒極有效果。」

「效果當真很好？」

紀琮點點頭。「先前讓他們做了一批，挑選幾個曾經受寒、嫁人後無法生子的婦人，讓她們嘗試。一共選了六人，有兩人小時候並未受寒，不過大夫也說是因為體內寒氣過重無法生子；另外四人則是曾受過寒，或是冬日落水，或是自小家窮把自己當成漢子用，糟蹋了自己身子的。這六人服用已經超過半月，症狀最輕的那個幾乎已經將身子養好了，大夫說再服用一些時日，想必便能順利有孕。」

顧長安聞言心中大喜。若是當真如此倒是好事，至少雅欣郡主和秦無戰能將身子調理好，日後不至於說親困難。

思及秦無戰，她倒是想起來了。

「小琮，我三哥說想要讓秦無戰當我三嫂。」雖然已經經過一晚，可是一想起這件事，她的內心依然無法平靜。

她三哥實在是太令人出乎意料了！

饒是紀琮也忍不住震驚了一下。「三哥喜歡秦家姑娘？」

那個風風火火、一言不合就想要動拳頭打人的秦家姑娘？三哥的眼光可真有些奇特！

紀琮如是想著，視線落在顧長安身上，眼底泛起笑意。不是所有人都跟他一樣有眼光！像長安這麼好的人，他一早就看中，早早就把人給定下了。

呵！等和他同齡的人每天被家裡長輩念叨早些娶妻，見天地找理由邀請姑娘們過府遊玩，順便與人相看時，他只消冷眼旁觀，等著到了年紀，輕輕鬆鬆地把他心愛的長安娶回家啦！

這麼一想，心裡美得簡直冒泡！

顧長安斜睨了他一眼，眉眼彎彎，忍不住跟著樂了起來。心知肚明在外人眼中，紀琮的眼光才是最為奇特，哪怕是她家哥哥們也都是如此認為。畢竟一個姑娘家力氣大尚可接受，可有幾個願意娶一個飯桶？只有紀琮，跟撿到寶似的！

顧長安如此想著，絲毫不尷尬地把自己形容成「寶」。

不過該說的話顧長安還是得說：「秦無戰為人不錯，性子開朗，與這樣性情之人為友是好事，不用成天擔心會不會哪句話說得不對就惹對方不快；若是她真嫁進我們家，跟我娘肯定能合得來。」

紀琮聞言倒是點頭表示贊同。「雖然有些大剌剌，不過很直爽，不是那種愛算計的。伯娘性子柔和，與這種性子的兒媳相處，也不會難為了她。」

顧長安暫時聽不得別人誇她娘親和二姊性子溫柔之類的話，眼瞎的人著實太多，不過這話是紀琮說出來的，她忍了忍，到底沒反駁，只是將自己的擔憂說了出來。「秦家那一家子沒幾個好東西，他們現在使勁想要把秦無戰嫁出去呢！而且就算秦將軍那邊能讓他們安分下來，我三哥可是要比她小一歲。」

紀琮安慰道：「女子大上一歲不算什麼問題。」

顧長安嘆了口氣。「我哪裡不知道不算什麼問題呢？她回京就是為了說親，我這是擔心秦將軍不肯讓她多等兩年再嫁人；最重要的是，我三哥一時半刻地只能留在書院唸書，怕是秦將軍看不上我三哥。」

想起關於秦將軍的那些傳言，紀琮倒是覺得她這點擔心有些多餘了。「我聽說秦將軍生平最為佩服之人便是林大儒了。若是知曉三哥乃是林大儒的徒孫，他應當不會多加阻攔。」

至於成親早晚這種事情，還是等這門親事有點譜了後再擔心吧！

顧長安眨眨眼。秦將軍原來是她師公的小迷弟？倘若真是如此，還真能給她三哥加分不少。

「小琮，不如你給舅舅寫封信，問一問秦將軍是不是當真崇拜我師公？再者，若是可以，煩勞舅舅幫忙探探口風，若是秦將軍有這意思，便不透過秦家，讓我三哥自己想法子求爹娘直接向秦將軍求親！」

紀琮摸摸下巴。這事倒是可行，若是真的成功，不只能讓他的長安高興，還能讓三哥欠下自己一個天大的人情。他現在就缺三哥欠他人情呢！

這事兩人沒多商量，因為不是他們兩人就能商定出個結果，兩人的話題又回到這些藥丸上，紀琮還有些話要叮囑顧長安。

「對女子有好處的這些藥丸，也是為了讓二姊在必要的時候拿出來拉攏人的。」

無論對何人來說，可以傳承血脈的子嗣都是最緊要的，尤其是那些婦人們，有些時候，子嗣便是她們最強大的手段；若有人能幫助增加她們孕育子嗣的機會，讓她們付出任何代價，她們都會認下。

顧長安點點頭。「等二姊回門的時候我會轉告她，只說是你手底下的大夫祖傳本事即可。」想了想，又追問了一句。「雅欣郡主之事你可問了那大夫？大夫可說了郡主何時能痊癒？」

雖說的確有效果，可到底是關心則亂，她希望從大夫口中得到更加確切的消息。

紀琮眉頭微揚，道：「雅欣郡主之事外面傳言紛紛，真真假假，內情究竟如何知曉的人卻是不多，多數不過是以訛傳訛。說來也是巧，若是換成其他事，我或許需要費心打聽，偏偏這事情我還真知道。」

他從不在顧長安跟前遮遮掩掩，當下解釋道：「當年雅欣郡主落水後，除了太醫之外，還請一位與寧王有舊的老大夫看過。因為老大夫的一個弟子被人收買，這才洩漏了郡主的真實病況。老大夫內疚萬分，不久便鬱鬱而終，纏綿病榻時，曾將此事說與關門弟子聽。故此，對雅欣郡主的真實情況這關門弟子一清二楚，郡主落水是真，受寒幾乎病死也是真，不過不能有子嗣這話卻有不少水分，只能說，她子嗣艱難。」

兩者的區別大了去！

顧長安鬆了口氣，不過又有些疑惑。「既然沒那麼嚴重，寧王府不是該做些反應才是？」

不過話一出口，想起雅欣郡主的性情，她便反應過來了。以雅欣郡主的傲氣，怕是壓根兒就不屑解釋，相反地，她只會將此事當成是一個試驗，不然就算勉強娶了她，她日後也定然有受委屈的時候。

紀琮點點頭，道：「最初寧王府想必是真被打了個措手不及，寧王大怒也是真，而且最開始郡主幾乎病死，寧王夫婦大部分的心思都放在如何留住她的性命。等發現的時候，夫婦兩人不是沒想過要澄清，只是這種事情想要澄清也難，後來乾脆選擇放任，再往後，我懷疑也有郡主自己在背後推波助瀾的關係。」

說到此處，紀琮對雅欣郡主多了兩分敬佩。用對一個女子最為要緊之事來捅自己一刀，的確是個狠得下心腸的人，對別人狠不算什麼，對自己狠，這才叫本事。

聽了他的一番話，顧長安的擔心頓時少了幾分，既然如此，這藥丸的效果想必夠用。見她的心思不再放在雅欣郡主身上，紀琮暗鬆一口氣。他可是好不容易才來陪長安，恨不得長安將心思都放在他身上才好。

顧長安瞄了他一眼，如何猜不到他那點小心思，嘴角彎了彎，問道：「老師前幾日吩咐下來的課業可都做完了？」

紀琮眨眨眼。「二姊才出嫁，過幾日他們就要離京了，老師怕是有不少事情要叮囑，哪裡顧得上我們的課業？」

顧長安似笑非笑地斜睨了他一眼。「老師那性子你不知道？就算這幾日顧不上，等他忙完就得盯上你了！」

顯然這一點不用顧長安提醒，紀琮摸了摸鼻子，決定今天晚上回去後先把老師吩咐的課業都先完成了再說。真惹怒了老師，以老師小心眼的程度，肯定會讓他吃不了兜著走。

「長安，二姊這一次遠行，短時間內怕是不容易回來。西邊接二連三地發現礦山，太子想要占據主控權，掌控礦山，就得有人在那兒守著。林大儒與今上和太子的關係很是親厚，老師與林大儒關係極好，連帶著與太子也比常人親近一些。再者，老師和四師兄本就支持太子，認為太子才是正統，故此，在忠誠度上四師兄並無問題。再加上林大儒的緣故，以及顧家這籌碼，四師兄是目前太子最想用、最願意用之人。以師兄的本事，在那兒站穩腳跟不難，但是想要在離開後還能牢牢掌控那邊的局勢，至少需要五年的時間。」說起那邊的礦山，紀琮忍不住皺了皺眉頭。

顧長安敏銳地察覺到他心裡的不安，忍不住問了一句。「你是擔心我二姊他們的安危？」

紀琮搖搖頭。「他們去了那邊，最基本的安全問題還是有保障的，太子不會虧待自己身邊的人，他會暗中加派人手；而且，老師不是那種只會耍嘴皮子的文人，他把四師兄當成自己孩子一般養大，又怎會放任不管？」

至於危險肯定是有的，四師兄會成為很多人的眼中釘，可也正因為太多人想要四師兄出事，他反而會更加安全。而且，一個明面上沒有什麼靠山、才剛剛高中的探花郎，總要比在官場上混跡多年的老油條好對付。但凡有點腦子的人，都不會去害師兄，換一個更有手段、有背景的頂頭上司來。

見顧長安不解，紀琮想了想，還是沒隱瞞。「無論是鐵礦、金礦還是銀礦，覬覦的人著實太多，若只是大荊朝的人還好辦，他們無非就是想為自己謀取一些利益罷了，我是擔心，北方怕是要不安穩了。」

顧長安只一想，立刻就恍然。

別的不說，光鐵礦就足夠讓人瘋狂。大荊朝若是有足夠的鐵，何愁武器不鋒利？武器鋒利了，吃虧的自然是敵人。

她當下心中微微一沈。小琮說得沒錯，北方恐怕真的要不安穩了。

朝廷大事，他們只能關起門來自己猜測，更多擔心的原因在於紀琮的舅舅仍在北方，真要起了戰事，恐怕會有人乘機對他下手。不過這一時半刻也鬧不起來，他們回頭通知紀家舅舅，想必他會早做準備。

「對了，長安，過些時日我打算把大福放出去，讓他跟著商隊跑兩年。」大福多半時候都往顧家跑，紀琮也知道顧長安一直覺得大福很合用，不過正是因為大福這人可用，才想著要把人放出去鍛鍊兩年。

顧長安聞言沒覺得不捨，反倒有些贊同。「大福還不錯，看著粗，實際上仔細著呢！他也跟著有麻、有麥他們一起認字，進度算是他們幾個當中最快的；腦子靈光，行事也不木訥，要是鍛鍊兩年能有好結果，日後定是個得用的人手。」因為是個得用的人，所以才要把人放出去好生培養，如此，日後才能有更好的人手可用。

紀琮見她不反對，眉眼柔和下來，眼底的笑意快要氾濫成災。

說完了其他事情，兩人放鬆心情，湊在一起嘀嘀咕咕地說些他們才知道的事情。

「前些時候讓人出去找了找，收回來一些品相極好的東珠。最小的幾顆我找了個老手藝的匠人，給妳做了手鍊。我記得妳上回說，喜歡那種細細的，可以在手上繞上幾圈的鍊子。」紀琮將自己準備好的小盒子打開，放到顧長安面前，好讓她看清楚盒子裡的東西。

鍊子是金的，雖說配上銀色會更好看，可紀琮也知道，銀飾用的時間長了容易變黑。打得細細的鍊子，點綴著綠豆大小的珠子，可在顧長安手腕上纏上五、六圈。

只一眼，顧長安就喜歡上這手鍊。她對首飾其實沒有太大的喜好，真說讓她有所偏愛的，大概只有各種手鍊、手鐲了。

原本想要自己戴上的，眼角餘光正好瞥見紀琮眼底的期盼，忽然心中一動，將手鍊遞到他面前。

「你幫我戴上。」

紀琮立刻露出驚喜之色，連忙伸手接了過去，認認真真地將手鍊纏在顧長安的手腕上。

「長安戴著真好看！」紀琮喜孜孜地誇讚，覺得自己的眼光真不錯。長安看來是真的喜歡，他以後讓人多找些東珠或是寶石，都給長安做成手鍊。不對，再做幾套全套的首飾，得找有手藝的匠人，每種款式都只做一套，絕不能讓他們再做給其他人戴。

不過那些匠人會的款式說不定不是獨一無二的，看來他得自個兒學著畫些樣式出來，只替長安一個人畫！

顧長安不知道自己以後的首飾已經被承包了，事實上在往後的很多年裡，顧長安那些獨一無二的首飾，一直讓所有女子萬分羨慕。

當然，最被羨慕的，自然是被紀琮寵上天的女霸王顧長安本人了，這都是後話。目前顧長安一拳能打死野豬，吃得跟豬一樣多的才能尚未被外人知曉，所以女霸王的模式，自然還沒打開。現今的顧長安正因為得到合心意的手鍊而喜孜孜呢！

「對了，還有一顆黑色的珠子，尚未送到我手裡，妳且想想要將那珠子做成什麼，到時候我讓人畫好樣式送過來，妳好選一個最合心意的。」紀琮想起手底下人說的事情，連忙告訴顧長安。

事實上這一次運氣好，不只淘到一顆黑色的珠子，還有兩顆金色的。若是依照他的本意，他想要將這些都留給長安，可是這種連皇后都沒有的東西若戴在長安身上，怕會給她惹來天大的麻煩。

這件事他也沒瞞著，一五一十地跟顧長安說了。

顧長安倒是不覺得生氣，天底下好的東西多了去，難不成所有好東西都得弄到手不成？比起金珍珠，她倒是覺得黑珍珠更加合她心意。

「金珠子正好可以送給明珠姊姊一顆。」另外一顆，自然是要獻給一國之母了。

因為金珍珠罕見，卻落在紀琮的手中，只要有人幫忙宣揚，紀琮這「運勢好」的名頭就能落實了。她不求因為這東西給紀琮帶來多大的好處，可至少能讓今上和太子對紀琮加深印象，在日後紀家請封世子的時候，他們父子兩人能稍稍偏向紀琮一些。

倒不是覬覦紀家的那點東西，只求能噁心到那一家子！

見她如此，紀琮反而更加心疼，打定主意讓人再去找找，說不定還能再找到其他的金色珠子呢！

顧長安沒注意到他這反應，只聽紀琮說起對其他東珠的安排，除了給她留下幾顆品相最好的之外，剩下的紀琮打算都打成首飾；對此顧長安沒有反對，甚至還興致勃勃地動手畫了幾個。這些都是她曾經看過的首飾樣式，一直挺喜歡的，沒想到當初狠不下心來買，換了一個時空後，她的首飾都快可以用箱子裝了。

鄒氏原本打算來看看紀琮，看見兩個小的湊在一起說笑的模樣，就沒打擾他們。

跟著她的甜雨笑嘻嘻地道：「五姑娘跟紀少爺看著就相配呢！不過咱們五姑娘好看，笑起來的模樣，可是像足了夫人。」

還說五姑娘性子冷淡呢，明明笑起來就跟二姑娘一樣溫暖。

鄒氏聞言淺笑。「小五跟小琮算是一起長大的，小琮又處處慣著小五，小五能不開心嗎？」

他們多少會約束一下小五，唯獨小琮從來不會拘著她，但凡是小五喜歡的，小琮只會一心一意放任，這樣慣著、寵著，小五能笑得不開心？

甜雨搗嘴偷笑。真要說慣著，家裡的人哪個不慣著五姑娘？雖說五姑娘不愛笑，話也不算多，可是只要自己認真做事，五姑娘就是個再好不過的主子；而且只要被五姑娘那雙眼睛看上一眼，大著膽子說一句心裡話，就是他們也架不住，恨不得處處慣著五姑娘啊！

紀琮不急著離開，正好跟顧長安一起完成金先生吩咐的課業。

第二日早起的時候，兩人還對打了一場。顧長安勝在力氣大，紀琮的技巧卻是要更加出色。兩人算是勢均力敵，紀琮在其他方面處處慣著顧長安，但是在對打的時候卻不會放水，相比起家裡其他人，顧長安更願意跟紀琮對打。

當然，真要論起讓她打得最盡興的，就是太子殿下了，只可惜太子殿下位高權重，不是她隨隨便便就能去打一頓的。

第三十九章 回門

一晃便是顧二姊的三朝回門之日，顧家人除了顧錚維之外全數到齊，紀琮也作為家人留了下來。

天還矇矇亮，鄒氏就起身開始準備，等天色大亮後，恨不得去門口等著，好在第一時間看到長女歸來。

顧錚禮連忙攔著，好聲好氣地勸說：「天還熱著呢，妳冷不丁地去門口曬，若有個萬一，豈不是讓二丫頭擔心？」

顧大哥也連忙道：「娘，我已經讓有麻去街口看著了，等遠遠地看到陶家的馬車來了，他肯定會先回來報信，到時候我們再去門口等也不遲。」

顧四哥跟著點頭。「娘若是不放心，我們幾個先去門口等著。」

鄒氏見狀也不好再堅持，不過真讓顧大哥幾個去門口等著。女兒一出嫁就成了別人家的人，再回娘家那就是嬌客，對待客人，總不能跟以往一樣，讓他們自己進門。

顧長安笑了笑。在他們家，家裡大、小男人都對女子更加看重，哪怕是最小的顧小六，平時也都會下意識地多照顧她們姊妹兩人一些；不過，被人心疼、偏愛總是一件令人高興的事情，這是家人的心意，她坦然受之，同樣地，她也將親人看得極重。

「娘，您先坐下來吧！二姊他們家距離這兒不算近，就算是天剛亮就出發，至少也得再過一個時辰才能到呢！」

京城又不是平安鎮，地方小，車也少。坐馬車慢悠悠的，去哪兒都得花費一些時辰。

鄒氏何嘗不知道，只不過是掛心長女，恨不得一睜眼就能看見罷了。

「也不知道妳二姊這兩日過得可好？突然離家，吃喝上萬一不順口如何是好？」鄒氏說著說著就開始擔心起來。「不如讓她把老陶兩口子也帶走？等出了遠門，好歹能吃上點順口的。」

顧長安哭笑不得。「娘，就算您想讓二姊把陶叔、陶嬸帶走，二姊也不會同意啊！他們做的吃食對妳的口味，二姊怎會點頭？妳也別擔心，二姊的手藝好，等到了地方，她稍稍費些心思調教幾個人出來，到時候想吃順口的又有何難？」

鄒氏聞言倒是覺得這話說得沒錯。「也是！好在妳二姊自個兒手藝不差，調教起人來不算難，不過還是問一問女婿是不是有合用的廚子，到時候一起帶過去。兩口子過日子，總得把兩人的口味都照顧到才好，總不能只顧著妳二姊一個人的口味。」

顧長安嘴角抽了抽。剛才還在擔心四師兄對二姊不好，這時候居然又開始擔心二姊對四師兄照顧不妥善了。

紀琮道：「伯娘，您別擔心，我都跟師娘打聽過了，四師兄那人，只要是能填飽肚子的，他都不挑剔，有肉便吃肉，沒肉便吃蔬菜，吃麵食也可以，吃米飯也不挑剔。」當然，若是能有好吃的，自然不會吃差的，這些話不用說出來，免得伯娘一會兒又開始擔心。

鄒氏聞言，想起自己這大女婿小時候吃了不少苦頭，當下跟著心疼起來。「這孩子肯定是小時候吃的苦太多了，不然這樣的出身，怎會這般呢？」

紀琮跟顧長安對視一眼，見她微微點頭，便接下了這話題。「說起來四師兄的確是個苦孩子，比起四師兄，我小時候也算是躺在蜜罐子裡了。師娘說，四師兄因為是庶長子，被家中嫡母厭惡，偏偏他那個父親又是個不著調的，對他也沒什麼感情，便任由嫡母折磨他。尤其是年紀小的時候，連填飽肚子都難，四、五歲之前，能吃上一頓熱飯菜就算是好的，大多都是冷飯、冷菜，時不時還會扔給他一、兩個冷饅頭；就是下人吃得也都比他好，直到拜在老師的門下後，他才徹底擺脫陶家的掣肘。」

現在說這些，一來是想要轉移鄒氏的注意力，再者，他也的確是希望可以引起鄒氏對陶沐之的心疼。在親情方面，他跟陶沐之也算是同病相憐，只不過他比陶沐之幸運，他是嫡長子，而且還有一個舅舅在，舅舅還活著，那麼外家的那些關係，多少還是有些用處。

至少，可以讓那個一心為自己兒子鋪路的小賈氏，多少有幾分忌憚，不敢將事情給做絕了。在吃穿上，他也的確沒有受過任何委屈。何況他運氣好，早早就遇上長安，正是因為同病相憐卻又要比對方更加走運，所以他對陶沐之便多了幾分同情。若是伯娘能對陶沐之更加心疼，真心將他當成一家人，他心裡也能跟著舒服點。

當然，陶沐之那樣的人，最是看重真心。伯娘對他發自內心地好，他自然也會真心對待顧家人，對二姊也能更加好一些，一舉數得，何樂不為？

果然，鄒氏一聽這些，眼圈都快要紅了。她知道自己這大女婿不容易，可也沒想到竟是過得這樣苦！

陶家那家子，可要比紀家那幾個人狠多了！

這兩個可憐的孩子，真是沒遇上個好人家。

紀琮的目標達成，反過來還被鄒氏憐惜了一通。他不只是默默地接受這份疼惜，還很心機地給自己加了點戲，頓時讓鄒氏對他更加疼惜。

顧長安在一旁冷眼旁觀，不得不承認當初那個軟萌的小白胖子已經不見了，眼前這個殼子還是那個殼子，內裡已經換成了黑芝麻餡；既能討好鄒氏，又能給自己加分，讓鄒氏對他更加滿意，倒是好本事！

或許是她盯得太認真，又或者是紀琮始終分了大半心神在她身上，忽然順著她的視線看了過來，兩人的視線在半空交會，紀琮沒有絲毫停頓，對她露出一個乖巧又毫無陰霾的燦爛笑容。

顧長安下意識地回了一個笑容，心中倒是坦然。

也罷，黑芝麻餡味道其實也不錯，而且若裡外都是白的，容易讓人把她碗裡的湯圓給搶走了。更何況不管換成了什麼，他在自己跟前始終都是那副軟萌模樣，對自家人也是發自真心地親近，這就夠了。

等日頭逐漸升高，陽光曬得有些燙人的時候，顧小六一溜煙地跑了進來，人還沒到，就開始嚷嚷起來。「娘、娘，二姊和二姊夫回來了！」

鄒氏猛然站了起來，只來得及交代甜雨一句，讓她去廚房通知老陶兩口子快些準備飯菜，便匆匆忙忙地往門口去了。

等他們到的時候，陶家的馬車也正好在門口停下。陶沐之先跳了下來，伸手將跟在後面的顧二姊扶了下來。

鄒氏一看到顧二姊，眼圈頓時就紅了。

「爹、娘，我們回來了！」顧二姊也是眼圈泛紅，趕忙上前拉著鄒氏。

陶沐之不復原本清冷的模樣，臉上帶著真誠的笑意，也跟著道：「爹、娘，我們回來了。」

不是岳父、岳母，而是爹娘！兩種稱呼之間的差別很大，後一種稱呼，完全是將自己當成顧家的半子，而不僅僅只是女婿。

即使都說女婿是半子，可實際上大部分的人還是認為雙方只是姻親關係，岳家的助力若沒了，心狠一些的人會選擇換一個岳家，如此，建立在利益之上的關係又怎會牢靠？

陶沐之這一聲爹、娘，卻是真正將他們當成自己的父母看待。他親緣淺薄，直到遇上老師和師娘，才知道有長輩關心是何種滋味；如今娶妻，他看得出來岳父、岳母對自己的真心，自然也願意以真心回報。

顧錚禮和鄒氏如何不明白，哪怕是先前對他萬般挑剔的顧錚禮，也忍不住心頭一燙，用力拍了拍他的肩膀，欣慰地道：「回來就好！走，先進屋。」

鄒氏也連忙道：「瞧我這記性。快，進屋裡說話，外面熱，可別熱壞了。」說罷便拉著顧二姊，又招呼陶沐之往屋裡走。

顧長安摸摸鼻子，又看看一臉無奈的兄弟們。

好在被遺忘的不只她一個人，一看身邊的兄弟，她心裡就舒坦多了。

紀琮特意落後幾步，見其他人都走在前面沒注意到他們，這才偷偷伸手拉了拉顧長安的手。見顧長安回頭看著他笑，他也露出一抹歡喜的笑容。

顧長安輕笑。這個小傻子！

鄒氏先帶顧二姊去她原本跟顧長安住的屋子，留下陶沐之由家裡的男人負責招待。顧長安只落後她們幾步，等進屋的時候，正好聽到鄒氏在問顧二姊這幾日過得好不好？

「二姊，姊夫對妳好不好？陶家有沒有去鬧事？」顧長安也連忙問道。

顧二姊的笑容一如既往的溫柔，卻多了幾分羞澀和甜蜜。「他很好，待我更是貼心。家中只有我們兩個當家做主，下人也不多，都是跟了他好幾年的人，做事都極有分寸。成婚第二日陶家有來過人，不過沒讓他們進門，夫君也未透露要帶我去陶家之意。」

顧長安見她面色紅潤，說是容光煥發也不為過，心知她的確是過得不錯，若不是日子過得順心，又怎會有這麼好的氣色？

「好在往後見陶家的機會也少，真有陶家人找上門，都讓姊夫自己去解決吧！」顧長安出主意，不過她覺得陶家應該不會給她二姊帶來多大的麻煩。

顧二姊想起陶家人的嘴臉，也有些心疼自家夫君。「陶家人是想要跟著一同走呢，說夫君去了外地需要人手，找外人總歸沒有自己人來得貼心，想把陶家人塞給夫君，好叫他們跟著夫君去赴任。夫君拒絕了，陶家人的臉色不是太好看。」

其實哪裡只是臉色不好看，說出口的那些話，她都沒臉複述，就連在老家時，那些愛嚼舌根又會罵人的潑辣婦人，也比不上那些人說的話齷齪。想到夫君在那樣的陶家生活那麼多年，她就慶幸如今夫君已經脫離了家族。

不然，都快噁心死人了！

她雖然沒說，可顧長安多少也能猜到一些。陶家看著風光，實際上比紀家還不如。即使都是內宅婦人強勢，可紀老夫人和小賈氏好歹還要那麼點臉面，做事也不會做絕，至少，在某些方面還是做得很周全。相較之下，陶家根本就是一團糟，等等！

顧長安忽然反應過來，陶家會有這舉動，怕是想要藉著陶沐之先去那邊占個位置，好為陶家多謀求點好處。陶家的消息未免也太靈通了一些，依陶家如今的地位，若是背後無人，絕不可能有這份靈敏度，不然，陶家又怎會眼看要敗落？只是，陶家背後之人會是哪個？

顧長安心中琢磨，面上卻是沒顯露出來，只關切地聽著顧二姊羞紅著臉回答鄒氏的諸多問題。

「夫君性子好，凡事都是有商有量，成婚第二日，他便將家底都交給我，說是往後由我管著便是。他身邊伺候的都是小廝，就是灑掃院子的也都是上了年紀的婆子，雖然有兩個粗使丫鬟，卻是連他住的院子也進不去。」說起這些，顧二姊臉上滿是嬌羞之色，眼底的歡喜擋也擋不住。

顧長安看在眼裡，心中也是高興。即使有老師和師娘的保證，以及她自己的親眼所見，可到底是存著一份擔憂，不過親眼看到二姊幸福，她也就安心了。

顧錚禮那頭眾人聊得很是盡興，陶沐之新女婿上門，態度擺得很正，無論是岳父大人還是大、小舅子，他都很是親近。這其實有些不合規矩，哪家女婿會這般不講究客氣，反而將自己當成這家的主人一般自在？不過也正是他這態度，反倒讓顧家上下都對他很是滿意。

尤其是顧錚禮。「等離京後，二丫頭就託付給你了。二丫頭從小就不是個話多的，又不喜歡處處麻煩人，往後你們小夫妻自個兒過日子，你有空的時候也要多陪她說說話，免得她有事情都悶在心裡。」

說起來家裡六個孩子，顧錚禮最放心的是小五顧長安，最為擔心的便是二丫頭了。明明是姊妹兩個，小五年紀雖然小，但她有那一身的力氣，就算真讓她獨自出門也不見得會吃虧。可是二丫頭不同，她性子柔和，長相和性情一看便知道是容易吃虧的；偏偏這個最讓他掛心的女兒，卻是第一個要離開他們身邊的孩子，哪怕是對女婿再中意，他也忍不住有些擔心起來。

陶沐之不是那種用發誓來表明自己決心的人，只是認真地看著顧錚禮，極為誠懇地道：「爹，我不保證我們夫妻之間沒有爭執的時候，但是我會對她好，盡我所能地對她好！她是我最為親近的人，哪怕日後有了孩子，也越不過她去！」

他娶妻後才有了家人，何況他的小妻子性子好，骨子裡又不是那種軟綿綿的人，越是相處，他就越是喜歡小妻子；至於孩子，能陪伴他一生的，只會是小妻子，而不是孩子，既然如此，他又怎會將孩子看得比妻子重？

他這保證倒是讓顧錚禮吃了一驚，不過隨即就露出滿意的笑容。「記住你今日所言，不然，我絕不會放過你！」

再滿意，該說的話還是得說。

陶沐之連忙應下，自然沒有半點不滿意。人家嬌養十幾年的姑娘就這麼嫁給他，日後要為他操持家中庶務、要為他生兒育女，別說只是訓斥他一通，就是揍他一頓，他也不覺得有錯。

顧大哥憨憨一笑。「妹夫，我二妹就交給你了，你可要好好待她，不然，我這大舅子的拳頭可不是吃素的。」

「還有我們幾個小舅子！」顧小六連忙挺起胸膛，表示自己也很能打。

想了想，顧小六又補充了一句。「二姊夫你真要對不起我二姊，讓我二姊傷心的話，我五姊一個人就能把你打殘了。」

只要二姊夫怕死，完全不用擔心他會欺負二姊！

陶沐之哭笑不得。他自然知道自家小師妹的本事，老師都不知道念叨幾回了，說心愛的小弟子那一身力氣，他都擔心小弟子會嫁不出去，所以很早就開始跟師娘嘀咕，說是要多準備點嫁妝，免得他心愛的小弟子沒人敢娶；還說讓他們幾個當師兄的也多準備準備，攢點銀子下來好給小師妹添妝，說不定日後小師妹就要靠豐厚的嫁妝才能換一個好夫君啦！

陶沐之對自家小師妹的力氣有個大致的概念，他當然不想嘗試小師妹的力氣到底有多大；當然，他也的確沒有欺負小妻子的想法，這可是他求了這麼多年，才求來一個陪伴他下半輩子的親人呢！

等林湛也到了，又叮囑了一番，陶沐之自然也是恭恭敬敬地應下。

都是一家人，中午的時候並未分開用膳，一大家子坐在一起，熱熱鬧鬧地用了午膳。午飯後，林湛要先去小憩，顧錚禮則是跟鄒氏一起帶著顧二姊去了後院，將準備好的東西都指給她看，又額外叮囑一些事情，剩下的人便拉著陶沐之，一同去後花園。

說是後花園，實際上都快變成菜園，一行人也不講究，尋了個陰涼的地方說話。

「四師兄，到了地方後若是需要幫助，或是需要有消息情報來源，便去帶有這種圖案的鋪子找掌櫃的，將這權杖交給對方，對方自會知無不言。」紀琮率先將準備好的東西交給陶沐之。

陶沐之孤身前往，哪怕有太子在背後支持，可新來乍到，先將該打聽的都打聽清楚，到時候才不會吃虧。

陶沐之大大方方地接過，笑道：「如此，我便謝過小師弟了。」

紀琮擺擺手。「同門師兄弟，無須道謝。」

對於西邊的那點事情，顧家兄弟幾個已經知曉，也不免擔心陶沐之的安全問題。那地方已經成了人人都想要咬一口的肥肉，試問滿朝文武大臣，以及那些有頭、有臉、有地位的人，哪個不想乘機將自己的人安排過去？

就算他是太子的人，背後甚至還有今上的影子，但是，多少大臣敢背著今上貪污，就有多少人不懼這些，拚命想要奪取好處。作為太子的馬前卒、日後的心腹大將，陶沐之首當其衝地會成為那些人的眼中釘、肉中刺。雖說有太子的人在背後護著，說不必擔心，可作為親人，事到臨頭總歸還是會掛在心上。

陶沐之接受了幾人的關心，不過也沒隱瞞自己的安排。「安全方面無須擔心，我身邊有太子挑選來的好手，而且跟著我多年的管家，一家子也都是會武的；你們也別擔心黃柑，她身邊伺候的人全部都會武功。對了，在黃柑身邊伺候的那丫鬟，夫人說要問一問小五，可要將人留下來？」陶沐之輕拍額頭，他差點忘了夫人叮囑的事情。

顧長安愣了愣。「花兒？她不是陪嫁過去了？」

轉念一想便也猜到，想必是二姊覺得袁叔他們都留在這裡，只讓花兒跟著走有些不妥當；而且花兒也到了該嫁人的年紀，若要遠行的話，怕是會耽擱了她。

她想了想，卻搖搖頭。「花兒一心想要跟著二姊，就讓她跟著去吧！至於嫁人之事，有二姊在，不會虧待了她。真要嫁給當地的人，到時候若是花兒願意，帶著夫婿一家人回京便是。」再者姑娘家遠嫁也算常見，只要花兒自己願意就成。

陶沐之不過只是轉達，聽她這般說來，自然毫無異議。

幾人又說起礦山之事，對於如何應對那邊的麻煩，也是各抒己見。他們雖然年紀輕，也不曾入官場，手段稚嫩，遠遠比不上那些官場老油條有心計，不過正是因為他們年紀輕，沒經歷過事情，出的主意不拘泥常理，五花八門的，說不定還真有點用處。

顧長安皺眉道：「我聽我二姊說，陶家人想要跟著去分一杯羹，四師兄，你可知道陶家背後站的是誰？」

陶沐之對小師妹如何稱呼他無所謂，只不過小師妹說起的話題，卻也讓他眉頭微皺。「陶家這些年討好的人不少，尤其是幾個婦人，我暫時不確定到底是哪個，不過我懷疑應該是陶家夫人娘家那邊找的關係。」

陶家現在是婦人當家，成天上竄下跳，鬧得不可開交，對那些或許能幫助陶家獲取更大利益的，恨不得跪舔，那討好的架勢，他都沒辦法看。

或許是因為情緒有些外露，顧長安掃了他一眼，安慰道：「四師兄，左右你跟陶家已經斷絕關係，他們如何也影響不到你，何必因為他們而煩心。」

陶沐之輕哼一聲。「我不否認自己的出身，卻也不會在意那些人，煩心？他們也配！」

顧長安暗道，四師兄心裡到底還是有些怨恨，怨恨也是情感，不過她不擔心，有二姊在，遲早可以消弭這些負面情感。到了那時候，四師兄才能徹底跟陶家劃清界線，不再因為曾經遭受過的苦難而耿耿於懷。

看破不說破，顧長安只在心中想著，面上卻是不露半點痕跡。

不過見他如此，陶家之事他們就不再說起，又叮囑了一番，眼看時辰差不多了，這才放人，讓他去接新婚的小妻子。

諄諄叮囑下，陶沐之和顧二姊到底沒多留，來的時候帶了一車回門禮，走的時候也帶走裝滿三車的東西。

陶沐之打算在後日動身離京，明日尚且有一日可準備。按照鄒氏的想法，她總是覺得帶的東西不夠多、不夠齊全，顧家人也都由著她，左右現在有這條件，她願意折騰便折騰吧！至少能讓她心裡舒坦一些，他們所求的也不過是她不會悶出病來。

陶沐之和顧二姊的離去，除了顧家人之外，表面上並沒有多少人關注，然而暗地裡注意的人卻是不少，不過這些事情不是顧家人在意的。

陶沐之和顧二姊離開後，鄒氏果然有些情緒低落，有小半個月都是丟三落四的，動不動就走神，好在有顧長安陪著，最後乾脆讓人租下一個小鋪面給鄒氏，至於要賣什麼，就由鄒氏自己做主了。

鄒氏心疼那些租金，只好將心思收回來，不再因為顧二姊之事成日憂心。半個月後，這鋪子成了雜貨鋪。鄒氏先前便已經學過如何做胭脂，她選的原料好，賣的價格卻是有高低之分，還做了一些能久放的吃食，擺在鋪子裡賣；再加上偶爾販售的酒釀，雜貨鋪的生意也不錯。

等鋪子的生意步入正軌，鄒氏也終於安下心來，每個月的收入計算起來也算可觀，這讓鄒氏極為高興。

這其間，林氏和鄒生終於到了京城，顧家眾人皆是高興不已；倒是林氏哭了好幾場，顧長安被哭得頭疼，最後乾脆說服林氏去幫鄒氏的忙。

林氏做鞋子的手藝極好，鄒生還會編一些小玩意兒，最後乾脆都拿去雜貨鋪裡販售，別說，生意還真不差。有了收入，心情也就好了起來，如今自己能掙錢了，老兩口也不會時常想著回老家，成天琢磨著如何能掙到更多銀子，如此反復，身子骨反而越發硬朗起來。顧家人也是樂見其成，任由他們自己折騰。

第四十章　三年

光陰似箭，轉眼又是三年過去。

已經十四歲的顧長安身量拔高不少，她的身高隨了顧錚禮，依以前時代的算法，十四歲的她已經有一百六十公分的身高。她自己挺滿意，卻是讓鄒氏膽戰心驚，畢竟才十四歲，萬一使勁地往上長，一個姑娘家比漢子都高，誰敢娶？

三年的光陰，足夠讓她原本就精緻的五官長開。她的容貌更肖似鄒氏，或許是因為練武的關係，卻要比鄒氏多了幾分英氣；尤其是那雙眼睛，明明看著漂亮惑人，可只要眼波一掃，就會讓人心頭一跳，下意識地收斂心神。

顧長安接到通傳才走出院門，就見錦袍少年已經快步迎了過來。「長安！」能闖到這裡的除了紀琮還能有誰？

最初認識的小胖子早已褪去最開始的那身小奶膘，身量拔高，同樣只有十四歲，卻要比顧長安高了半個頭；只是身量拔高的速度過快，看起來身形有些單薄。

顧長安還沒來得及露出笑容，就看見他眼底的怒意和慌張，心裡頓時咯噔了一下。這是出了什麼事情？

「我們去後院說。」顧長安沒急著問他發生了什麼事，牽著他的手往後院走。「今年的葡萄結得多，好在沒長蟲子，坐底下乘涼正好。」

鄒氏在後院種了好幾棵葡萄，今年的藤蔓長得特別快，綠油油的一片，夏日乘涼再合適不過。

紀琮緊緊地握住兩人牽在一起的手，笑著點頭。「好！」

顧長安轉頭吩咐身邊的小丫鬟。「春風，去廚房拿些吃的東西過來，再泡一壺茶。」

小丫頭脆生生地應下，一溜煙地跑遠了。這是她今年才買的小丫鬟，因為鄒氏堅持她身邊得帶個人，不然她更樂意自己一個人。春風年紀小，今年才九歲，好在機靈，顧長安也不指望她能替自己解決麻煩，不惹事又能幫忙跑腿就成了。

紀琮輕笑。「妳這小丫鬟還是很貪吃嗎？」

顧長安無奈地點點頭。「每回說讓她去廚房，她跑得比誰都快。」

好在只是貪嘴了一些，不是那種不知輕重的人。不過她嘴巴甜，老陶兩口子幾乎把她當成自己的孩子疼，寧可自己不吃，也要省下東西給她解饞。而且顧家本就不苛待下人，把主子們的需要備齊後，剩下的東西通常就由著他們自己分配。

「好歹能替妳跑跑腿，也是好事，不過還得再找一個合用一些的才行，這丫鬟帶出門我怕妳得更操心。」

這話倒是不假！

顧長安笑了笑，沒再繼續說這件事。兩人踱步到了葡萄藤下，各自拖了搖椅出來躺著，先享受了片刻的寧靜，紀琮才輕嘆一聲，道：「礦山的事情一年前就傳出去了，北方那邊徹底壓不住了。」

顧長安倒是不覺得吃驚。「原本還以為兩年前就會打起來，倒是沒想到北方那邊能沈得住氣；不過現今我們大荊也是做足了準備，他們就算開戰，想必大荊也吃不了虧。」

紀琮點點頭，然而眼底的憤怒卻是半點不減。

顧長安心裡一突，忽然想起一種可能來，臉色頓時一變。「你要去北方？」

紀琮咬著牙，點了點頭。「不是我要去，而是不得不去。」

他從不會瞞著顧長安，便將事情一五一十說來。

說穿了還是紀家那一家子鬧的。侯爺自從知道北方那邊鬧起來後就有些不大對勁，也怪紀琮這些時日有些忙碌，對紀家的注意放鬆了一些，等他知道的時候，他已經不得不去北方那邊了。

紀琮嗤笑道：「說得倒是好聽，等我去北方那兒後，若是有戰事起，就去戰場上走一圈，就是做個樣子，也算是給自己鍍鍍金，等回來後，他便為我請封世子。也不想想，若是真起了戰事，我一個才十四歲的文弱少年，如何有機會活著回來？」

顧長安聽他說自己是個文弱少年的時候，忍不住笑了出來。紀琮看著的確是有些文弱，然而，她卻是知道，紀琮這兩年在為太子做事情，還是那種不太能見得了光的事情。她並不擔心紀琮日後會因此受罪，太子對紀琮的表現很滿意，也越發倚重他；而且紀琮原本就是個聰明人，做事盡心，卻不至於愚忠到有一日兔死狗烹，還只會聽之、任之的地步。

不過這些過於黑暗的事情，紀琮從來不說給她聽，她也就當作不知情，所以，這文弱兩字，還真不能用在紀琮身上。

「怕是那對婆媳也盡了不少力，尤其是紀侯爺都說要請封世子了，她們肯定不會讓你活著回來。」

紀琮冷笑一聲。「這是自然！她們會讓我安全地趕到北方，然後在戰場上送我歸西。」

顧長安不愛聽這話，輕輕拍了他一下。「口沒遮攔！何時出發？」

紀琮既然說了，此事應當已經無法更改，既如此，也沒必要再追問紀侯爺到底是如何做的。

紀琮冷著臉。「再過三、五日吧，就該出發了。北方的局勢有些緊張，西邊礦山那邊有人動了手腳，前幾日四師兄抓了一隊人馬，正往外偷運鐵礦。」

等撬開他們的嘴後才發現，他們是打算送往北方，用高價賣給敵方。

通敵賣國是殺頭的大罪，然而有人偏偏這麼做了，而且還不是第一次。

眼看局勢一觸即發，他既然沒有其他的選擇，便順勢去一趟。

顧長安想起前幾年看到紀琮看兵書的場景，暗嘆一聲，原來還真有預感這東西。

「也好，去就去吧！」顧長安點點頭。她相信以紀琮的本事，護住自己總是沒問題的；而且她不相信他這一回去北方當真是不得已而為之，恐怕也是想要藉機做點功績，至少，太子不可能白白放他出去一回。

紀琮委屈地抿嘴。「長安，妳都不想挽留我嗎？我要是去了北方，我們會有很長的時間不能見面，妳都不會想我嗎？」

顧長安笑咪咪地道：「想呀，我肯定會每天都想你一遍。」

說起來他們認識六年，當中分開了兩年多，剩下的時間幾乎一直在一起。紀琮這兩年雖然時常失蹤，不過最多只是一、兩個月，這一回離開卻不短，她怎麼可能會不在意，只是這話卻是不能說出來。

紀琮也知道如此，心裡不捨，嘴裡咕噥了一句。「要是能把長安裝在口袋裡該有多好，就可以帶著妳一起去。」

說者無心，聽者有意，顧長安聽了一耳朵，心中一動。

一起去北方嗎？說起來，她倒是真有點心動了。

這三年發生了很多事情，首先是莊子裡葵花籽的事情。當年大豐收，留下隔年育種的種子後，剩下的大半用來榨油。葵花籽油的味道香醇，在京城極受歡迎，第一年的產量並不高，今年是第三年，如今雖尚未採收，不過她去看過了，今年應是豐收年。

作坊的生意自然也不差，無論是作坊出品的滷味還是各種醬菜和點心，在京城都賣得很火紅，一晃三年了，生意依然很好。這作坊給她賺取的利潤極為可觀，可以說讓她荷包滿滿也不為過。

她的小食肆也終於開了起來，作坊每回出的新吃食都會先放在小食肆裡販售，如此一來，小食肆的生意很快就步入正軌。之後她又盤下一家店鋪，夏天賣冰飲，入冬後開始賣火鍋，京城天冷，熱呼呼、火辣辣的火鍋一下肚，整個人都會暖和起來。

短短數日，火鍋就風靡了整個京城。她不是個吃獨食的，秘方不能賣出去，卻可以賣湯底，如此一來，也讓其他人跟著一起發財，連帶著居然讓她有了不錯的好名聲，當真是意外之喜。

除了這三件事外，最讓顧長安高興的，還是親人和朋友帶來的喜訊。

顧二姊在嫁人半年後，便讓人送了信回來，說是有了身孕，經過十月懷胎，顧二姊生下了長子。不過這三年只生了這一個，是顧長安再三叮囑的，女人生子本就傷身，若是不注意一些，弄個三年抱倆的，說起來好聽，實際上太過傷身。顧二姊自是聽從，所以打算等長子四、五歲的時候再要第二個。

不得不說顧家人沒看錯陶沐之，他並未因此就責怪顧二姊，反倒對她的說法很是贊同；不只如此，因為聽人說女子避孕喝藥有風險，乾脆特意找人從自己下手，沒讓顧二姊受半點委屈。

得知此事後，顧家人對陶沐之的滿意更上一層樓，就連林湛也表示讚許，表達感情的方式簡單粗暴，直接書信一封，給陶沐之叮囑了無數課業。

事後顧二姊給她寫了信，將陶沐之當時像是被雷劈的表情形容得活靈活現，讓他們兄妹幾個大笑了一場。

謝明珠頭一胎生的是個閨女，長得粉裝玉琢，不只是太子，就連今上都放在心尖上寵著。這對天底下最為尊貴的父子兩人，為了誰多陪伴小姑娘，幾乎是碰了面就得鬥一回。次年，謝明珠生下第二個孩子，是個男孩，不過就算如此，他得寵的程度還是比不上自己的姊姊。

這算是難得！今上如此寵愛孫女，倒是隱隱叫各家各戶的姑娘日子好過了一些，重男輕女雖是常態，不過女子的地位隱約有些提升。

這麼一來，謝明珠的地位就穩當了，夫婦兩人的感情也越來越好，至今為止太子身邊從未有他人。不管是今上還是皇后，也從未表露出要給太子身邊添人的意思；旁人倒是有心想要往太子身邊送人，不過太子都是一口回絕。

這三年顧長安跟太子和謝明珠走得近，京中幾乎所有人都知道，太子是將她當成妹妹看待，在背後說閒話的人不是沒有，卻是沒人敢拿到明面上來說。再者，她的年紀便是她最大的保護色，也因為如此，顧長安偶爾會旁敲側擊，在太子跟前說起自己對婚姻的嚮往之類的話題。

太子那人精如何猜不到她的心思，只是他向來都是看破不說破的人，兩人就這個問題討論過數次，但是不可否認，太子對待謝明珠的態度也是逐漸在改變。他對謝明珠的確有真感情，只是這真感情沒深厚到一輩子那麼遠，但是，因為與顧長安的那些討論，讓他下意識跟著做了一些調整，夫妻兩人的感情日益深厚，至少目前來看，他不打算再有其他人了。

還有便是雅欣郡主和秦無戰。

雅欣郡主服用了三個月的藥丸後才被寧王妃發現，驚怒之下寧王府立刻請太醫過府，出人意料的是，太醫發現雅欣郡主的身子已好轉。原本子嗣困難，如今卻是與常人無異，這讓寧王夫婦震驚萬分，立刻又去請了幾位太醫一同過府，經過再三診斷，太醫們一致確定，雅欣郡主的身子骨已經恢復過來，這消息猶如颶風颳過，震得京中眾人站立不穩。

隨之而來的便是到寧王府求親的人多了起來，不過寧王和寧王妃卻是不肯因為雅欣郡主年紀偏大而匆匆做決定。嫁人要嫁合適的，選的不只是女婿，還有姻親，最後還是雅欣郡主自己做了選擇，嫁給一個武將人家的次子。她小時候見過對方幾次，哪怕是她壞了身子後，對方也一直有意想要上門求親。

不過顧長安一直懷疑，雅欣郡主之所以選擇對方，是因為對方要時常往兵營裡跑，如此一來，她就能落個清靜。

至於秦無戰，顧長安每每想起都忍不住為自己的好友掬一把同情淚。

她三哥那種切開了都是黑的本質，連她在尋常時候也會退避三舍，他看中的肥肉，叼到嘴裡還真沒有往外吐的可能。秦將軍一開始的確是不同意兩家的親事，不是因為看不上顧家的家世，而是因為她三哥的年紀，他比秦無戰還要小上一歲呢！

不過她三哥什麼人？先是用書信攻勢，也不知是不是因為他的緣故，秦將軍直接讓人警告了秦家，說秦無戰的親事不需要他們摻和。去年，秦將軍回京述職，她三哥跟秦將軍私下見了面，也不知道兩人說了什麼，之後兩人的親事便算是定下了。

顧長安覺得其實秦將軍之前也不是真心反對，不然又怎會兩年都沒給秦無戰說親呢？

今年年底，便是她家三哥成親的好日子。

顧大哥的親事尚未定下，不是因為鄒氏不著急，而是今年開春後，顧大哥便離家遊學了。顧家兄弟幾人這一次的春闈都不曾下場，這是師公林湛的要求。顧家不宜鋒芒太露，而且往後推遲，才能將底子打得穩當一些；最關鍵的是，他們的性子都該打磨一番，若非要成親，原本顧三哥也是要去遊學的。

至於顧四哥……

顧長安收回跑遠的思緒，道：「我怕我四哥這一回也要跟著去。」

原本顧四哥十二、三歲的時候就想著去北方上戰場，好不容易才往後推遲了些，現在他都十五了，就連紀琮都要去戰場，他肯定會想盡一切辦法跟著去。

紀琮點了點頭。「前些時候聽到風聲，四哥就開始活動了，我原本想著他若是真想要去，我就先跟我舅舅打個招呼。」

顧長安攤手。「我四哥的心思從來不在唸書上。」隨即輕咳一聲，彎成月牙的眼睛裡多了點點亮光，帶著幾分試探地問道：「若是我說，我打算與你同去邊關，你覺得如何？」

紀琮的第一反應自然是一口回絕。北方戰事隨時會爆發，他怎能讓長安去冒險？然而，他到底還是瞭解顧長安的，這時候她忽然用這等試探的語氣問出這種問題，分明就是已經做出了決定。

無論他同意與否，她鐵定要去北方的！

不過就算知道，他還是想要勸一勸，說不定能把人勸住了呢？

「長安，如今北方的戰事一觸即發，難保什麼時候就會開戰。」紀琮並非只是哄騙，態度極為認真。「若是給我選擇，我也不一定會去。現今那兒的確很危險，我舅舅先前就悄悄給我透過口風，我也知道，長安妳有足夠的本事自保，可是我還是會擔心妳的安危。」

顧長安攤手。「這也正是我的想法。」

紀琮摸摸鼻子，他不是不知道長安其實是在擔心他，若不是為了他，又怎會想在這當口去北方？他們兩人的想法一致，若是這次不得不冒險的是長安，他也絕對不會有二話地跟著一同前往，將心比心，他的確說不出阻攔她一同去北方的話。

「伯娘一定不會同意的。」

顧長安沈默。這倒是不假，自從小叔外放，二姊跟著四師兄緊跟著外放，再到大哥遊學，鄒氏對他們幾個都有些緊張了。這一回紀琮是被迫不得不離京，鄒氏怕是又要煎熬不已，而她跟四哥想要一起離京本就不容易，更別說他們兩個還是奔著北方去的。三個孩子同時去往最為危險之處，如何輕易說服得了鄒氏？

不過原本只有七分想去，與紀琮這般一商議，她反倒是打定了主意。

「藥物要多準備一些，尤其是金創藥。」顧長安叮囑，想了想又補充道：「來者不拒，多多益善。多添加靈泉水，要確保藥效。我記得上回你說他們無意中還做出幾樣毒藥和迷藥，也都給我準備幾份。」她不管手段是不是光明正大，好用就行。

紀琮只好答應下來，並暗自期盼鄒氏能夠攔下長安。

不出所料，將他要離京去往北方之事跟鄒氏一提，鄒氏當時臉上就失了血色，眼淚瞬間掉了下來。

顧錚禮眉頭緊皺，卻是先開口安慰鄒氏。「莫哭，仔細哭壞了眼睛！小琮這是不得不去邊關，遠離家鄉的人本就心中不安，妳再一哭，他不是更害怕了嗎？」

鄒氏聞言勉強止住淚水，拉著紀琮不肯放，似乎是一鬆手人就要消失了一般，忽地又像是想起什麼，連忙起身就走。

「不成，我得讓人多準備些東西，這出門在外，又是去那樣的地方，可得考慮周全了才行。」她想想又是不解恨，低聲咒罵了幾句。「殺千刀的，自個兒的親兒子都這般算計，沒良心。」

顧長安幾個都老老實實地閉上嘴不敢接話，不可否認，鄒氏說的話也是他們心裡所想的。

紀家人，真是沒良心到了極致！

顧錚禮眉頭緊鎖。「去了北方後諸事小心，先去你舅舅那邊打聽，不管是紀家還是你外祖家，有助力，自然也有對手。哪怕是這當口，難保不會有人搞小心思乘機對付你，摸不清陣營的，表面上要維繫好，不過無論如何都要保留幾分，莫要輕易相信別人。」

紀琮應下。「我記下了。」

顧錚禮仔細打量著紀琮。才十四歲的少年，身量已經長開不少，可眉宇間到底透著幾分青澀，終究還是個孩子呢！想起初見時，那個天真可愛的小胖子，再看眼前這個經歷諸多苛待、迅速成長的少年，饒是顧錚禮這等糙漢，也忍不住有些心疼。

「我有個交情尚可的同科老家也在北方，在當地算是有些地位，旁的不說，有些事情倒是可以打探一番。我會修書一封，你隨身帶著，不過到底交情才這麼幾年，到萬不得已時，再上門也不遲。」

顧錚禮想了想，有些惋惜。「趕巧老師前些時日出門了，不然的話……」

林大儒的面子還是特別大的。

不過這話只是這麼一說，林大儒這麼大的面子，能不用還是不用；尤其是如今北方那種敏感之地，就算林湛還在京城，他們也不願讓他摻和進來。

「爹！」顧長安忽然開口，打斷了顧錚禮想要繼續的叮囑，她直直地看著自家老爹，神情極為鄭重。

不知為何，顧錚禮忽然心頭一跳，覺得可能要發生不太美妙的事情了。

果然，下一刻從小主意就很多的小閨女開口道：「爹，我也打算去北方！」

顧錚禮的臉都綠了，想也沒想，一口回絕。「不成！」

開什麼玩笑？一個孩子不得不去北方就夠讓他們操心的，若讓自家嬌滴滴的小閨女也跟著去，他能被自家夫人的眼淚給淹死。

顧錚禮能在官場上遊刃有餘，自然不是省油的燈，從最初的擔心和心疼中回過神來，猛然想起自家那個不省心的四兒子，頓時就覺得頭皮發麻。

北方局勢緊張，難保什麼時候戰事爆發，他家那一直不肯唸書的小子肯定要鬧著去。這下可好，小琮是不得不去，小五是跟著想去，一下子家裡三個小的都去了那種危險之地，他家夫人真是要以淚洗面了。

顧長安卻是極為堅定。「爹，這事您得幫幫我們！娘肯定不同意，您幫我跟四哥勸勸娘唄！」

顧錚禮黑著臉。「剛才妳娘的樣子妳不是沒瞧見，一個就夠她擔心的了，妳和妳四哥再跟著去，這是想要逼死妳娘嗎？」

顧長安扁扁嘴。「娘的性子韌著呢，哪裡真能被這點小事給難倒了？」

不過話雖如此，她也心知肚明想要說服她家娘親不是那麼簡單的事。

但是，她是去定北方了！

見顧錚禮的臉色依舊很難看，顧長安停頓了一下，輕聲道：「爹，我不放心小琮自己去北方，他那個侯爺爹就罷了，雖然不是什麼好人，但還不至於要害死他；不過那對婆媳可不會如此心善，她們巴不得小琮死在外面。對了，現今那繼夫人的孩子也長大了，有那對婆媳『精心教養』出來的孩子，怕也是一樣的心黑。小琮身邊雖然有人護著，舅舅也在北方，可我到底不放心。」

她這話說得直接，哪怕顧錚禮心知肚明這也是紀琮的想法，可聽了後還是忍不住嘴角一抽。

他家閨女就是說話太實在！

紀琮想要附和，只是這關係到長安是不是要去北方，所以就忍住了沒吱聲。

顧錚禮嘆了口氣。「關心小琮的不只是妳。」

可是不讓她跟著去的話，到了嘴邊到底說不出來了。

能說什麼？雖說小五是自己的親生女兒，可他們對紀琮也是照顧了好幾年，把他當成自家孩子一樣，而且若沒有意外，過兩年就是他的半個兒子了。紀琮獨自一人去北方，他的確是擔心得要命，若是有小五跟著一起去，有小五的一身力氣，以及那總是出其不意、讓人防不勝防的腦袋瓜子，確實會讓人放心不少。

只是他這關好過，夫人那邊如何是好？對了，還有岳父、岳母和金先生在，他一個人就算同意了卻是沒有半點用處！

正暗自鬱悶，顧長安琢磨了一會兒，卻是改變了主意。

「爹，這事還是我去跟娘說吧！」若真要讓她爹去幫忙說情，就算她能順利成行，等他們一離京，她爹的日子就得水深火熱了。

紀琮出發在即，顧長安也不敢保證得用多久時間才能說服自家娘親，當下不敢磨蹭，匆匆忙忙地去找鄒氏。

等她儘量用最為誠懇的言詞，將自己的想法說出來後，本以為會迎來鄒氏的眼淚攻擊，卻沒想到，鄒氏竟然淡淡地應下了。

「好！」

早就打定主意實在不行就滿地打滾，也要求得自家娘親鬆口的顧長安頓時一愣，半張著嘴許久都找不著調。

她娘這是受太大刺激了嗎？

鄒氏看她這副傻乎乎的模樣，反倒是忍不住輕笑出聲，將收拾到一半的東西放下，招手示意她到一旁坐下。

「娘，您真同意了？」顧長安坐下來咕嚕、咕嚕地喝下一杯熱茶，這才找回跑遠的智商，難以置信地看著自家娘親。

鄒氏嘆了口氣。「小琮是不得不去，他家裡又是那樣，我怕那對婆媳不會放過他。戰場上刀槍無眼，敵人就夠難對付了，萬一再有自己這一方的人下黑手，到時候他有再大的本事都擋不住。左右妳也不放心，肯定要跟著去，就算我今天攔下了妳，回頭妳不會偷偷跑去？

說句難聽的，萬一小琮受了傷，到時候我也只能放妳過去。」想了想，忍不住又嘆了口氣。「妳四哥怕是也要跟著去，讓他也去吧！正好你們三個人在一起，互相之間能有個照應，妳去買幾身少年的衣裳，到了那兒總不能穿著裙子。」

顧長安一一應下。

鄒氏繼續道：「到了北方後你們三個要團結，尤其要多照看小琮一些。你們兄妹兩個只要不上戰場，哪怕是看在你們師公的面子上，也不會有人對付你們；可小琮就不同了，盯著他的人肯定不少，別人護著我也放心不下，左右你們兄妹兩個也都安分不了，就由你們自己折騰去吧！不過我可先說好了，讓你們兩個跟著去是為了保護小琮，要是還讓小琮被人給害了，到時候可別怪我這個當娘的不客氣。」

顧長安木著臉，無言以對。她還能說什麼？果然不愧是她親娘，坑起自家孩子來半點不手軟，都說老丈母娘看女婿，越看越中意，還沒成她女婿呢，閨女、兒子就已經不值錢了。

不過想要的結果已經得到，顧長安也不在意這些。又聽鄒氏念叨了一會兒，去收拾東西之前先去跟顧錚禮說了一聲，這才帶著紀琮一同去收拾東西。

有紀琮在，很多東西就能帶著走。顧長安不想虧待自己，平常用慣的東西挑揀了一些出來，除了必須要放在明面上的，其餘的都讓紀琮收起來。紀琮那邊自是不用說，兩人湊在一起算計一下，覺得還是準備得不夠充分，便讓有麻和齊山去街上大肆購買，他們兩個則是喬裝打扮後，偷偷摸摸地購買不少東西。準備的東西吃食占了大半，藥材之類的也沒少買，零零碎碎地一通買，直到天色暗下來，這才意猶未盡地回家。

當天晚上紀琮便在顧家住下，顧四哥已經收到消息回家了。外人皆知紀琮與顧家人感情好，再有顧家四子在家，住下一、兩日也沒人說三道四。等到次日，紀琮要去北方的消息傳開，就更沒人拿這事說嘴了。

世上沒有不透風的牆，紀琮要去北方的緣由自然也瞞不住。當爹的把兒子送上戰場不算少見，那些武將出身的人家，等家裡小一輩十三、四歲時，也會將他們送去戰場歷練一番。可紀家不是武將之家，而且紀琮自小也沒人精心教導，雖然有人說過紀琮功夫了得，可是看他那單薄的身材，一看便知只是個文弱小書生。

世子的位置本就該是給元配所出的嫡長子，卻一直因為名聲不太好的填房而不肯請封世子；如今又親手將自己的嫡長子送去戰場，所用的藉口居然是最為可笑的——立下功勞就能順利請封世子。

紀侯爺的這一齣，倒是教眾人側目。

這可是親爹！

金先生得知消息後只有沈默片刻，沒開口阻攔，給了紀琮信物，告訴他等去到北方若是需要幫助時，可帶著信物上門求助。

金夫人身邊有顧家這些孩子陪伴，心中又記掛顧二姊和陶沐之夫婦，心中有了執念，這兩年身子骨反倒健朗起來，乍聞此事，雖說衝擊有些大，卻沒因此倒下。她抓緊時間收拾出不少東西，要不是有金先生在一旁阻攔，怕是一輛馬車都裝不下。饒是如此，金先生也沒得到好臉色，被自家老妻冷眼相待數日，吃了好大的苦頭。

林湛依舊沒回來，顧長安也不知他身在何處，只好留書一封，將事情緣由經過一一詳述，最後再三誠懇致歉。出行卻未先告知長輩，實屬不該，不過事急從權，只能擅作主張，先行離京。

至於師公回來後會如何震怒，她就不去多想了。左右她爹這個當弟子的在，總能讓師公的怒火有宣洩的途徑。

言歸正傳，三人離京時一共帶了四、五輛馬車的東西，未帶隨行伺候的人，一來三人都習慣自力更生，二來也的確沒必要帶人，顯得累贅。至於這四、五輛馬車，在離京兩日後，顧長安便提議讓車伕慢慢地往北方送，他們三人則是騎馬先行一步。

顧四哥自是一口應下，他擔心這幾日戰事就會發生，上戰場殺敵是他多年心願，如今眼看可以達成，他恨不得能一夜之間就到北方，哪裡願意在路上為了這種事情耗費時間？

至於紀琮，向來都是顧長安說什麼，他便應什麼。何況他的時間也的確不多，自然順了她的意思。

三人一拍即合，當下將馬車給拋下，騎馬疾馳而去；至於馬車裡的必要之物，在離開之前，兩人便偷偷收了起來，不過沒有收太多，免得馬車裡的東西少太多，容易讓車伕發現不對勁。

三人騎馬快行，算不上晝夜兼行，不過也沒浪費太多時間。越是往北走，天氣就越發乾燥炎熱，北方的夏季和冬季出奇地長，秋天也是頗為炎熱，至於春天，基本上冰雪融化後，就進入夏天，春天就這麼過去了。

第四十一章 北地

「怎麼如此荒涼？」低矮的屋子，坑坑窪窪的地面，街道兩邊雖有小商、小販，卻只有寥寥數人，若是細看，便能看出這些人臉上都帶著幾分惶恐。街上的行人也不多，大多都是行色匆匆。

已經習慣京城的繁榮，此處的荒涼讓人覺得壓抑。

顧長安倒是不甚在意。「看來局勢不是太好。」

紀琮點點頭。「舅舅在軍營，我們直接過去？」

顧四哥立刻道：「先去找舅舅！」這裡距離軍營還有些距離，不過天黑之前三人便能趕到。

顧長安則是提議道：「先吃點東西再走，萬一趕不上飯點，到時候就得餓肚子了。」也不差一頓飯的工夫，三人打量一番，選中路邊拐角處的麵攤。

麵攤是兩口子一起開的，漢子中等個子，長得有些瘦，婆娘則是個胖乎乎的，一笑起來很有福相的婦人。麵攤雖然只有三張桌子，不過都擦拭得乾乾淨淨，顧長安掃了一眼很滿意，在外面吃東西最怕的就是滿桌子的油膩，吃東西都感覺下不了嘴。

「三位小客人想吃什麼？咱們這兒有骨湯麵，也能做拌麵、涼麵和燜麵，還有現蒸的餃子、包子和饅頭。」那婦人見有客人來，未語先笑，倒是讓人看著舒心。

顧長安聞到味道。那一大鍋應該是羊湯，味道挺香的，沒有什麼羶味，吃起來應該不會差。問清楚後，顧長安要了五碗骨湯麵、兩人份的燜麵，又要了一份羊肉燥拌麵。紀琮每一樣都要了一碗，打算嚐嚐看，看看哪個好吃再叫一份。顧四哥的胃口也不小，先要了兩碗骨湯麵，說是要暖暖胃。

那婦人有些被嚇住了，她是個心善的人，哪怕是做生意也心存一份善意，遲疑了一下，還是開口道：「三位小客人，聽你們口音並非本地人，或許是不知道，我們這裡的吃食分量都大，麵是用這種大碗裝的，壯年漢子一碗麵就能吃飽了。」說著還拿起放在一旁的大碗公，都比人頭大了，這一大碗麵，尋常壯年漢子還真能一碗就飽。

紀琮摸摸鼻子。那他大概是叫得有點多，不過沒關係，他吃不下還有長安，長安自己叫的那些，怕是不夠讓她吃飽。這一路奔波，長安有好些時日沒痛痛快快地吃飽了，等去了兵營後，明面上想要吃飽肯定也是奢望，所以，乾脆趁這時候多吃點，好歹也能頂上幾天！

「嬸子，沒事，我們胃口大，就照著上吧！」顧長安笑咪咪地道。

這些時日真要說餓著也是誇張了，不過沒吃好倒是真的。一路上沒有耽擱時間，有的時候還直接露宿野外，有獵物的時候還好，沒獵物就只能啃點乾糧。空間裡雖然有不少吃食，可是這事他們不打算讓四哥知道，只好憋著不拿。

見他們堅持，婦人就沒再勸說。看他們三人雖然有些風塵僕僕，不過身上的衣物都是上等材料，牽著的馬兒也都是極好的，不擔心他們會付不了帳。她已經遵循本心勸說過了，客人依然堅持，她自然不會將這錢財再推出去。

麵條是細麵，下鍋滾上一滾就熟了，撈起來後再澆上兩大勺的羊湯，撒上蔥花和芫荽，得了要辣的回答後，又加上一小勺香噴噴的辣椒油。最後是從一個小罐裡挖出小小一勺粉末狀的東西撒了上去，顧長安鼻子微動，她聞到了白胡椒的味道。

讓她對這湯麵的期盼多了兩分！

麵條很有嚼勁，羊湯鮮亮，沒什麼羶味，再加上胡椒粉和辣椒油的調和，辣乎乎的感覺讓人通體舒暢。

三人當中動作最優雅的是紀琮，不過優雅歸優雅，速度卻是不慢；顧長安的吃相也不差，只不過出門在外又沒有長輩盯著，不免有些放飛自我；至於顧四哥，用放飛這種詞已經不足以形容他的吃相，不過必須要承認的是，看著他吃東西特別地香。

有顧四哥在，顧長安和紀琮吃起來就更香甜了。

麵攤兩口子目瞪口呆，當下顧不上再多尋思，手腳麻利地開始下麵。等麵熟的空檔還得捏餃子，顧長安說了要帶走一鍋，要的是大肉餃子，只添了點白菜。

紀琮一連吃了一碗湯麵、一碗拌麵和一碗燜麵，才滿足地放下筷子，這分量著實太足，再好吃也吃不下了。

「嬸子家的麵味道真好。」紀琮眉眼彎彎，他本就長得好，五官精緻又不女氣。

這副乖巧的模樣，婦人這年紀的人如何擋得住，又聽了他的誇讚之言，雙手在攔腰繫著的圍裙上擦了擦手，笑呵呵地道：「小客人過獎了。不過我家漢子熬湯、做麵的手藝可是祖傳的，這方圓百里，沒有不知道我們家麵攤的。」

這話略有誇張，不過紀琮不會在意這些，反倒是順著對方的意思又多誇獎了幾句，才不經意地問道：「嬸子，我們是來這裡投奔長輩的，我聽家裡長輩說過這地方算繁華，怎麼今日都沒看見什麼人？」

婦人一愣。「你們來投奔的長輩別是在軍中當差的吧？」

紀琮雙眼發光，用力點頭。「正是，我們家長輩可是當官的呢！我們聽說這邊不太安穩，所以來投奔長輩，好上戰場殺敵，建功立業呢！」

婦人看著三人的眼神中頓時多了幾分不贊同和惋惜，倒是一旁沈默寡言的漢子露出讚賞之色，趁著婦人沒注意，下麵條的時候多下了一小把。

婦人性子不錯，就算是覺得不贊同，可對方只是客人，自然不會越俎代庖地指責。「這些時日的確是不太安寧，怕是要打起來了。你們三個年紀還小，趕上的這時候也不好。」

紀琮聞言則是露出又是驚喜、又是擔憂的神色。「嬸子，現在局勢豈不是很緊張？這太危險，嬸子出來擺攤可不算安全。」

婦人一擺手。「這有啥危險的？咱們大荊朝的將士個個都是好樣的，這些年這邊鬧個沒完，也從來沒讓那些人踏進咱們大荊朝半步。」停頓了一下，臉上多了幾分焦慮。「不過說起來這一回跟以往幾年還是有些不同。不瞞你們說，原本我家這口子不肯來，是我貪圖這幾日的收益，這才非得過來，瞧這情形，明兒開始還真得歇上幾日。」

紀琮贊同地點點頭。「可不是嗎？我瞧嬸子您還是先歇一歇得好，這街上沒什麼人走動。先前我們說明明聞著這麼香，還怕生意太好，會吃不到呢！不過也幸虧今天人少，不然我們就嚐不到這麼好吃的麵了。」

婦人笑呵呵地接受了這份讚美。「等下回有機會，你們再過來，到時候再請你們嚐嚐我當家的拿手絕活。」

她家漢子不只做麵條、熬湯是祖傳本事，更有一手烤羊肉的絕活，只不過這時候不合適，不然她還真想請這三位小客人嚐一嚐。

紀琮自是一口應下，反正也不可能真來讓人請客，不過就是客氣應下罷了。

顧長安埋頭吃麵，打探消息的事情用不著她，沒瞧見紀琮說說笑笑的就把想要打聽的事情都打探清楚了嗎？

顧四哥的食量也大，不過到底比不上顧長安，等桌上的東西一掃而空，顧長安才滿足地摸了摸肚子。

人生啊，吃飽喝足才叫美滿！

紀琮看了顧長安一眼，微微點頭。

顧長安笑著道：「嬸子，結帳吧！」

那婦人才反應過來，下意識地朝桌上看了一眼，神情有些懵，又看了自家漢子一眼，不知該作何反應？

好在她沒多嘴說什麼，只是算好帳，減去零頭，將剛出鍋的餃子用食盒裝好交給他們。顧長安多給了食盒的錢，不打算讓對方填補。

「三位小客人，你們可要保護好自己。」臨走前，那婦人到底沒忍住，多嘴說了一句。

顧長安三人領了她這份情，萍水相逢，哪怕只是口頭上的勸說，只要是發自真心，不管有幾分誠心，都值得道謝一聲。

三人這回沒再著急趕路，顧四哥一手拉著韁繩，一手提著食盒，濃眉緊皺。「瞧這樣子，恐怕這一、兩天還打不起來。」

紀琮無奈地嘆了口氣。「四哥，暫時打不起來也是好事，我們新來乍到，總得熟悉情況才行，總不能兩眼一抹黑地就跟著上戰場，到時候就算不被人算計，也有可能運氣差得受傷。」

顧長安點頭道：「小琮說得對！那嬸子到底只是個尋常百姓，知道得也不多，而且她說的那些，我擔心只是上面的人刻意放出風聲讓他們知道的。」這時候不只是軍心要穩，民心更是要穩住，引導和控制輿論這種手段，很有可能在此時出現。

顧四哥不是真莽夫，當下不再多言。三人又將之前從婦人那兒打聽來的消息拿出來商討一番，不管真實性多高，總歸有用處。

天黑之前，三人終於見到等候許久的紀琮舅舅。

紀琮舅舅姓蕭名長闊，相貌帶有拓落不羈的粗獷，可若是細看紀琮的五官，依稀可以看出與紀舅舅有幾分相似，只不過紀琮舅舅遠不如紀琮那般精緻而已。

外甥肖舅，這話果然不假。

「小琮！」蕭長闊快步上前，一把將紀琮摟進懷裡，哈哈大笑起來。

蕭長闊人高馬大，紀琮個子本就還沒長成，這一下好像整個人被鑲嵌在他懷裡，煞是喜人。顧長安抿嘴淺笑，看得出來蕭長闊見到紀琮是發自內心的歡喜。

「舅舅！」紀琮只覺得自己背上像是被熊掌給拍了，忍不住翻了個白眼。就算如此，他心中也是歡喜不已。

說起來，他上次見到舅舅還是在七歲之前，這幾年舅舅就連回京述職的機會都沒有；或許有，只不過舅舅沒回京是事實。可以說，他們舅甥之間的感情，完全是靠書信來聯繫的，好在雙方付出的感情都很真誠，再相見也不覺得生疏。

蕭長闊又拍了拍他的背，這才鬆開他，視線落在一旁的顧長安兄妹兩人身上，笑著道：「這便是顧家的四小子元正，還有小琮心心念念的顧家小丫頭長安了吧？」

顧四哥和顧長安上前一步，抱拳見禮。「是！蕭舅舅好！」

蕭長闊伸手拍了拍兩人的肩膀，用的力氣也不小，不過兄妹兩人都能承受得住，身體連晃都沒晃一下，倒是讓他很滿意。「都是好孩子，一路辛苦了。」

他招呼三人上馬，道：「先跟舅舅回去，這兩天晚上不是很太平，說不定什麼時候就鬧起來，幸虧你們今天到了，要是再過兩天，怕是一來就得上戰場。」很多事情他得先提點他們一番，不然這三個小的新來乍到就上戰場，說不定會吃虧。以他們得到的消息，今、明兩天會有小磨擦，卻不至於真打起來，正好趁著這兩天工夫，儘量多教一教這三個孩子。

一進入兵營，便可以感受到緊張肅穆的氣氛，殺氣逼人。

蕭長闊為將軍，自有自己的營帳，帳裡已經備好飯菜，還微微冒著熱氣。菜只有一道，燉大白菜裡面應該加了大肥肉片，湯上浮著零星的油花；主食是饅頭，而且用的麵粉比例肯定少，一看便很粗糙，估計吃起來會很乾。

「軍營裡沒什麼好吃的，只有這大白菜和饅頭了。我特意讓人多做了一些，你們且墊一墊肚子。」蕭長闊有一點尷尬，多年來再見小外甥，還有兩個第一次見的小輩，他卻只能用饅頭和沒什麼油水的大白菜來待客，先前沒想到這一事，現在倒是有些不好意思了。

顧長安笑道：「蕭舅舅，我們三個都不挑食。對了，我們給蕭舅舅您帶了餃子。」這鍋餃子本就是帶來給蕭長闊打牙祭的，對軍營裡的伙食他們早就有心理準備了。

蕭長闊乾笑一聲。「倒是叫你們掛心我了。」

等戰事結束，他定要請三個孩子吃點好的。

不過他不是那種會糾結的人，有得吃便吃，餃子雖然涼了，想要吃熱的就直接泡在白菜湯裡，味道也不錯。

三人本就是午後才吃了麵，這點吃食也將將足夠。

吃飽喝足，蕭長闊問道：「你們可累了？若是累了可先去歇著，明日再說也不遲。」

紀琮道：「舅舅，我們不累，有不少事情想要問一問您呢！」

蕭長闊見顧長安和顧四哥也都是這意思，心中自是滿意了兩分。駐守邊關多年，看多了那些來這裡鍍金的大家子弟，個個都是光鮮亮麗，嘴上說得好聽，實際上總自以為是地認定一切，以為自己所向披靡，真要坑死自己就罷了，偏偏到最後拖累死的都是無辜將士。

至少自家這三個孩子的態度擺得很正。

「有話你們就問，能說的我都會告訴你們。」

紀琮停頓了一下，率先道：「舅舅，按說西邊開礦之事不可能瞞得死死的，想必一早就有人洩漏了消息，為何等到現在，大慶才忽然動兵？」

蕭長闊道：「這便要從大慶朝堂之事說起了。大慶的皇帝年歲大了，又不肯退位，大慶太子將近不惑之年，連孫子都有了，卻依然只是個太子。他底下的弟弟也都長成了，這些皇子之間的爭鬥很是厲害。開始開礦時，正好趕上大慶皇帝生病，太子和其他皇子為了在他跟前表孝心爭寵，自是無暇分身，而他們底下所屬的勢力互相牽制，到最後也沒能騰出手來。」

顧長安眨眨眼。「並未聽說大慶皇帝的死訊啊！」

蕭長闊嘿嘿一笑。「那大慶皇帝的命是真硬，就連太醫都說不成了，他居然又挺過來，只是比起之前，稍稍有些糊塗了。太子跟其他皇子便沒必要成日圍在大慶皇帝跟前轉悠，這不就盯住咱們大荊了；不過他們誰也不敢出京，派出來的人手也大多良莠不齊，生怕大慶皇帝有個萬一，他們會吃虧。」

顧長安稍稍算了一下。她記得大慶太子並非長子，在他之前還有兩、三個皇子，只不過都沒立住，如此算起來，大慶皇帝差不多已有六十來歲。活到六十對於尋常人來說雖算不上長壽，可對於帝王來說卻已經能稱得上是長壽了。

大慶皇帝能多活幾年也是好事，他活著又不肯退位，太子跟其他的皇子們就會將更多的心思放在彼此防備和算計上，至少對大荊朝來說是好事！

「如此說來，這一次就算真的開戰，我們大荊也穩占上風了？」顧四哥問道。

蕭長闊的臉色忽然微微一變。「按照眼前的形勢來說本該如此，只是這種事情誰又能保證？」

當年他爹他們本也該穩占上風的，可最後不也是戰死了。有的時候，來自己方的算計才最可怕！

在場的都算是自己人，能說的事情，蕭長闊自然不會有所隱瞞，當下便將這邊的一些隱秘事情說與他們知道。

「你們只要稍加注意旁人便是，不過有幾人千萬莫要放鬆警惕。」蕭長闊最擔心的便是此事。那些人心懷叵測，與他爭鬥多年，而且他這些年也從未放棄對當年之事的調查，搜羅到的證據已可隱隱發現那些人全數包括在內。他們彼此爭鬥多年，對對方的手段深有瞭解，可這三個小的才剛剛過來，他擔心他們會不小心中招，仔細考慮了一番，這才細細說來。

「一人名為鄭軻，乃是京城鄭家人。鄭家老爺子過世得早，鄭家已經沒落下來，只在鄭軻這一代出了一對有本事的兄妹。鄭軻年少從軍，後其嫡親妹妹進了宮，為今上誕下一子，便是二皇子。二皇子只比太子小了兩歲，卻是要比太子更早成親，膝下有一子、一女。鄭妃有心計又有野心，二皇子雖然比不上太子，卻也算不上太差；鄭家又有鄭軻在，比起皇后的娘家卻是要強上不少，二皇子的助力自是不小。往年倒是不顯，這幾年太子與二皇子逐漸長成，鄭軻的態度便越發明顯。原本他有心想要拉攏我，但我蕭家向來只效忠今上，他便不至於做得太過，也就是這兩年，他開始針對我，此番你們過來，他自是會轉而對付你們。」

蕭長闊雖並未直言，不過顧長安三人立刻明瞭他未盡之言。前些年蕭長闊只駐守在邊關，而且蕭家人差不多都死絕了，所以鄭軻雖然知道蕭長闊的本事，也沒太過在意。等這幾年二皇子長成，可與太子爭鋒，鄭軻便想要拉攏他，只是在被蕭長闊婉拒，又知道他只忠心於今上後，便暫時打消念頭。

若只是如此就罷了，偏偏這兩年紀琮與太子走得近，而且太子對紀琮頗為倚重，很顯然他只會是太子這一派，鄭軻就不再拉攏蕭長闊，畢竟他也知道對方對自己唯一小外甥的看重。也因為如此，鄭軻對他們不利的可能性很大。

「除此之外，還有一位邢將軍。邢將軍其實為人不壞，只是太過重情。三皇子的外家曾有恩於他父親，邢將軍之父臨終前再三叮囑報恩之事，邢將軍是個大孝子，當時應下了，便從未改變主意。所以，為了三皇子，他也不會對你們客氣。」想了想，蕭長闊又補充了一句。「好在他也是大局為重之人，他在戰場上或許會因為擔心影響戰局不會對你們如何，怕就怕他身邊的人會揣摩他的心意，到時候乘機對你們下手。」

顧長安道：「蕭舅舅放心，我跟我四哥會一直陪在小琮身邊的，而且小琮只是看起來文弱，同輩的人到現在為止，還真沒遇上幾個打得過他的。」

這話雖然有那麼點誇張，不過也相差不遠，而且紀琮最厲害的不是戰力，而是腦子。說來也是怪事，一開始認識的時候，紀琮分明就是個傻白甜，後來是她哥哥們一心想要把他培養成她的童養夫，所以拚命把他調教成芝麻餡的。可誰能想到，才幾年的工夫，紀琮自個兒就進化了，那心眼多的，大概跟火龍果一樣。

說來紀琮的預感挺有用的，他從兩年前就開始看兵書，自家老師和師公雖然對他這行為嘴上說著很不待見，可實際上卻很縱容，不只是沒攔阻，甚至還會給他講解一些東西，雖然在面上還是做出不太情願的模樣。兩位大儒雖然不會親自上戰場殺敵，可行兵布陣，他們還真在行，而且還特意請了其他人幫忙教導紀琮，私下裡師公曾她面前誇讚過紀琮，說他在軍事方面是個鬼才。

當然，她不至於過於盲目自信。紀琮再有天賦，可沒真上過戰場，那些人都是踩著敵人的屍骨走到今天的地步，對敵經驗豐富，真要對上，難保誰勝誰負，所以，真要是過於自信，倒楣的一定會是他們這些初出茅廬的人！

見他們自信卻不自傲，蕭長闊這才放下心來。

很好，有自信卻不會自視甚高，盲目地認為自己天下無敵，如果還有勇有謀，那麼在戰場上活下來就不是難事。

「小琮這一次來有官職在身，身邊帶著兩個護衛沒人可指責，不過小四和長安要注意一些，有些人的心思過於歹毒，不會看在你們年紀小的分上就對你們手下留情。」

「蕭舅舅放心，我們會小心的。」顧四哥應道。真要對敵的話，他們的確不一定會安全；不過小五說了，他們現在還不是正兒八經的將士，一切以保命為上，所以無論什麼手段都可以用，就算卑劣一點下毒也沒關係。

雖然他不是很贊同，不過轉念想想小五說得也沒錯，他們是小新手，比不上對方底氣十足，對方都不介意以大欺小，他們下毒也算不上什麼大不了的事情。

蕭長闊見他們的確早有準備，放心不少，這才繼續先前的話題。「除了這兩位，還有一位，你們先遠著些。」

紀琮好奇地問道：「舅舅要說的這人，可是有什麼特別之處？」

蕭長闊點點頭。「說起來，這人的身分最該讓你們保持距離，他本是三皇子嫡親的舅舅，卻在十幾年前與家族決裂，來了北方後，就再也沒回京。他本是天才橫溢的才子，如今算得上大荊朝在北方這邊首屈一指的謀士，按說，他該站在三皇子那一方，可是這些年他與邢將軍卻是半點不親近，而且還提醒過邢將軍幾回，讓他莫要摻和到奪嫡中去。只不過邢將軍重重承諾不肯放棄，他也就沒再勸說。三皇子一派沒少與他聯繫，想要往這邊安插人手，據我所知，他從未點頭。」

顧長安眉頭微挑。決裂後能做到這地步？若他是真心如此而不是作戲，那當年決裂的原因，怕是嚴重到極致。

蕭長闊最後總結道：「這位侯大人你們要敬著一些，不過知人知面不知心，該有的防備也不能放下。」

侯大人雖然是個文官，可實際上戰力也不差，而且只憑腦子，他就能輕鬆獲得勝利。這些年與他的關係雖不算親近，不過當年家裡出事時，他曾出言幫過自己，這份人情，他一直都記得，只是人情歸人情，他總不能因為人情就讓孩子們放鬆警惕。

顧長安三人連忙表示記住了，他們雖然年紀小，可有林湛和金先生的教導，自然不是傻乎乎的毛頭小子。人心隔肚皮，除非是絕對信任的人，不然就算是自己這一方的人，在關鍵時候也要多點防備之心；更別說這位侯大人還是三皇子的嫡親舅舅，雖說已經斷絕關係，可誰又能知道是真是假？布下整整十幾年的局，這種事情也不是不可能發生。

然而這種想法，在次日見到侯大人的時候，顧長安差點想要自打臉，把心裡的那點想法打掉。

陌上人如玉，公子世無雙。

在她見過的人當中，她三哥人模人樣，向來都是翩翩公子的模樣，不過或許是因為太過瞭解的緣故，顧長安怎麼看都覺得她三哥的溫潤散發著一種「我就是要算計你」的氣息。太子同樣也是溫潤如玉的模樣，可終究是龍子，溫潤中有遮不住的霸氣，唯獨眼前這人，才當得起一句「無雙公子」之稱。

她原本以為侯大人的年紀不小，至少也是年近不惑，可看他的模樣，卻似乎才二十出頭。長眉斜飛，略微上挑的鳳眼含笑，一看見他腦海裡只有「溫潤」兩字；嘴角微微揚起，帶著淺淺卻讓人溫暖的笑意；雖然只著一身青衣，可在顧長安看來，這一身青衣要比那些成日穿著白衣還自覺風流的男子要更加出色。

侯大人打量三人幾眼，笑著道：「往年常聽蕭將軍將小外甥掛在嘴邊，今日得見，果然是翩翩少年郎。」說罷，面上倒是多了一絲惋惜之色。「你與你母親更相似一些。」

至於紀家的那位侯爺，他一時間有些想不起對方的模樣，腦海中倒是還記得蕭家姑娘的模樣，那是個好人，只可惜，好人沒好命。

蕭長闊輕哼一聲，不客氣地道：「我外甥是像我！都說外甥肖舅，莫過於此。」

侯大人點點頭。「此言不假。」

紀琮和蕭長闊的確有幾分相似，這說詞沒有半點瑕疵。

聽他如此回應，蕭長闊的臉色才好看了一些。

侯大人笑了笑，也不與蕭長闊爭辯，又看向顧長安兄妹，笑道：「想必這便是顧狀元家的四公子和五姑娘了。從前兩年開始，便常聽你們師兄、師伯們說起你們，說來也是耳聞許久，果真都是人中龍鳳。」

見顧長安略有疑惑，他主動解釋道：「我在京中時，曾有幸在林大儒和金先生跟前聆聽教誨，雖說多年未見，卻也與你們師伯、師兄偶有聯繫。」

顧長安恍然，不過心下對這位侯大人又多了兩分看重。

師公和金先生成名已久，哪怕十幾年前不如現在，可能同時在兩人跟前有一席之地，便足以看出這位侯大人的才華如何。怪不得昨天蕭舅舅會不甘不願地承認，說這位侯大人是被耽擱了，若非當年與家族的齟齬，怕也能成為當世大儒，可惜了！

「老師曾經說起，當年有一位他與師公看重的才子，曾與老師對詩而不落敗，且善丹青，更是下得一手好棋，想來就是侯大人吧？」顧長安忽然想起當初老師頗為惋惜地說起一件事，她覺得老師惋惜的人，應當就是侯大人了。

果然侯大人聞言眼底的笑意就多了幾分，頗有懷念之色。「金先生謬讚了，不過是雕蟲小技，哪裡當得起金先生記掛至今。」

這便是承認了！

紀琮也沒忍住一挑眉。相比之下，顧長安是金先生心愛的小弟子，他這個弟子就是多餘的，但是很多事情他其實知道得比顧長安更詳細；當然，金先生說這些往事，實際上就是為了打擊他，免得他自傲。用金先生的話來說，心愛的小弟子隨便學成什麼樣都可以，天賦擺在那兒，再差也不會丟他的臉；他就不成了，萬一學不好，或是太過自滿，到時候可要丟死人，所以能打擊他的時候，金先生從來不手軟。

關於侯大人之事，金先生在他面前不止一次說起過，而且不單單只是說明對方在某一方面有多出色，而是幾乎在每個方面，金先生都要拿出來說一說，順便敲打敲打他；只是他也是直到現在才知道，原來讓他成天被打壓的那人，居然是侯大人，如今總算是找到「罪魁禍首」了！

侯大人顯然對他們三人很是中意，便主動提出要將他們三人帶在身邊。

「時間不多了，蕭將軍，此番你要多加注意安全才是，他們三人跟著你，你不能照顧好他們。」侯大人明明是無雙公子的模樣，可說出來的話卻很直接。

蕭長闊頓時無言以對，這話他的確是沒辦法反駁。

侯大人微微一笑。「那便說定了。蕭將軍，我先帶他們走走，順便教他們點自保的東西。」

聽他把話說到這分上，蕭長闊也不好再拒絕。當年欠下的情分還在，這些年侯大人也從未有半點對不住他，他總不能太不講情面；當然，他也相信這三個孩子不是蠢笨無知，畢竟是林大儒和金先生教導出來的，不至於會吃大虧。

侯大人果然帶著他們在軍營裡四處走動，顧長安三人對視幾眼，忍不住微微皺眉。他們敏銳地察覺到，此時軍營裡的氣氛已經緊張起來。

「都看出來了吧？」侯大人忽然開口。「氣氛不只是有些緊張，若無意外，最遲不過明晚，你們就能體會到人生中第一次上戰場是何種滋味了。」

三人又對視一眼，眼底皆是發出耀眼亮光。

那真是再好不過。

第四十二章 危機

然而，一連三日過去，大荊與大慶之間依舊只發生了幾次小衝突，哪怕氣氛越來越緊張，卻始終沒真的打起來。這讓原本磨刀霍霍的顧四哥很是沮喪，不過有小衝突的時候，他也跟著上了戰場，只是這種小衝突大多都是耍嘴皮子，怎麼也輪不到顧四哥去叫陣。

如此反而讓將士們情緒更加緊繃，大慶那邊似乎是發生了什麼意外之事。有人提議乾脆直接開戰，乘機將大慶給打殘了也是好事，可是挑起戰事的後果不小，尤其是朝廷中不少人不可能鬆口同意開戰，所以，目前寧可等著對方打上門來，也不主動挑起戰事。

一個被動防禦，一個主動挑事，名聲上的差別很大，而普天之下，又有誰不重名聲？

不同於前幾日的安靜，紀琮一來軍營本就被人盯上，如今戰事未起，已經有人找上門來。

「你就是紀侯爺家的長子，紀琮紀大少爺？」

顧長安三人剛出營帳，就被人給攔下來。來人年紀比他們要大一些，不過最多不會超過二十歲，眉宇間還帶著青澀，五官長得還算出色。不過顧長安卻是第一眼就不喜這人，不是因為這人面帶不善，而是這人的眼中帶著讓人噁心的感覺。

紀琮神色不動，略顯冷淡地點頭。「正是。」

他知道對方的意思，不過完全沒有滿足他的想法，何況他也認識對方，是二皇子外家鄭家那一派。舅舅並不知道他私下裡為太子做的那些事情，他也不打算讓舅舅知道，所以在說起鄭家鄭軻時，他便當作自己什麼都不知道。事實上，對於鄭家，他瞭解得遠比舅舅多。

鄭家的確漸漸沒落，直到出了鄭軻和鄭妃這對兄妹，除了他們之外，鄭家其他出色的沒有幾個。鄭軻的兒子資質尚可，可性子卻是有些優柔寡斷，而且對於鄭家來說，心地過於善良，這些都是鄭軻和鄭妃不喜的。

如此一來，鄭家其他小輩倒是有出頭的機會。鄭軻堂姪有不少，眼前就是其中之一，名為鄭濤，尚未及冠，不過為人心狠手辣，心思歹毒無比，而且看著文質彬彬，實則性情暴戾。十五、六歲就來了北方，這些年一直都在鄭軻身邊做事。當年離開京城，一來是為了討好鄭軻乃至鄭妃和二皇子，二來卻是因為當時他與人起了點小爭執，本不是什麼大事，最後卻用陰狠手段硬生生害對方瘸了腿。此事做得太過難看，對方家族投靠的勢力也有些動怒，一合計，鄭家乾脆將人送來了北方。

紀琮先前調查鄭家時便順便查出這些事情，對鄭濤自然沒什麼好印象，更別說根據他得到的消息，這鄭濤到了北方後也幹過不少惡毒之事。只不過鄭軻有手段也有勢力，北方不如京城那般複雜，而且也危險得多，所以到現在為止都沒鬧出什麼事情來。

沒想到，這人居然找到他頭上來了。

見他不主動詢問自己到底是何人，鄭濤的臉色倏然陰沈下來。他本就不是什麼大度的人，這麼點小事情，就讓他立刻恨上紀琮；至於顧長安和顧四哥，約莫是完全沒在他眼中。紀琮不在意他這反應，冷淡地問道：「不知有何指教？若是無事，我們尚且有事情要做。」

鄭濤不讓他們離開，反而伸手攔了一下，眼底的陰沈並未消失，臉上卻是露出笑容。「不著急。紀大少爺，聽說您來了，我們這兒有不少人想要跟紀大少爺見一面。紀大少爺，不會連這個面子也不給吧？」

他一口一個紀大少爺，語氣中卻是沒有半點真誠，壓根兒是在嘲諷紀琮的身分。畢竟像紀家這樣的人家，多半會早早確定繼承人，而紀琮明明是元配嫡長子，至今卻沒能請封為世子，說來，的確是有些可笑。

只是可笑的分明是紀家大人，而鄭濤卻是在嘲笑紀琮。

紀琮面色冷淡。「鄭少爺，不是我不給面子，而是我實在沒時間。我們是奉了侯大人的命令要跟著去巡邏，鄭少爺，要是耽誤了侯大人的事情，到時候侯大人怪罪下來，鄭少爺可要替我等承擔？」

鄭濤的臉色倏然陰沈下來，看著人的眼神似乎是淬了毒般。「既然是侯大人的吩咐，我豈敢再攔著紀大少爺？這也無法，那就等紀大少爺有空之時，我們再見也不遲。」

說完視線轉而落在顧長安和顧四哥身上，尤其是在顧長安身上多停留了片刻，突然陰沈沈地笑了起來。「這位想來就是顧大人家的五姑娘了。我雖然身在北方，卻也聽聞顧五姑娘與紀大少爺關係極好。」又看著紀琮輕笑一聲。「顧五姑娘能陪紀大少爺來北方這危險之地，甚至還敢陪著紀大少爺上戰場，紀大少爺果然是好本事！」

他的視線在兩人之間移動，忽然哈哈一笑。「好！好！好！就是不知道真上了戰場，紀大少爺是不是能有本事護得住顧五姑娘？」說罷也不等人回答，轉身便走。

紀琮臉色未變，可眼神驟然沈了下去。

鄭濤會在戰場上對他出手，他早就知道，可是，鄭濤當著他的面威脅要對長安不利，讓他無法容忍！既然如此，那便看誰有本事，可將對方留在戰場上吧！

顧長安神色未變，淡淡地掃了鄭濤一眼，心中做下與紀琮相同的決定。鄭濤真以為她只是放心不下紀琮跟著來湊熱鬧的？不過這樣也好，到時候動起手來才更加有趣。

顧四哥眼底閃著殺意。「小五，你們兩個要小心一些，這小子不是個好東西，肯定會對你們下黑手。」

顧長安眼神微動，忽然問道：「是不是那些人的想法，都跟鄭濤相似？」

若是如此，他們或許可以設個局，反將那些人給坑殺了。

鄭濤對他們果真是不友好到了極致，當天晚上又帶著人找了過來。

「紀大少爺，我們也算是他鄉遇故知了，雖說以前在京城沒多少機會相處，不過好歹彼此都認識，能在北方這裡遇見，也算是我們有緣不是？這不，我給你介紹幾個朋友，往後大家也能互相照顧。」鄭濤笑咪咪地道，只是這笑容看在顧長安三人的眼中，怎麼看都覺得礙眼。

不過就算如此，在這當口紀琮並沒有因為鄭濤就給其他人甩臉子的意思。在場的幾人他雖然都沒什麼印象，不過對方一說名字，他就能對上號了。他神色不動，心中卻是暗暗一驚。據他所知，在場的這幾個人，家族不是都跟鄭家關係親近的，看這幾人的關係不錯，不知是他們自己的行為，還是他們的家族也有了這點意思？

視線在當中一人身上劃過，對於這人他倒是不會懷疑。哪怕其他幾個家族都有投靠二皇子的心思，唯獨這人的家族，他相信絕不會背叛太子。

雖是如此，他也半點都沒表現出來，只是一視同仁地冷淡。「諸位好。」

鄭濤笑呵呵地道：「紀大少爺就是太客氣！大家都是從京城來的，三代之內的多少都有些姻親關係，紀大少爺這般客氣倒是顯得有些生分了，大家說是不是啊？」

站在最旁邊的一個青年最先應聲。「可不是嗎？太過客氣的話，就要被誤認成不想把我們當兄弟了。」

他身邊的一人也跟著道：「當我們是兄弟的話，紀大少爺就別這麼客氣，不然，就真的有些傷了情分。」

其餘幾人也紛紛開口，唯一沒開口附和的那人，倒是讓顧長安多看了一眼。

這青年大概是幾人當中年紀最大的，長相屬於冷漠英俊款，也是不大符合今世人的審美，屬於硬漢型。不過顧長安倒是覺得這人不管是長相還是氣質，都算可以；而且不同於鄭濤幾人，看人都帶著鄙夷，這人的眼神倒是清正。

鄭濤幾個不覺得這人保持沈默是古怪之事，畢竟這人的性子本就如此，若非必要，一整天能不說一句話。最開始他們還會覺得有些惱怒，不過習慣後也就習慣無視了。

紀琮冷淡地看了他們一眼，並未接話。這讓鄭濤幾人的臉色頓時變得難看起來，眼中也帶上幾分惡毒之色。

紀琮對此也只是無視。他不打算給這些人臉色看，可這些人自己找事情，他沒必要上趕著與他們打交道，而且看這幾人的模樣，跟鄭濤怕是一個鼻孔出氣。

既然注定成為敵人，何必委屈自己？

鄭濤的視線落到顧長安身上，一掃之前的陰狠，突然就笑了起來，向其餘幾人道：「你們幾個想必還不知道吧？這一位可是顧狀元顧家的五姑娘，跟咱們這位紀大少爺關係極好；而且啊，這位五姑娘也是個了不起的人物，明明是女兒身，卻被金先生這位當世大儒收下當關門小弟子，聽說當今太子殿下和太子妃，都將五姑娘當成自家妹妹看待呢！」

先回應的還是最先跟著附和的那個青年，笑得賊眉鼠眼的。「喲，我們可是眼拙了，竟是沒看出來這位居然是個姑娘！不過被鄭少爺這麼一提，倒是叫人瞧出意思來了。」

另外一人也跟著笑嘻嘻地道：「我先前還在琢磨，怎麼我就從未瞧見這般出色的小少年，沒想到，原來不是小少年，而是美嬌娘。」

這一回跟著說笑的人卻是不多，除了這兩人之外，其他幾人都是心頭一跳，不敢跟著調侃顧長安。

顧狀元家的五姑娘、當世大儒金先生的關門小弟子、林湛林大儒最為疼愛的小徒孫，太子和太子妃更是將她當成妹妹寵愛；就連謝家謝老大人，但凡有了好東西也不會忘了她這一份。這些事情哪怕他們不在京城，卻也沒少聽說，這樣的人，他們哪怕再想要討好鄭濤，也不想當面招惹。

他們的反應讓鄭濤的臉色頓時一變，哪怕是同伴，他看著他們的眼神也變得陰沈起來。

「還有事情要做，先走吧！」一直不曾開口的那青年，忽然看向鄭濤。他語氣平穩冷靜，明明鄭濤才是占據主導地位的人，可當他開口做出要求的時候，似乎篤定對方一定會同意一般。

事實上，鄭濤也的確沒有反對，他只是深深地看了紀琮和顧長安一眼，轉頭就走。處處附和他的那兩個青年冷哼一聲，快步跟了上去。倒是其他幾人對視幾眼，心中不安，又看了顧長安三人一眼，到底不敢說什麼，快步跟著離開。

那冷漠青年走在最後，臨走前對著三人微微頷首，算是打了招呼。

「跟在鄭濤身邊的那兩個，似乎有些眼熟？」顧長安皺起眉頭，那兩個馬屁精著實讓她厭煩。

紀琮輕嗤一聲。「妳可還記得趙家二房的那位姑娘？」

顧長安被這麼一提醒，才想起趙家二房的那個姑娘。她記得趙嬌嬌說過趙家二房的繼夫人是懷著身孕嫁進趙家，所以那位「嫡女」的身分頗為人詬病。
如今細細分辨，那兩人的眉眼倒是與那趙家二房嫡女有些相似。
紀琮道：「那兩人是那位繼夫人娘家姊妹的孩子。」
至於那位最是沈默的青年，顧長安也有幾分好奇。
「那人說起來也算是熟人。」紀琮想了想，還是決定將那人的身分告訴他們。「他是二師兄厲雲益的幼弟。」
顧長安先是一怔，旋即瞪大雙眼。「什麼？二師兄厲雲益的幼弟？可是二師兄從未說過自己還有個弟弟！等等，厲家都是文人，哪裡來的從軍子弟？」
紀琮道：「厲家的確皆出文人，二師兄算是這一輩當中的佼佼者。他這幼弟年紀比他小了不少，與他長子的年紀相差不大，外人只知曉因為厲老夫人年紀大的緣故，厲家幼子出生時身子骨就弱，三天兩頭生病，也極少出門見人，等到十來歲的時候，聽說大病了一場，幾乎活不過來。後來還是二師兄去求得道高僧，最後將幼弟送給那位高僧為弟子，說是可因此避開大禍，是真是假不說，不過此後便極少聽聞厲家幼子之事，逐漸地這些年便沒有多少人還記得厲家有這麼一個身子不好的幼子。」
顧長安眉頭皺起。「那為何他會在這裡？難不成當年二師兄並不是將人讓高僧帶走，而是直接送來北方？」
紀琮搖搖頭。「並非如此。二師兄的父親當年與我外公有舊，私下關係極好，只不過兩人一文一武，為了避免犯忌，所以從來只在私下來往。當年我外祖一家出事，我舅舅第一時間便給厲家送消息，讓厲家千萬莫要為蕭家出頭。厲家幼子出生時身子骨的確有些弱，後來是因為我外公的關係，找了一位老大夫幫忙調理好的；只不過他喜歡持刀弄棒，厲家又疼他，乾脆讓外人繼續認為他身子骨兒差，實際上一直都在習武，說他大病一場，不過是將他送走的藉口。後來他便來北方，改了姓名從軍，最後跟在鄭將軍的身邊，直到鄭濤到來，便一直跟在鄭濤左右。」

顧長安消化完這些事情，忍不住瞪了他一眼。「既然如此，當初見到二師兄時，你為何不先告訴我？」

紀琮一臉無辜。「當初認識二師兄時，我尚未接手這些事情，等我知道後也沒太放在心上，本以為一時半刻見不上面的人，說了也是白說。」

事實上要不是在這裡遇上了，他這一時半刻還真想不起有這麼一個人。倒不是他對外祖一家的過往毫不在意，而是他熟知舅舅的為人，這些過往舅舅不想讓他知道，在他尚未足夠強大之前，他也不想讓舅舅太過擔心。只是人算不如天算，沒想到現在就遇上了。

顧長安只是這麼一說，實際上她怎會因為別人來責怪紀琮，裡外不分之事，她可不會做。

「厲家看重正統，又因為老師和二師兄的緣故，加上太子，厲家自是忠心不二；而厲家幼子，也算是太子安插在鄭家這邊的眼線，這些年有不少消息，都是他利用種種手段送到太子手中的。」

顧四哥聞言，倒是對厲家幼子多了幾分好感。「倒是個膽子大的。」

顧長安也跟著點頭。「我就說，他們幾個當中居然有看著為人很是正派的，原來壓根兒就不是同一路人。」

紀琮沒提醒他們莫要洩漏厲家幼子的身分，也不說莫與他過於親近，這些事情不需要他提醒，他相信長安和四哥的為人。

接下來數日，鄭濤時不時便帶人在他們跟前晃一圈，厲家幼子很少再為他們開脫，態度冷漠無比。

鄭濤生性多疑，最開始也有些懷疑他，覺得他可能是個眼線；不過冷眼觀察了幾日，再看他這般冷漠的模樣，哪怕他們刁難紀琮，他連神色也不動一下，這才逐漸打消念頭，覺得大概是自己想多了。

是夜，顧長安忽然心頭一悸，瞬間睜開眼，卻未有任何動作。她放緩呼吸，像不曾發現動靜一般，果然，有人悄悄進了她的營帳。

顧長安心中微動，原本紀琮和她四哥都與她住在同一座營帳裡。身在邊關不可能那麼講究，何況她連戰場都上過了，自不可能在意那些流言蜚語；再者一個是她哥，一個是她定下的童養夫，住在同一營帳也不是什麼大不了的事情。

偏偏今晚就是那麼巧，他們兩個被人給叫走，說是軍營裡有異常之處，需要他們幫忙一起去巡邏。她本也想跟著去，卻被人給攔下，非得找她幫點「小」忙。這一幫、二幫的，她就成了留下來的那一個。

真是算計得夠全面的！

一陣若有若無的香味縈繞，顧長安將剛才悄悄含在嘴裡的藥丸咬開，吞下藥丸裡的靈泉水。

很快便有人將她扛起來，來人顯然很瞭解營中巡邏隊伍的走向，一路走走停停，輕易地避開所有人。顧長安放鬆身體，哪怕臉頰撞在對方的背上生疼也沒動彈，只有嘴角微微彎起一道嘲諷的弧度。

果然，自己人幹起壞事，才讓人更加防不勝防。

或許是因為顧長安「裝死」得太成功，對方壓根兒就沒注意到她其實是清醒的。按照約定將人給帶出去後，扛著她的人動作有些粗魯地把她往在外等候許久之人的懷裡一扔，好在對方接得及時，不過下一刻，顧長安就有些鬱卒了。

對方竟然直接把她扔在馬背上。

顧長安忍不住在心中爆了一句粗口。這可是真的疼！

「我已經把人送過來了，該如何做就不用再教你們了吧？總之，我只有一個要求，他們這幾個人，不要留任何活口！」將她「帶」出來的人開口，聲音經過刻意地壓抑，聽起來有些沙啞。顧長安仔細分辨，還是想不起來到底是誰，不過想來不會是經常在他們面前出現的人，對方不至於蠢到這地步。

「你倒是個心狠手辣的，連自己人都坑害！」將她扔上馬背的人開口，應該並未刻意遮掩，語調中帶著一些口音。

顧長安這些時日跟大慶將士有過接觸，輕易便聽出對方應是大慶人，當下在心中冷笑一聲。

有些人，還真是為了達到目的不擇手段呢！

將她帶出來的那人不耐煩地道：「這些用不著你管，你只需要記得我們之間的合作就行了，如果你做不到就趁早告訴我，找上我的人可不只你家主子！」

來人顯然有些動怒，冷哼一聲。「如你所願！」卻是不願意再多言，翻身上馬就走。

這大概是顧長安走過最為艱難的一條路，胸口不停地在馬鞍上磨擦生疼！最難受的是被攔腰扔在馬背上，馬兒跑動起來的時候，整個人都快被顛散了，要不是她有足夠的毅力，怕是壓根兒堅持不到目的地。

好在兩軍距離不遠，很快就到了敵營，饒是如此，顧長安也被顛得七葷八素。到達的時候，她乾脆輕哼一聲，皺著眉頭似乎快要醒過來。

正好有人拿火把過來，見狀道：「瞧著好像要醒了！醒了也好，你們看著點，還不到讓她鬧起來的時候。」

這人顯然有些地位，他一開口其他人都沒有反駁。顧長安順勢讓自己清醒過來，藉著火光看清楚眼前的境況後，只有臉色一變，卻是壓根兒沒有對方想像得那般驚恐尖叫。

「妳不害怕？」問話的是個十七、八歲的少年，長得人高馬大，要不是那張臉符合年紀，顧長安都以為他快三十了。

顧長安聽出這聲音是剛才她認為有地位之人，淡淡地掃了他一眼。「若是你被人半夜給迷暈了帶走，睜眼便看到敵人，你可會害怕？」

少年很認真地考慮了一番，點點頭。「應當會有些怕。」

顧長安越發淡然。「那我自然也會害怕。」

「那妳為何不尖叫？為何不哭？」少年很是好奇。他認識的女子哪怕平時看起來再堅強，遇上危險的時候也大多會害怕，最常見的便是尖叫、哭喊。

顧長安直直地看著他。「你們是敵人，我尖叫、哭喊，你們可會放過我？」

「不會。」少年很誠實。

顧長安聳聳肩。「既然不會，我又何必做？」

少年聞言倒是對她多了兩分欣賞。「要不是這筆交易對我們來說很重要，我倒是想要放了妳。」只可惜他不能壞了表兄的大事，所以也只能如此了。

顧長安打量周圍一眼，藉著火光大概可以確定周圍有十來個人；不過她只能看清楚三、四個人的模樣，其他人都站在黑暗處，只能看到隱約的身影。

「你們與人合作，把我帶到這裡來，是為了算計誰？」停頓了一下，也不等對方回答，她又繼續問道：「是紀琮，還是蕭將軍？」

少年摸摸鼻子，縱然對顧長安的印象很不錯，可神態間已經收起那點憐惜。說到敵人時，他眼底唯有一片冰冷和殺意。「當年我大慶無數好兒郎死在蕭家人的手中，如今蕭家也該還債了；至於紀家的那位小少爺，不過是順帶之事罷了。」一個才十四歲的小子，可沒資格讓他特意帶人設下埋伏。

顧長安神色冷漠。「多年以來都是大慶先挑起戰事的，我大荊不過是自保罷了。死了那麼多大慶人，都是你們大慶的朝廷給害死的，與蕭家何干？更何況，因為大慶總愛挑起爭端，我大荊多少好兒郎戰死沙場？這些仇恨，我們又該找誰去報？」

少年看著她的眼神中多了幾分冷漠，片刻後，忽然點頭。「妳說得對。這些年來，的確是我大慶先挑起的戰事，死在我大慶鐵騎之下的大荊兒郎也有無數，可那又如何？在我眼中，依然是大荊對不住大慶，依然是蕭家殺了我無數大慶兒郎。」

所以，利用妳，我也毫不內疚，這都是大荊和蕭家欠我們的！

顧長安眉頭微挑。「這同樣也是我的想法！」

少年又盯著她看了半晌，忽然輕笑一聲，又恢復最開始那一副天真的模樣。「我早就聽說大荊朝顧狀元幼女天資過人，不只有最負盛名的當世大儒林湛精心教導，還有同為大儒的金先生不顧身分，寧可自降輩分也要收為關門小弟子。顧五姑娘或許不知，在我們大慶，顧五姑娘也是赫赫有名，上有身為當世大儒的師公寵愛，再有同為大儒的老師精心教導；父親是狀元，叔叔是榜眼，唯一的姊夫是探花郎；兄長們和弟弟個個出色，文韜武略，都是人中龍鳳；更有侯府紀家嫡長子一片癡心，小小年紀就守在身邊護著妳。說起來，不少人只求能占其中一樣便能滿足，像顧五姑娘這般，不知羨煞了多少人。」

顧長安眉頭微揚。「你不說我倒是不曾察覺，原來我無意之中，已經成了人生贏家。」

少年並不知道人生贏家這說法，不過只從字面上來看，便能猜到其中涵義，聞言深以為然地點點頭。「正是如此，在此處說句真心話，就是公主之尊，也不過如此；但凡不受寵一些的，怕還比不上顧五姑娘。」

顧長安點點頭，表示自己雖然有些忐忑，不過還是決定接受這份誇獎。畢竟太子和太子妃對她是真心實意，有極大可能在太子未來登基後，會成為她抱上最大的金大腿，閃閃發光的那種！

見她如此模樣，少年眼底神色閃爍了一下，晦澀不明。

「說到現在，我倒是忘記請教，不知你是大慶哪家公子？」

少年微微歪著腦袋看著她片刻，居然老老實實地回答。「大慶二皇子是我表兄，我姓丘。」

顧長安對大慶的事情瞭解不多，不過關鍵人物還是知道的。姓丘，二皇子的表親，那就只有二皇子的外家丘家了。

「原來是丘少爺。」顧長安朝他點了點頭，忽然又問道：「將我迷暈又送出來的到底是哪個？不知丘少爺看在我已經成為階下囚的分上，可否告知？」

少年輕輕笑了起來，明明眼底依然一樣無情，可笑容中卻帶著幾分無辜，強烈的反差，瞧著就讓人覺得極度詭異。

「不成！」他一口回絕。

顧長安只是隨口一問，對方不回答她也不會強求，何況換成是她，她也不會將實情說出來。多說多錯，有的時候之所以功敗垂成，壞就壞在自認為要勝利了就多嘴幾句。

「所以，今天要開戰了？」顧長安又問道。

這種事情自然無須隱瞞，少年點點頭。「對！這些時日一直在準備，萬事俱備，如今妳這東風也到了，自該開戰。」

大軍壓境，每日的消耗不少，前幾年大慶國內不算太平，這兩年才稍稍緩和一些；可若是論底蘊，自是比不上大荊，大荊耗得起，他們大慶可扛不住。

而今夜，是開端，也是結束！

大慶，必須勝！

顧長安靜靜地看著少年，忽然輕笑出聲。「所以，我該覺得榮幸嗎？在你們眼中，我居然是最後這東風？」

少年歪著腦袋想了想，很是認真地點點頭。「妳的確該感到榮幸！從妳到這裡開始，妳就成了大慶的東風，為了妳，我們才一再改變計劃，最終將開戰之日推遲到今夜！」

可真是夠看得起她，不過顧長安在驚訝之餘，不免心中一動。

這少年說的話，她只相信兩分。將戰事推後，絕對不會是因為她的緣故，蕭舅舅說大慶內部有紛爭，很大的可能是因為這個原因，如今將她帶過來，說穿了也是順勢而為罷了；或者，他們最開始的目標不是她，而是紀琮。紀琮要來邊關之事本就是公開的，她跟著來才是出人意料之事，試問，有誰會為了出人意料來邊關的她，事先就布局呢？

說什麼她到這裡開始就成了大慶的東風，她不相信大慶是臨時起意，更有可能是臨時改變目標，僅此而已。

顧長安不知道自己這麼一猜，還真的猜中真相。

紀琮被打發到邊關來，這個消息在第一時間就送到了大慶手中。紀琮的重要性，恐怕只有知道他真正身分的人才明白，這少年是少有的幾個知情人，可正是因為知道，才更加忌憚。

誰能想得到，一個才十四歲的小少年，一個不得寵、前幾年差點死在後宅婦人手中的元配嫡子，可以在短短時間內成長到令人心驚膽顫的地步！他的心夠硬，手段夠狠，短短幾年之內，手中收割的人命就足以讓人側目。

少年承認，他比不上紀琮。他在紀琮這個年紀，最多只是打殺幾個下人，第一次殺人的時候，他怕得小半個月都沒能好好睡覺。

可對紀琮的事情知道得越多，他就越是驚懼。他覺得，紀琮可能從來不知道何為害怕。他成為大荊朝太子手中最為鋒利、最為陰狠的那把刀，帶著劇毒，只要碰觸了，就必死無疑。大慶埋在大荊朝的眼線，有多少是在這幾年裡被紀琮給拔出來的？有幾個甚至是埋伏超過二十年的眼線，可以說，短短幾年之內大慶損失的眼線，遠超過以往十幾、二十年加起來的數量。

所以，紀琮必須死！

他們用盡所有手段，才將紀琮從京城弄到北方來。原本所有的陷阱都是為紀琮準備的，卻沒想到，紀琮不只是自己來了，還帶來顧家的女兒。所以，他們在最快的時間內改變計劃，這些話他的確沒有糊弄顧長安，在顧長安到北方後，他們修改計劃，將針對的核心變成她。

不過這些事情少年不會說出來，也沒有那個必要！

兩人一問一答，氣氛居然挺不錯的，不過這個不錯也不久，不到半個時辰，馬蹄聲和喊殺聲驟然響起。

顧長安心頭一跳。開戰了！

少年一直盯著她的臉，她一點細微的表情變化，他也看得清清楚楚。「放心，這一時半刻不會讓妳出事，紀琮和蕭將軍肯定會來救妳，到時候妳便能再見他們一面。」

林湛和金先生在大荊朝的地位極高，他們不會不管顧長安的，而且，他們早就安排好人，會順利將人給引過來。

顧長安眉頭一挑。「你可有想要再見一面的人？」

少年微微皺眉。「自然是有。」

顧長安有些惋惜地看了他一眼。「那倒是可惜了，你就算想要再見他們一面怕是不容易了。」

少年直直地看了她片刻，這才道：「妳很自信。」

那是當然了！顧長安默默地想著，她已經發現這少年壓根兒沒將她的武力值考慮在內。當然這也是因為這些年她少有跟人動手的時候，除了在老家，就只有在太子和師公他們跟前顯露過功夫，這些人自然不會對外說她的武力值驚人，而村裡的人也只知道她的力氣比較大。可是，基本上不是親眼所見，誰會覺得一個姑娘家力氣再大能大到哪裡去？

所以，這份自信她完全可以有！

「蕭將軍很厲害，紀琮也不差，他們會找到我，自然也能救出我。」

少年一字一頓，極為認真地道：「他們的確會找到妳，但是沒法子帶走妳！」

他們早就布下天羅地網，只叫姓蕭的和紀琮有來無回！

顧長安下巴微揚。「那我們就拭目以待！」

她的這般自信和言之鑿鑿讓其他幾人有些多想起來，一時間氣氛都有些變了，倒是少年的態度始終如一，他對自己這一方的計劃和佈置極為自信。

「好，拭目以待！」他認真地道：「我會留著妳的命，好讓妳心服口服！」

顧長安輕笑，到時候心服口服的人是誰，可不好說呢！

第四十三章 轉機

他們說話的工夫，遠處已經是火光沖天，廝殺聲不絕於耳，在這邊似乎還能聞到血腥味。

沒一會兒，急促的馬蹄聲驟然響起，有一支隊伍朝著這個方向衝殺過來。這裡距離主戰場有些距離，能直接朝這方向來的，顯然只會是被特意引過來的蕭將軍和紀琮一行人。

馬蹄聲驟然停止，來人已經到了跟前。少年不再蹲在顧長安跟前陪她閒聊，整個人的氣勢也倏然一變，挺直身子站在那兒，遠比真實年齡成熟的身材，讓人感受到一股強大的氣場！

紀琮的體格遠不如他，可論起氣場，卻是半點不輸給他，哪怕是在少年的主場，紀琮依舊氣勢逼人，令人不敢小覷。

「大荊朝的紀琮紀大人，久聞大名。今日有幸得以相見，我才知曉果然是聞名不如見面！」少年對著紀琮一拱手，態度很是客氣。

紀琮也拱了拱手，道：「丘將軍，久仰、久仰！」

二皇子外家年輕一輩中，最為出色的便是眼前這少年。未及弱冠，已經官拜將軍，他這將軍的位置是實打實地靠著自己的本事打出來的，故此紀琮便叫他一聲「將軍」。

倒是一旁的蕭長闊，眉頭微不可見地輕輕皺了皺。紀琮幫太子做事，知道的人不少，可是就連他也一直認為紀琮只是幫太子做些小事情罷了，如今聽他這番言論，紀琮手中權勢似乎不小。

到底不是考慮這些的時候，蕭長闊只是將此事放在心上，並未深究。

丘將軍盯著紀琮不放。「先前我還有些不敢相信，如今真見到紀大人才知道，這世上果然有真正的天縱之才！我比紀大人大了那麼幾歲，所做之事卻是連紀大人的十分之一都不如，往常的得意，如今回想起來只覺得當初的我著實有些可笑了。」

紀琮淡淡一笑。「丘將軍無須自謙，丘將軍十三歲上戰場，如今未及弱冠，就已經立下赫赫戰功，靠著自己的戰功官拜將軍，此前我也曾聽聞不少關於丘將軍之事，對丘將軍亦是佩服不已。」

顧長安藉著夜色暗暗翻了個白眼。對於這一波客套吹捧，她還能說什麼？只是別的地方都在喊打喊殺，他們繼續吹捧下去，是不是有點不妥當？

紀琮的心思本就大半都在顧長安身上，這番吹捧不過是幾句客套話，說夠了場面話，視線便落到顧長安身上。

「丘將軍若是想要見我，盡可使人知會我一聲，用這種手段將五姑娘請來此處，著實讓我吃驚不已。畢竟，常言丘將軍為人光明磊落，極為正派，今日竟為難一個手無縛雞之力的姑娘家，著實令人意外。」

丘將軍對這份評價毫不在意，只道：「想要請紀大人來不容易，也只能用些手段；再者，我並未傷害顧五姑娘，僅僅是將人請過來罷了。」

紀琮嘴角輕勾。「既如此，不如先放了五姑娘？你我本是錚錚男兒，利用無辜女子到底有失顏面。」

丘將軍不立刻回答，只靜靜地看著紀琮片刻，才慢吞吞地道：「不成！」

話說到這裡，就算是談判破裂了，接下來沒必要繼續客套，直話直說便是。

「丘將軍要如何才肯放了五姑娘？」

丘將軍直直地看著他，一字一頓地道：「用你的命，換她的命！你換，還是不換？」

紀琮尚未開口，顧長安就冷淡地開口。「不換！」

丘將軍略微有些驚訝地回頭看她。「妳不怕死？」

顧長安輕哼一聲。「誰不怕死？我膽子小，又是個弱質女流之輩，若非擔心紀琮，我也不會冒險跟著來北方。原本以為在兵營裡很安全，左右我也不會真的上戰場，只不過今日運氣不好被人給坑了一把，不然此時我應當還在營帳裡等著將士得勝歸來。既然已經如此，我又能如何？難不成我說不怕死，你就會放了我？」

丘將軍乾脆地搖頭。「不放！」

顧長安攤手。所以還有必要糾結，她是不是怕死這個問題嗎？

紀琮則是眉頭緊皺。「丘將軍務必說話算話，由我來換長安便是。」說罷，雙手半舉，在蕭長闊尚未來得及阻攔之前，已經踏步向前。

此事在丘將軍的意料之中。他費盡心思將顧長安綁來，自是知道對紀琮來說最為在意的人便是她了。當下也不攔住紀琮，只將顧長安一扯，手中長劍穩穩地架在她的脖子上。

紀琮的眼神暗沈，緊緊盯著那把長劍不放。「丘將軍何必如此？長安只是一介女流，丘將軍這般著實有些過了。」

「小心無大錯。」丘將軍扯了扯嘴角。「何況據我所知，顧五姑娘也是懂武之人，我可不想在陰溝裡翻了船。」

真有個萬一，丟臉事小，壞了計劃可就是萬死難辭其咎了。

紀琮腳下不停，依然不疾不徐地走著，忽然輕笑一聲，突兀地問了一句。「貴國二皇子膝下四子，如今可都還活著？」

丘將軍聞言頓時一驚。「你這是何意？難不成你……」

若是其他人說出這些話來，他完全不會受到任何影響。他表兄的手段他自是心知肚明，就是太子這些年也沒能在表兄那兒占到任何便宜；可是說出這話的人是紀琮，是他表兄也極為忌憚的人，饒是他心性堅定，此時也忍不住心驚肉跳，到底還是被動搖了心神。

就是這一刻！

顧長安眼神驟然一厲，倏然伸手一把握住鋒利的長劍，另一隻手揚手一揮。丘將軍立時反應過來自己上當了，屏息凝氣，長劍一翻，往下一劃的同時反手再次揮出。

事到如今沒必要再留著此人，目的已經達到，殺了便殺了。

他本以為顧長安只是冒險行事，只消他揮手一震，便能讓顧長安鬆開手。他這寶劍鋒利無比，三分力便能將她細嫩的手連同手掌一起切下來。

然而，事實往往出人意料！

顧長安不但沒鬆開手，還順勢將長劍往自己身邊一拉。如此巨大的力道，就算是丘將軍這已經有成年漢子體格的少年也沒能穩住，不由往前踉蹌了兩步。

就這兩步便已足夠！

顧長安以極為刁鑽的角度，一拳擊中丘將軍的肩膀。只聽「喀嚓」一聲，劇痛襲來，丘將軍再也握不住手中的長劍，那把從未離開他身邊的武器，驀然落地。

丘將軍不再有翻身的機會！

顧長安的拳頭極重，胳膊粗的小樹她隨手就能折斷，就算是堅硬的青石，她只用四、五成力道也能打碎，跟人動手時她都得拿捏好分寸，免得輕輕的一拳就把人給打骨折了。哪怕強大如太子和紀琮，也絕不會在與顧長安打鬥時給她近身的機會，只消一拳，就足以瓦解他們的戰鬥力。

丘將軍猝不及防之下，哪裡還有逃脫的機會？顧長安為了避免有個萬一，乾脆又擊出一拳，直接打斷他另外一條胳膊，此時，紀琮已經來到跟前。

蕭長闊揚刀將人逼退，顧四哥的動作最為迅猛，他的拳腳功夫本就出色，攔在他身前的大慶將士根本擋不住他一擊。

至此，四人齊力圍困，丘將軍再想要掙扎已經晚了。

有丘將軍在手，剩下之事不是問題。

眼睜睜看著自己部署好的人馬在短短片刻便被對方擊垮，丘將軍頓時臉色鐵青。他將這計劃考慮了無數遍，最為核心的人是顧長安，只要拿捏住這枚棋子，他便立於不敗之地。

原本事實應該如此發展，然而他萬萬沒有想到，自己認定的棋子，最後卻成了催命符。

「倒是我看走眼了，顧五姑娘深藏不露，佩服！」

顧長安輕笑一聲。「我一個手無縛雞之力的姑娘家，只會些花拳繡腿，丘將軍謬讚，我卻是不敢當。」

丘將軍恨得眼底都泛出血色。多日籌備最終化為烏有，自己落入敵手，還失去了戰鬥力，兵敗如山倒，就算能逃脫，也無法跟二皇子交代。

而這一切，都是因為這個小丫頭！

他無論如何也想不透，這丫頭如何有這般身手？尤其是那一拳的力道，哪怕知道對方的力氣有些大，原本以為就算是被打中了也只會疼一下，他天生疼痛反應要比尋常人遲鈍一些，疼便疼了，又能疼到哪裡去？卻沒想到，顧長安只擊出一拳，他的骨頭就徹底斷了，劇烈的疼痛，哪怕他的感覺再遲鈍也受不住。

「妳天生神力？」丘將軍內心如何起波瀾不提，語氣卻是平穩下來。

顧長安轉頭看了他一眼，低低一笑。「只不過是力氣稍稍大了一些，又學了點防身的功夫罷了。」

蕭長闊帶人結尾，除了一看狀況不對跑掉幾個之外，丘將軍麾下的所有將士則都被俘虜了。

在治兵領軍上，丘將軍的確是個好手，他麾下的將士，只對他唯命是從，可正是因為如此，他敗了，他底下的這些將士也失去了鬥志。

就算不能完成任務，他們也絕對不會讓丘將軍出事。

「小琮，你跟長安帶著人先把丘將軍『請』回去，剩下的人我安排人押送。小四，你跟著我過去支援，那邊的麻煩怕是不小。」蕭長闊決意自己帶人過去。紀琮如今的身分他還不清楚，不過應當是不低，再者此次抓住丘將軍完全靠紀琮事先的謀算，軍功鐵定拿得到；倒是小四還需要一番磨礪，而且他本就有心在軍中發展，自是不能錯過這一次的機會。

紀琮想了想沒拒絕，後續還有一些事情得收尾，長安不是不能做，只是有些事情還是他出面更加妥當一些。何況長安這一回被人劫持，是因為己方出了內應的緣故，讓長安受了委屈的人，他怎會放過？正好趁著這個機會，該處理掉的人就一鍋端了，免得再給他們添麻煩。

顧長安也沒堅持跟去殺敵，翻身上馬的時候低頭看了看馬兒，輕吐一口氣。

以後再也不讓任何人有機會把她當成貨物一般，直接扔在馬背上，那種顛簸和痛苦，真算得上永生難忘了。

此處的消息已經傳了出去，回程自有人來襲擊，試圖救回丘將軍。顧長安手持長弓，射出的每一箭帶走的不止一條人命，這般神力，叫丘將軍也忍不住側目。顧長安這弓箭一看便知是量身訂製，以他的臂力怕是不一定拉得開，她一箭射出帶起的破空聲，就算是他對上也要避讓。

「你們早就算計好，就等我上鉤嗎？」丘將軍被放在紀琮的馬上，他忽然開口問道。

紀琮垂眸看著他，語氣冷漠。「丘將軍一心想要對付我，自該知道我是做什麼的。從我踏出京城的那一刻起，丘將軍不就已經布下天羅地網等我跳進來了？既然我已經知曉，又怎會毫無準備？更何況丘將軍動了不該動的人，怎能不付出點代價？」

丘將軍點點頭，乾脆地承認自己的疏忽。「的確是我自大了。紀大人手段過人，算無遺策，我早該想到的。看來，紀大人此番離京也是早早布下的局？」

紀琮意味不明地冷笑一聲。「丘將軍未免太看得起我了。」

這時候離京來北方，真不是他一早就算計的。他沒有想到，紀侯爺那個蠢蛋會在這時候被人說動，突然出了這麼一手；也的確是他疏忽了，直到紀侯爺將此事說出口，他才知曉。不過後來的種種就是他算計好的，來到北方自然會有人算計他，丘將軍與大荊的將士勾結一事，他原本就知道，推測之下認定他是最可能出手的人，便將主要精力放在他身上；至於長安之事，是在他們認識鄭濤後才開始準備的。

紀琮得承認，對顧長安下手的確是更穩妥的法子；當然，前提是顧長安沒有那一身刁悍得連他都要退避三舍的力氣！

所以，從最開始他們就設下了這將計就計的計劃，只要給顧長安近身的機會，便沒有任何人可以逃脫她的手掌心。

而他要做的，不過就是在最關鍵的時候，讓丘將軍稍稍分神，僅此而已！

將人順利帶到營帳，蕭長闊安排的人手只能守在最外面，裡面一層又一層則是紀琮的人，這些人是紀琮自己一手培養出來的，除了他的命令，誰也吩咐不了他們。

將丘將軍帶回軍營後，兩人並未留在兵營，商量一番後，便帶著士兵直奔戰場。蕭長闊是活靶子，大慶人沒有不痛恨他的，何況丘將軍落在他們手中，想必有更多的人想要抓住蕭長闊，打算用他來交換人質。

若是大荊這邊上下一心就罷了，可不安定的因素著實太多，而且顧四哥是第一次上戰場，他們不擔心他的本事，只擔心他會殺紅眼。若有個萬一，他恐怕會殺得失去理智，行為上便會有些衝動，所以，他們還真得去看著才能安心。

沒了丘將軍這頭猛虎，又因為計劃失敗，失了先機，大慶可謂是兵敗如山倒，只不過還有鄭將軍這些不安定因素在，故此大荊一時間也沒能獲勝。

直至天明，廝殺聲才逐漸停止。

這一夜，注定血流成河，屍橫遍野。顧長安的馬受了重傷，她乾脆下馬出戰。她手中的長弓可遠攻，近戰的話基本上沒人能擋得住她一拳，而大荊朝的武器遠比大慶好得多，更是鋒利得多，再加上她的力氣，連人帶武器都能一刀劈開。紀琮和顧四哥又多守在她身邊，除了衣服上沾滿有些發黑、發硬的血跡之外，她自己卻是沒受半點傷。

只是在停下來時才發覺，自己手腳隱隱有些無力，然而一雙眼睛仍然很是晶亮，不見半點陰霾，不過也沒有狂熱之色。

上戰場殺敵是形勢所迫，若因為殺人就覺得自己可主宰他人生死、失去自我，那就是自尋死路了。顧四哥雙目猩紅未褪，不過神色冷靜，雖然渾身殺氣，到底不失神智，這讓顧長安安心不少，她就是擔心四哥會迷失自我。

紀琮則是神色最為平靜的那一個，他胳膊上受了點傷，只隨便地裹住傷口，好在已經止血。他比顧家兄妹更早熟悉黑暗，殺人對他來說，不過就是一個任務罷了。

「傷口怎麼樣？」顧長安掀開滿是血跡，已經變得硬邦邦的布條看了一眼，有些心疼地皺起眉頭。這傷是為了她受的，場面太亂，圍著她的人很多，紀琮在她身後替她擋了一下，即使傷口不是很深，顧長安看著也很心疼。

紀琮心頭一甜，原本冷淡的眼底立刻就多了幾分歡喜。「不疼，也都結痂了，回頭抹上傷藥，很快就能好。」

見傷口的確不要緊，顧長安沒再多言，又檢查了顧四哥，確定他只是受了點輕傷，傷口也都結痂，這才放下心來。

「大荊勝了，不過是慘勝。」來找他們的蕭長闊先問了他們三人的傷勢，確定三人都無大礙，這才壓低聲音回答三人的問題。

說到慘勝時，蕭長闊的臉色極為難看。他們將計就計行事，若是按照他們的計劃，不說大獲全勝，至少也能將損失降到最低；可是偏偏有人刻意為之，為了自己的那點利益竟是甘願當個賣國賊！

蕭長闊嘆了口氣。「也是因為慘勝，大慶短時間內怕是不肯退兵，而且他們這一次吃了大虧，又丟了個丘將軍，大慶絕不可能善罷甘休。」

說到此事，蕭長闊就滿肚子火氣。若非那幾個蠢東西，至少可確保雙方維持很長一段時間的安寧；可偏偏出了這樣的意外，不，不該說是意外，此事他早有心裡準備，只是……

「舅舅，是邢將軍？」顧長安忽然問道。

顧四哥的臉色驟然一變，驚愕地看向蕭長闊。

蕭長闊滿意地看了顧長安一眼，點點頭，長嘆一聲。「我原本以為鄭軻會按捺不住，率先動手，卻萬萬沒有想到，最後出手的那人居然會是邢將軍！」

在他看來，邢將軍這人雖然太過重情了一些，卻不會做出危害大荊之事；相較之下，鄭軻才是那個會為了達到目的、不擇手段的人，通敵賣國，只要能夠達成目的，鄭軻恐怕會毫不猶豫去做。

然而，事實是鄭軻並未出手，反而是對大荊忠心耿耿的邢將軍做下叛國之事！

若非他沒有料到這一點，這一次大荊也不會慘勝！說來說去，還是他太過輕信他人。

「這並非舅舅的過錯。」顧長安輕聲安慰。「人心隔肚皮，誰能猜到明明是忠心為國之人，最後會做出這種事情？舅舅，如今邢將軍在何處？」

蕭長闊嘆了口氣，道：「受了重傷，已經送回去，不過我聽說傷處在心口，怕是不太好了。」

顧長安三人默默無語，心中固然有惋惜，可也有些惱火。

邢將軍的確是個出色的將領，而且以往對大荊和朝廷更是忠心不二。可是那又如何？一次錯誤，就足以將過去所有功績都給抹除，這一次因為他而死的人不計其數，有多少家庭會失去兒子、丈夫、父親？

他造的孽大了去，只賠上他的性命，恐怕還不能讓今上息怒。

掃尾的事情用不著他們，三人回了兵營，剛到他們三人的營帳，就看到鄭濤帶著人鬧事。

紀琮的眼神倏然沈了下來。廝殺了一整晚，己方死了那麼多人，就算他心硬如鐵，也禁不住有些難受，這當口這蠢貨還敢鬧上門來，真當他是好拿捏的不成？

「鄭少爺在鬧什麼？」紀琮冷冷道。

明明很是平靜的目光，卻讓原本鬧得正歡的鄭濤下意識地住口，背心冒出一層冷汗。嗓子有些乾，鄭濤到底渾慣了，嚥了嚥口水，恢復往常的模樣。「紀少爺這就不對了，這裡可是北方駐軍的兵營，你讓人圍著營帳，別是要做什麼見不得人的事情吧？昨天晚上這一仗出了內應，紀少爺忽然來這一手，著實讓人心中不安啊！」

紀琮面無表情地看著他，忽然嘴角微揚，露出一抹笑意。「鄭少爺打算如何？是要將這內應的罪名扣在我的頭上，還是打算讓我舅舅接下這罪名？」

紀琮明明是在笑，鄭濤卻忽然覺得渾身冰涼刺骨，臉色禁不住微微發白。

紀琮卻是不肯輕易放過他，輕聲說道：「說來也是怪事，昨日我跟我四哥前腳被人誆走，長安後腳緊跟著就出了事情，若非長安有點本事自保，這會兒怕是已經出事了。鄭少爺，你說這事怪不怪？明明在兵營，竟然有人能裡應外合，將長安迷暈了送到大慶人的手中，這事可真新鮮，不是嗎？」

他並未刻意隱瞞長安被人迷暈帶走之事，越是想要瞞著，就越是容易影響到長安。因此乾脆說長安是將計就計，何況這本是事實，反倒容易讓長安安全地撇清關係，還不損害她的名聲。

至於長安如何安全脫身，這就更加不用擔心了。事到如今，長安的力氣過人之事已經可以讓人知曉，也只有這樣，才能無損長安的名聲。

當然，對京中女子來說，像長安這般敢上戰場的姑娘，名聲其實還是有些損傷的，至少在說親上，這事帶來的麻煩還不小。可紀琮卻是對這一點極為滿意，他的長安眼看就快要及笄，他知道不少人都盯準長安，若非他這些年一直陪伴在長安身邊，而且背後也做了點小動作，肯定會有人提前上門跟伯娘透露口風。

這下好了，不會有人跳出來跟他搶長安了。

明明有麻煩還在跟前杵著，他的心思卻是有些飄遠了，只要確保長安是他的，他心裡就甜滋滋的。

其實也是紀琮多想，這些年滿京城誰不知道，他紀琮紀大少爺把顧家的五姑娘給早早定下來了？顧長安的確出色，尤其是她的背景，那些書香世家就算有心將她娶回去，可是紀琮不是吃素的，哪怕他家裡的事情麻煩了一些，可他年紀輕輕就得到太子青睞，就連今上都對他另眼相看，除非是想要撕破臉，不然誰會將事情做得太難看？

再者，這一次北方之行，那些尤為古板的人家會在第一時間將顧長安從媳婦人選中剔除，而紀琮立下的功勛足夠傲視同齡人，這讓太子鬆了口氣，紀琮替他做的事情他自然都放在心上，只是到底沒法子讓紀琮在明面上得到表揚。這一回倒是好了，他有足夠的理由提拔紀琮。

不過這是後話，暫且不提。

鄭濤心頭一跳，眼神有些飄忽。「紀少爺這話說得此事與我有關似的，再說，五姑娘不是還在這裡，若是真被人迷暈帶走了，又怎會完完整整地站在這裡？還是說五姑娘……」

「幸虧我們事先做好準備，擔心有人會如此行事，乾脆將計就計；更何況以長安的身手就是對上我舅舅也不見得會吃虧，這才安然無恙地歸來。」紀琮打斷他惡意的猜測，看著他忽然笑了起來。「這將計就計可真是個好法子，鄭少爺，你說是不是？」

鄭濤正想要反駁，腦海中陡然閃過一個念頭，整個人哆嗦了一下，額角頓時冒出冷汗。既然是將計就計，代表顧長安從頭到尾都是清醒的？若是她壓根兒沒中迷藥，那麼，她是不是聽到不該聽到的事情？

這一瞬間，鄭濤的內衫就濕透了，臉上青青白白，最後一咬牙，惱怒道：「聽不懂你在說什麼！我只想知道，你讓人在兵營裡圍著營帳，是不是在做什麼見不得人之事？你……」

「鄭少爺可要進去見一見裡面那一位？」看著他這色厲內荏的樣子，紀琮更是不疾不徐了。

「見誰？」鄭濤有些心不在焉，順口問了一句。

紀琮直直地看著他，輕笑一聲。「大慶丘將軍！」

鄭濤的臉色一變再變，就連聲音都有些分岔了。「什、什麼？」

原來丘將軍當真被他們抓了，事情真的大條了。

鄭濤不敢再鬧事，丟下一句「你好自為之」後，轉身便走。看他神色匆匆的樣子，顯然是找人討主意去了。

三人去蕭長闊的營帳擦洗一番，顧長安又替他們重新包紮傷口。果然都是皮肉傷，撒了點金創藥，用乾淨的布包紮即可。

顧四哥不是多話的人，給他用的東西他便用著，也不問是從哪裡來的。

道。

「先前沒多想，不過現在想起來，邢將軍通敵，恐怕也是被人乘機挑唆了。」顧長安說

紀琮點點頭。「邢將軍通敵是事實，不過有人乘機用了點手段也是真。」

顧四哥眉頭緊皺。「鄭濤如此行事，背後想必有鄭軻將軍的默許，這三人當中，不知道侯大人扮演了什麼角色？」

顧四哥喜歡侯大人，可同樣也佩服武將出身的邢將軍。邢將軍此次做下的事情卻是給了他重重一擊，讓他知道英雄做的事情，也不一定都是好事。所以他更加希望自己喜歡的侯大人，不會做下這等喪心病狂之事。

顧長安嘆了口氣。「四哥，不至於如此，邢將軍其實也不是個壞人。」

「分不清主次，好不好又有什麼用？」顧四哥說道，整個人變得尖銳起來。

顧長安知道這件事讓顧四哥很難受，但這種事情只能靠他自己想通，她就算想要安慰也不知從何說起，這時候任何語言都顯得蒼白。

太多人命填在那兒，還能說什麼？

邢將軍的確不算是個壞人，他這些年立下的赫赫戰功也都是真的，他重情重義不是壞事，唯一的敗筆，就在於他將情義看得太重。

紀琮笑了笑，並未將自己的推測說給兩人聽。邢將軍報恩是真，不過報恩的原因占了幾分，就是另外一說；他忠心不二也是真，但是這忠心跟自己子孫後代的前程比起來，哪個更

重要，只有他自己知道。在他做出選擇，妄想得到從龍之功的那一刻起，今日的結局他便只能選擇承受。

成者為王，敗者為寇，身為將士對上朝廷，他連做寇的機會都沒有；只可惜，被勝利的輝煌晃花雙眼，卻忘記了一旦失敗就要落進萬丈深淵。

自找的，怪不得誰！

不過這些猜測，他卻是不願意說出來給長安聽；倒是四哥，等回頭找個機會跟他閒聊，也算是看在長安的分上開解他一番。

三人想了想，還是去探望了邢將軍。看在他過往立下的功績上，去看一眼也是應當，而且，他們希望能從邢將軍口中打聽點消息出來。

邢將軍的營帳周圍已經被重兵把守，出了這檔事情，領頭的幾個難免多想。侯大人、鄭軻，以及蕭長闊的人手分別在營帳外守著，也算是互相監督，三人經過好幾道手續，這才進了營帳。

也得虧紀琮昨夜露出了獠牙，無論鄭軻他們有何種心思，太子才是正統，他是太子的人，這點面子到底還是要給他，不過只是沒人跟著他們進去，營帳門口不遠處還是有人盯著他們。

邢將軍躺在臨時找來的木板搭起來的床上，上身光裸，心口處裹著層層紗布，卻是已經被血色染紅，呼吸有些微弱，面如白蠟，看起來的確是不太好了。

紀琮低聲詢問營帳裡的軍醫幾句，軍醫搖了搖頭，比劃了一下。紀琮了然地點點頭，示意他先出去。

「邢將軍。」顧長安從隨身帶著的荷包裡拿出一個小瓷瓶，裡面裝著用靈泉水製成的滋補藥丸，主要材料是人參，可以讓人迅速恢復元氣。

至少也能讓邢將軍少受點罪。

顧長安低喚一聲，隨著藥丸入口，邢將軍慢慢地睜開雙眼。

邢將軍的目光有些渙散，好半晌才慢慢回神，盯著顧長安片刻，一開口聲音都是嘶啞的。「原來是顧五姑娘。」又一一看了紀琮和顧四哥，扯出一抹牽強的笑容。「難為你們在這時候還來送我一程。」

顧長安笑了笑，沒有開口安慰他一切都會好轉，就算傷勢痊癒，邢將軍也不會有什麼好下場。對邢將軍這種從軍多年的直率漢子來說，這些空洞的安慰沒有任何意義。

「你們想要知道我為何要這麼做？」邢將軍了然地問道。

顧長安輕聲道：「我們只是想不通，邢將軍忠心愛國，此事無論是誰都知曉。我還曾聽太子殿下說過，北方因為有邢將軍幾位在，朝廷才能安心，這樣的邢將軍，我無論如何也想不明白為何今日會做出這種事？」

邢將軍有些走神，片刻後才慢慢地道：「顧五姑娘聰慧過人，我也早有耳聞，想必我這點小心思瞞不住五姑娘。報當年的恩情是其一，子孫撐不起來，想要為他們搏一個錦繡未來是其二。」

只可惜被那錦繡前程給沖昏了頭腦，竟是忘了還有失敗的可能。最關鍵的是，他防人之心不夠重，又太過輕信與自己相處多年的同僚，若是成功，對方會與自己爭搶果實；可若是失敗，他卻是要獨自承受所有的惡果。

只可惜，他明白得太晚了。等他受了重傷，一敗塗地，這才慢慢想通關節，若非有人推波助瀾，一切不會這般順利。他利用鄭濤帶走顧長安，好藉此機會將蕭長闊和紀琮一行送進大慶的陷阱；可他沒想到，顧長安會的不是三腳貓的功夫。據他的人回報，顧長安那一身功夫，就是他在全盛時期對上恐怕也不能穩操勝券。

一步錯，步步錯！是他輕視顧長安和紀琮這兩個小輩在先，又錯估同僚的手段在後，一敗塗地也怨不了別人。

「光想著子孫後代，現在想想，就算因此拚出一個結果來又能如何？子孫無能，潑天的富貴他們也能敗壞光了。」邢將軍長嘆一聲，總算是面對了自己的愚蠢。

顧四哥一直在一旁靜靜聽著，聞言忽然開口。「邢將軍，報恩當真那麼重要？」

邢將軍並未立刻回答，沈默了片刻，這才帶著幾分自嘲地道：「當年蕭老將軍還在時，我便在他手下做事，他不止一次提醒過我，重情重義是好事，可是不能因為重情就失了本心。我一直以為，我將蕭老將軍這話聽進去了，可實際上我壓根兒就不懂老將軍的好心。失了本心，再重情義又能如何？駐守邊關這麼多年，立下的戰功數也數不清，我自認為這些年做得足夠出色了，對自己手下的將士也最為愛護，可到頭來，因為我的一道命令，他們多少人因為我而死？」

他又是一聲長嘆。「只要一件事做錯了，就足以將過去所有的榮耀給抹滅了。」

這話說得心酸無比，卻不能讓在場的三人因此動容，相反地，紀琮和顧長安眼底皆是露出一抹鄙夷之色。顧四哥在稍加思索後，原本的沈重也慢慢消失，雖然不至於鄙夷，可看向邢將軍的眼神卻慢慢冰冷下來。

顧長安一直都關注著他們，紀琮的反應在她預料之中，她本就聰慧，原本也是沒想周全，只看紀琮這反應，稍加思索，便將之前覺得有些古怪的地方都想通了。果然人老成精，邢將軍就算沒老，這心眼也是極多，人人都說當兵的漢子爽直沒心眼，這話往後她可得多斟酌了。

再等她四哥也慢慢地改變了態度，她才暗鬆一口氣。相比之下她四哥的心眼沒紀琮多，而且對這些立下赫赫戰功的將士心中極為佩服，先前哪怕知道是邢將軍做下這種事情，可在他心裡對邢將軍還是頗為敬佩的。只是這敬佩在他想明白邢將軍的手段後，就慢慢消失了。這也是好事，至少不需要擔心他會繼續同情邢將軍，說不定一不小心便被人利用了。

邢將軍的氣息雖然微弱，可眼神依舊銳利。三人的情緒變化極小，可依然沒逃過他的雙眼，見他們如此，他先是有些情緒低落，旋即自嘲一笑。

到了現在，他居然還敢小看他們，真是枉做小人。

「紀少爺是想要調查當年蕭老將軍之事吧？」邢將軍用手指點了點門口，見顧四哥識趣地走到門口警戒，古怪地笑了笑。

顧長安順勢看了門口一眼，好在看著他們的人都在營帳幾步之外，只要稍微壓低嗓門，還真聽不出他們在說什麼；加上邢將軍受傷了沒有力氣，他說話時他們還得湊近才能聽清楚，倒是不用擔心被人聽到。

難道事關當年的蕭老將軍嗎？

顧長安眉頭微蹙。邢將軍難不成真知道什麼？為何這些年蕭長闊半點都沒察覺到？

邢將軍喘了一口氣，氣息變得更微弱，然而讓他失望的是，紀琮並沒有因為這個話題而有所動容，其實他一再試探，無疑是因為有私心在其中，事到如今，他終究還是心存不甘。

只是，他試探錯人了！

紀琮的確想要知道當年蕭家之事，然而，他已經不再是當初那個想要知道真相卻無從下手的孩童。邢將軍可能瞭解真相，他只需要知道這一點就足夠；至於撬開邢將軍的嘴，對他來說卻是半點都不難，因為邢將軍早就將弱點親手送到他跟前！

顧長安走到營帳門口，與顧四哥低聲說起事情，將場地留給紀琮，至於他要如何問訊，她只當作什麼都不明白。

三人離開前，紀琮讓一直守在營帳不遠處的軍醫進來。

「邢將軍看著不太好，我這還有兩顆人參丸，若是有用，你盡可拿去。」紀琮說著便將一個小瓷瓶遞過去，瓶裡裝著的人參丸是沒有泉水的藥丸，人參是三、四十年的品種，效果還是不錯。

軍醫接過聞了聞，一臉欣喜。「正得用！」說罷快步進了營帳，把脈後，塞給邢將軍吃了一顆藥丸，這才快步走了回來。「最多就是半個時辰的事情了，吊著一口氣呢！若是有話要問，抓緊時間。」

第四十四章　戰事落幕

接下來的事情就與顧長安三人無關了。他們作為受害者想要求一個原因，又看在邢將軍過往的功績上，給了他吊命的人參丸。他們已經盡他們所能，剩下的事情不是他們能管的了。

邢將軍倒是比他們預期得能撐，兩個時辰後，才聽人說邢將軍沒了。兵營的氣氛很是壓抑，邢將軍從軍多年，治軍嚴謹，為人有些刻板，卻是極為仗義護短，得過他幫助的人不少，尤其是在他手底下當兵的那些人，心情最是複雜。他們對邢將軍最是敬重，可正是因為敬重，所以才更加痛恨。又愛又恨，兩種情緒交織在一起，一時間不知該如何是好？

顧長安三人則是各自補了一覺。他們並沒有正式職務，哪怕是紀琮手中有人，可明面上依舊是個白丁，所以這種時候，他是絕對不會去湊熱鬧的。

「接下來，我們大概可以回京了。」等休息夠了，三人先填飽了肚子，紀琮才開口道。他來這裡本就是打著「鍍金」的名頭，如今「任務」提前完成，太子那頭怕是會在最短的時間內讓他回去。尤其是長安，當初太子就不願意讓她跟著來，這回找到機會能讓人提前回去，太子斷不可能放過機會。

顧四哥眉頭一皺。「我不回去！」

顧長安想了想，贊同他的說法。「當初茅先生不贊同四哥你早早從軍，是覺得你性子過於沈悶，又太過想當然，所以想要磨一磨你的性子。師公不贊同，大半也是覺得你那時候年紀尚小，不適合早早從軍；不過如今都來北方了，四哥你若願意便留下吧！」

有蕭長闊這個舅舅看著，出不了什麼大事。

「邢將軍倒是出乎我的意料，想法倒是不少。」顧長安摸摸下巴，想起邢將軍最後說的那些話，著實想不透這人到底是如何想的？

顧四哥的眉眼間也帶著幾分陰沈。「都說人之將死，其言也善，今日邢將軍給我們上了一課。」

讓他徹底明白，什麼叫做知人知面不知心，也讓他知道，有些人為了達到目的，當真會不擇手段。

紀琮嘴角噙著一絲嘲諷的笑意。「陸九叔當年從戰場上失蹤，就算有人傳言他死了，可是陸堯母子隨後跟著銷聲匿跡便是破綻；至於邢將軍那番言詞，無論陸九叔是不是當年的知情者，甚至是背叛者，邢將軍已經快要死了，不過是想攀咬一個可能還活著的『死人』罷了。萬一歪打正著猜中了呢？萬一他為了追查當年蕭家之事，寧可錯殺不肯放過呢？到時候這份情，他就得認下，哪怕邢將軍死了，不是還有他的子孫、後人在？」

但凡他肯幫一把，至少能給邢家後人求一條生路，邢將軍做到這分上，無疑是看重傳承，只要有香火傳下去，再違心算計又能如何？

顧長安有些無奈，不過也實事求是地道：「若非我們認識陸九叔，陸九叔又一直在追查當年之事，我們說不定真會中了他的計。」

他們這些年始終與陸九保持聯繫，在陸堯長大了些後，陸九有更多的時間追查當年之事。這些事情都是紀琮在掌控，對陸九的為人還是頗為認可，而且陸九所言是否真實之事，紀琮先前也曾提過。

有紀琮的保證，而且有那幾年的相處，他們對陸九是發自內心的信任。

「你說與陸九叔認識時，邢將軍的反應如何？」顧長安當時背對著他們，還是有那麼點好奇。

紀琮輕笑一聲。「還能如何？」

也難為邢將軍了，眼看吊著一口氣，居然還能做出那種反應。

邢將軍的話題到此結束，倒是說到陸九叔，三人順口多說了幾句。

「若是此次事了，陸將軍之事得到解決，陸堯倒是可以入京了。」對於當年的小夥伴，紀琮還是有點惦記的。小柱子一直都跟在顧小六身邊，陸堯當年卻因為身分的緣故無法與他們一同入京。想起當年與他分別時的模樣，就是紀琮已經變得冷心冷肺的人，也免不了有點心酸。

顧四哥對陸堯的感情要更加深厚一些。陸堯性子乖巧，又勤快懂事，顧四哥將他當成弟弟疼著，這幾年只能靠書信來往，如今知道或許相見之日不遠，面上也生出幾分笑意。

若是真能如此，倒是好事一樁！

邢將軍一案著實太過惡劣，今上知曉後雷霆之怒。通敵叛國之罪，不說株連九族，就算誅其三族也完全在理。就算邢將軍往年名聲極好，而且故交極多，可是一犯下這宗罪，便沒人敢出面為他求情。最後還是幾個已經告老的老將軍顫顫巍巍地求到今上跟前，到底是給邢將軍留了點香火，不過好日子是別想過了，都被流放到最南邊。

至於能不能活下來，就看他們的運氣了。

等這些事情結束，氣溫也徹底冷下來，就算三人都習慣了京城的寒冷，可也被北方的溫度給震懾了。

出門若是帽子、手套不戴齊全，再回到溫暖的屋子裡時，就感覺自己身上缺少了點東西。寒風呼嘯，颳得人刺骨生疼。有一回顧四哥出門忘記戴帽子，他又懶得回頭再戴上，只出去不到一盞茶的工夫，等回來的時候一臉木然，總覺得自己連腦袋都掉在外面了。

從那次後，顧長安便十分小心，即使如此，北方的寒冷還是讓人有些無法忍受。無奈之下，她只好跟著軍中士兵一同巡邏、出操，這才慢慢地習慣這種氣候。

如此磨磨蹭蹭地，時間轉眼就過。顧長安三人到底是留在北方過了一個年，這也是顧長安到了這裡後，第一次沒有跟家人一起過年，心中不免有些低落。

「都怪我，不然妳早就可以回京陪伯父他們過年了。」紀琮對此很是內疚。按照原本計劃，他們早就該回京，只是他這邊出了點岔子，不得不留在北方將事情給處理好。他不放心長安獨自回京，同樣地，長安也不放心他，最後兩人都留了下來。

其實不跟顧家人一同過年，不說是顧長安，就是紀琮也覺得有些不習慣。

唯一的安慰，就是玉珠空間裡有不少吃食。他們兩個可以偷偷湊在一起吃一點，只是不能太過明顯；顧四哥那兒也會送一些，倒是蕭長闊那兒偶爾才會給一點。

顧四哥只會默默吃下，哪怕是出現這個時節再不合理的東西，只要是顧長安給的，他就絕對不會問是從哪裡來的。蕭長闊那兒卻是不成，萬一他追問，到時候會有麻煩。

顧長安順手將嬰兒拳頭大小的麻球塞進他嘴裡，笑嘻嘻地道：「就算我們回京了，大哥、二姊和四哥也都不在。大哥去遊學，二姊有四師兄和小外甥陪，只有四哥最可憐，連個說話的人都沒有，我們留在這裡，也算是陪一陪四哥了。」

紀琮喜孜孜地嚼著嘴裡的麻球，是他喜歡的豆沙餡。油炸後的芝麻又酥又香，加上糯米的軟糯、有彈性，以及豆沙餡的甜蜜結合在一起，這滋味，可真是……

「長安，再給我一個！」必須要再來一個才行。

顧長安輕笑，果然又給他塞了一個。這麻球是在京城做的，她有一回做湯圓的時候忽然想起來，做出來後很受大家喜歡；尤其是林湛，連續吃了七、八天都沒吃夠，倒是叫他吃上火了，後來顧長安就讓老陶兩口子隔幾天才做一回。

「師公貪嘴，也不知道今年沒有你看著他，他會不會又吃上火了。」紀琮吃著麻球，也想起林湛。

熟悉後那個光風霽月的當世大儒形象立刻就崩壞了，愛吃零嘴，喜好享受，小孩子脾氣，吃起東西來沒個節制。只有顧長安能管，不然他就會依自己的性子吃個過癮，也不管吃完了是不是會不舒服。

顧長安也有些想念自家師公了，林湛並不是一個合格的長輩，卻是長輩裡面她最喜歡的一個。他有一顆童心，不會用長輩的身分來強迫別人接受什麼，卻會在最正確的時候做出指引；他從來只是給一個建議，至於要如何處理事情，他會任由他們自己選擇。

若是錯了，林湛也不會說什麼，不過會在他們走錯路跌跌撞撞後，再為他們分析。

「我爹娘管不住師公，再加上老師，兩人湊在一起，肯定是要吃上火。」顧長安很中肯地道。

不管是她師公還是老師，都是小孩子脾氣；尤其是老師，或許是往年被師公欺負的次數多了，加上他又收了自己當關門弟子，平白比師公矮了一輩，師公又常用這話來打擊他，兩人湊在一起定會鬥嘴，凡事都要比一比，吃東西肯定也不例外。

紀琮深以為然，其實不只是他們兩位，師公和老師的幾位老友也同樣如此，就是謝老大人私下裡也是如此。誰也猜不到，這些大老私下最喜歡吃的，基本上全都是甜食。再加上太子殿下，以及一直讓太子當出頭鳥的皇帝陛下，為了爭奪一盤合心意的糕點能爭得臉紅脖子粗，那場面若是被其他人看到，下巴怕是會掉滿地。

「等天氣稍微暖和一些，我們就可以回去了。」顧長安見他如此，寬慰了一句，想了想，問道：「事情處理得怎麼樣了？」

說起正事，紀琮神色微斂。「進展順利，大慶那邊有些亂相，大慶皇帝又病倒了。」

而且變得神志不清，不管是大慶太子還是其他的皇子，現今的重心又回到爭相在大慶皇帝跟前露臉。繼續進犯大荊？他們沒那個精力！

顧長安輕笑一聲，紀琮不得不留下來，是因為接到太子的密信。太子很隱晦地傳達今上的態度，朝廷現今鬧得不可開交，總體來說，保守派占的比例更多。太子想要開戰，認為乾脆將人給打服、打殘，今上也有同樣的想法，可是他們父子兩個哪怕是天底下最為尊貴之人，也不可能任意行事。

何況，不挑事、不隨意開戰便占了一個好名聲，大荊朝不能失去這好名聲，所以，這對天家父子便乾脆想來一個釜底抽薪。

大慶的皇帝活得實在太久了，他的孫子都已經娶妻生子，他卻還霸著皇位不肯放手。他的兒子、孫子們，誰能忍得住？為了達成目的，這些人會不擇手段。

這時候，正是他們出手的好時機！

紀琮的做法，便是選擇一個對他們來說最為有利的人選，暗中與對方合作，將對方推上大慶皇位！

正月初八那一日，大慶皇帝駕崩。

大慶皇子們的爭鬥達到顛峰，太子成為其他皇子的首要目標，太子只堅持了數日，扣在他頭上的罪名就坐實了，壓根兒沒有掙扎的餘地。緊跟著便是二皇子，丘將軍落在大荊手中，這便成了他人攻訐他的最大理由，二皇子雖然未被定罪，卻已失去爭奪皇位的機會。

「剩下的還有四皇子、五皇子、八皇子和九皇子，其餘的皇子背後勢力太弱，就算有大荊扶持，他們也無法與這幾人爭搶。」紀琮將大慶皇室的現狀分析給顧長安和顧四哥聽，顯然大慶的新任皇帝陛下，要從這四位皇子當中選一個了。

「哪個最有競爭力？你最看好哪一個？」顧長安有些好奇。

紀琮輕笑一聲。「他們四個背後的勢力相差無幾，四皇子的名聲最好，五皇子最善戰，八皇子最聰明，至於九皇子，他性子最為豪邁，算是個知人善任的。」

話說到這裡，顧長安就猜得到他的選擇了。

「你最看好九皇子？」

紀琮點點頭。「大慶九皇子這人骨子裡其實有些隨遇而安，遇事不會躲，卻也不樂意主動攬事；而且他的手段也夠強勢，他若當上皇帝，只要大荊不主動侵犯，他主動挑起戰事的可能性極小。」

而且就算他登基後性情大變想要侵犯大荊，他也有把握讓大慶再換一個皇帝。

顧四哥問道：「既然能掌控哪個皇子當皇帝，為何不做得徹底一些？」

「只在背後操縱，推上去的還是大慶的皇子，也只能做到這分上，不然整個大慶都會聯合起來，得不償失。」紀琮很有耐心，事實上，不管是太子還是他，從未想過要插手大慶之事。大慶的皇子需要與他們合作，可也僅僅是合作而已，若是他們所做之事越界，對方會在第一時間聯合其他人反抗。

畢竟，他們是內部矛盾，他要做的只是將內部矛盾激化，卻不能讓內部矛盾變成外來的侵略，這個分寸需要拿捏好，不然吃虧的只會是他。

顧長安但笑不語，她對紀琮的本事還是很信服，可即使如此，她看著紀琮依舊帶著幾分青澀、卻極為自信的臉龐有些走神。

尤其是這兩年，很多時候她都會忘記紀琮不過是一個十四——不，過了年已經是虛歲十五的小少年。她當初在他這個年紀，除了每天擔心會失去上學的機會外，就是在考慮如何掙錢？可也僅僅是如此，再多的她是想不到的。

如今的她被不少人誇讚，只有她自己知道，她處事能比同齡人更加面面俱到，是因為她的內在並不是一個十四歲的小姑娘。

可紀琮不同，紀琮是真正的小少年，幼年經歷太多辛酸，渴望家人卻無人肯對他付出半點真心，懵懵懂懂、跌跌撞撞地一路走來，真心疼愛他的舅舅常年不在身邊，直到遇到她的家人，才慢慢地體會到家人和被人關心的滋味。

當年就連所謂的忠僕也有自己的小心思，甚至為了一己私慾不被滿足而買通他人想要他的命。分別的三年，其實是紀琮成長最快的三年。在短短三年裡，他學會如何隱藏自己的真實情緒，也學會了狠心。等到重逢的那幾年，因師公和老師的教導，終於讓他迅速成長起來。跟著太子，為太子做事，這一步步雖然是他自己做出的選擇，可事實上，也是他不得不為之。

如今他不過才十五歲，經歷過的事情不說是同齡人，甚至是不少成年人都不如他的。殺人不眨眼？紀琮如今的確是這樣的人，顧長安相信若是需要親自動手，哪怕是無辜的人，紀琮也會眼睛不眨一下，毫不遲疑地下手。

她並不害怕，只是心疼！若是可以天真無邪，誰願意小小年紀就滿手血腥？

「等這件事了了，我們就能回京了。」紀琮伸了個懶腰，想到很快就能回家，整個人喜氣洋洋。

顧四哥點點頭。「早些回去也好，省得娘擔心。而且小五妳今年及笄，娘早就說過你們兩個的事情，不能一直拖著。」

對於自家妹妹會被紀琮叼走這事，顧家兄弟早就接受了，何況對他們來說，不是自家小五嫁出去，而是紀琮「嫁」進來。

紀琮一聽，臉上的笑容越發歡喜。「四哥說得是！聘禮我都準備好了，等回京後我便開始安排，長安一及笄，我就去提親啊！」

顧長安理所當然地表示贊同。「行，不過聘禮過得去就好，明面上不需要拿出來太多，免得紀家那幾口眼熱。」

說起紀家，紀琮輕嗤一聲。「無妨！等回去後，我不會再讓紀家有機會對妳不利。」

他原本想過要將紀家拿到手，不過他改變主意了。紀侯爺敢將他推上戰場，這血緣關係留著便沒有任何用處，乾脆斬斷，他往後也不用這般束手束腳。

顧長安眉頭一挑。「決定了？」

紀琮的目光一落到她身上，立刻變得柔軟。「決定了。原本看在過世的祖父分上，打算勉強接下紀家，支撐幾年；不過他都能被人挑撥，送十四歲的瘦弱長子上戰場，等同於要葬送我這條命，既如此，這條命算是我還給祖父，我跟紀家，日後互不相欠。」

如此一來，太子和今上也能更加放心。當然，他得承認這麼做，最重要的還是因為不想讓長安被人欺負了；若是他留在紀家，那對婆媳就不會輕易甘休。他不擔心長安會吃虧，只是那對婆媳著實太過惹人厭，他自己可以完全無視，卻是捨不得長安受半點委屈。

既然決定，那就沒必要再多說，顧長安當下便不再多言。

一出正月，大慶的皇位之爭終於落幕。

大慶九皇子打敗所有的兄弟，順利登基。

二月十五，顧長安和紀琮終於將事情都處理完畢，踏上歸途。

兩人告別蕭長闊和顧四哥，臨走前被侯大人叫住說了幾句話。

他們依舊摸不透侯大人的內心，不過從目前來看，他跟蕭長闊的關係變得較為親近；至於鄭軻，有鄭濤這專職扯後腿的人，哪怕他在事後將鄭濤當成替罪羔羊，可讓今上動怒卻也是事實。

鄭軻是誰的人，今上心知肚明，以前放任，一來是鄭軻駐守邊關多年，功勛擺在那兒；二來也是因為今上明白，他看重太子，並不意味著其他人就能不起心思。爭權奪利，人之常情。

但是，今上絕對無法容忍為了爭奪權勢就損害大荊的利益。鄭軻做的事情，該明白的人都明白，只不過他做得夠乾淨俐落，只留下一個鄭濤而已，沒讓人抓住任何把柄。

沒有證據便不能直接對他出手，不過該有的敲打也不會少，這些時日鄭軻就安靜下來。

侯大人依舊是那副雲淡風輕的模樣，見到他們時也總是笑咪咪的，若不是聽過他的身手和手段，他們都快以為他是隱居的文人雅士。不過相較於對鄭軻的冷淡和疏離，他對蕭長闊的一如既往倒是顯得特別了些。

顧長安和紀琮對他的態度也沒什麼改變，顧長安覺得大概是因為他們兩個都是妥妥的「顏控」吧！在這種風沙很快就能把白皮吹成紅皮、黑皮的地方，有這麼一個比大多數人白皙，而且長相俊美、氣質出眾的人，他們自然忍不住會偏心一些。

「侯大人有話儘管吩咐。」顧長安笑咪咪地道，侯大人的臉果然是洗眼睛的利器。

侯大人輕笑一聲。三個孩子當中，只有留下來的顧家四小子不會經常盯著他的臉看，眼前這兩個小傢伙，尤其是小丫頭總愛盯著他的臉。有好幾次他都懷疑，若是有事求到小丫頭頭上，說不定只憑他這張臉就能成事。

「不是什麼大事，只是想要煩勞兩位小友將這封信轉交給林湛林大儒。」說著，拿出一封信來。

顧長安眉頭微挑，只是帶封信，她就順手接下了。「好！」

侯大人輕笑，又道：「並無他事，此去京城路途遙遠，兩位還要一路小心。我在此，遙祝兩位一路順風。」此生莫要再來邊關了。後一句話，他卻是沒有說出口。

紀琮一拱手。「承侯大人吉言。」

侯大人未有久留他們之意，將一個小盒子遞到顧長安手中，笑道：「常聽蕭將軍說起你們兩個小傢伙，想必今年該訂親了？小小的心意，算是給你們兩個添禮。」說罷乾脆地退後幾步。「時候不早了，你們也該走了，一路順風。」

顧長安只好打消打開盒子看一眼的念頭，跟紀琮兩個翻身上馬，齊齊拱手。「侯大人多保重。」

侯大人面帶微笑，等他們的背影都消失不見，身形也不曾動彈一下。

顧長安和紀琮一路疾馳，直到中午的時候才停下來，在邊城填飽肚子。原本打算去他們來時的那個麵攤，但到了地方卻是沒見到人，打聽了一下，聽說他們兩口子已經有些時日沒來了，兩人有些惋惜，卻也無法強求。

吃飽喝足後再次上路，等晚上的時候乾脆在野外落腳。從空間裡拿出一隻烤乳豬，又拿了幾隻清理好的雞和野兔出來，刷上醬料烘烤，往雞肚子裡塞了不少乾貨，裹好後刨了個坑埋著，等著吃叫化子雞。

顧長安想了想又拿了一隻野雞出來，剁成塊燉湯；至於野兔，則是拿出一口鍋，打算做個爆炒兔子肉。

「你的人呢？」顧長安有些好奇。他們來的時候不危險，所以紀琮身邊的人基本上都派出去辦事了，回京的路途怕是不會太安全，這般大肆拿東西，不會被人發現？

紀琮翻了翻烤雞，道：「我讓他們去辦點事情，這兩天不會有人跟著。」

等人殺上門著實太煩心，好不容易才有機會跟長安獨處呢！所以他把人都安排出去，掃清障礙，免得有不長眼的人招惹上來。

顧長安不再多問，等待的空檔將侯大人送的小盒子拿出來看了一眼。

「這回倒是欠下人情了。」她有些鬱悶，早知道該拿到手就先看一看的。

送的是鶴鳴街的一處宅子，哪怕只是兩進的小院子，價值也不低，而且還有一對羊脂白玉玉珮，價格更是不菲。

紀琮看了一眼，倒是很自在。「收下吧，侯大人多半是看在師公的面上，日後若是有機會，再還他這人情便是。」

顧長安一愣。「不會對你有影響？」

紀琮無所謂地點點頭。「他所求之事我心中明白，本就是太子默許之事，不會讓我覺得為難。再者，的確不是什麼了不得的大事，妳安心收下便是。」說罷不免有些喜孜孜。「這宅子跟妳家很近，等我們成親後就住在那兒，離家近，每天都能回家吃飯。」

顧長安哭笑不得。「哪有女兒、女婿成天回娘家吃飯的？到時候你的名聲還要不要了？」

紀琮不甚在意地揮手。「別人怎麼說我不管，他們說三道四，不會影響我的好胃口；再說，等到大哥遊學回來，他也該下場一試了。既然伯父留在京城，那麼大哥便都會離京外放，三哥也是如此，四哥又留在北方；小六倒是能多留兩年，不過他也不是安分的性子。等二姊和二姊夫也回來，到時候就只有我們跟二姊、二姊夫能陪著伯父、伯娘啦！」

再說，他只是住在岳家附近，而不是住在岳家，別人又能說什麼？

就算說了，與他何干？

既然他毫不在意，顧長安也不再多言。都說到了成親之事，少年和少女毫不害羞地討論了一些細節，紀琮這回立的功勞大，回京就能有個「名分」。

「太子殿下雖然沒明說，不過等回京後大概能夠封侯。」紀琮有些不確定，這是將他以往做的事情全都算在一起。不過若真算起來其實應該還無法封侯，不過今上那兒他算是掛了名，加上一些隱晦的補償緣由，也算得上是名正言順。

等到那時候，他跟紀家就不再有任何關係，這也是今上和太子肯放心用他的緣故。他與本家不親近，未來岳家本為耕讀之家，只是這一代才有人出仕；至於背景，只有林湛和金先生，偏偏這兩位都是今上和太子信任之人，雖說這份信任不知道能維持多久。

沒有本家可以依靠，岳家又沒什麼底蘊，用起來自然要比關係複雜的人順手多了。

「如此說來，到時候我們的府邸應該會是御賜。」顧長安絲毫不懷疑此事，九十九步都走了，為了讓紀琮更加忠心不二，太子斷不可能缺了紀琮一座府邸。

紀琮歡快地點點頭，將切片的乳豬肉裝盤遞給顧長安。「成親的時候就辦在府邸，左右家中只有我們兩個人，到時候就搬去鶴鳴街的宅子，正好宅子不大，夠我們兩個住了。」

顧長安表示贊同。「好！不過聘禮……」

「到時我跟紀家都撇清關係了，聘禮自然不能委屈了妳。」紀琮連忙打斷她，努力地說服她。「那些人都很勢利，若是見妳聘禮少，肯定會在背後說三道四，我知道妳不在意，可我卻是半點都不想讓人說妳的不是。再說了，到時候就算有人眼紅，也不能上門來找妳要聘禮。」

見顧長安不那麼堅持了，他連忙又道：「我母親過世的時候，留給我的東西我都留著，紀家的祖業我不會拿，不過這些年賺的，我不會給紀家人，那些東西都是給妳的，就算不當聘禮，日後也都是要交給妳的。」

顧長安聽完不再多勸，不過還是爭取了一下。「其實我更喜歡默默發財，除了該有的那些東西，其他東西還是私下給我吧！」

紀琮考慮了一下，勉強點了點頭。「好吧，到時候我看著辦。」至於什麼是該有的東西，什麼是私下給的東西，到時候看情況再說。

兩人初步達成協議，立刻又興致勃勃地討論起其他事情。紀琮說自己母親留下的陪嫁裡面有幾套首飾特別好看，就等下聘的時候送給她；他自己也買了不少首飾，尤其是特別打了兩套東珠首飾，也都打算當聘禮。

顧長安高高興興地應下，絲毫不見她客氣地說自己喜歡翡翠或是銀飾。她對東珠製的首飾自是喜歡，不過對金飾的喜好一般，所以下聘的時候可以不放進去。

紀琮自是一一應下，顧長安提的要求越多他越是高興。

兩人就這麼一邊吃、一邊興致勃勃地討論，將拿出來的食物一掃而空，吃飽喝足，心情也越發愉悅。

第四十五章　回京大婚

二月的北方還是挺冷的，好在兩人體質好，燒著火堆，鑽進用皮毛做成的簡陋睡袋裡，舒舒服服地睡了一覺。

睡前，顧長安還特意剁了兩隻雞放在鍋裡用小火燉煮，第二天早起的時候正好可以下麵條吃。

兩人起了個大早，鍋裡的野雞肉已經燉得軟爛，湯水只剩下一點點，很是濃稠。兩人也不計較味道是不是不夠，又添了半鍋水，燒開後煮了一大鍋麵條，配上包子、饅頭、燒賣還有泡菜和豆腐乳，滿足地吃了一頓飽餐。

兩人疾馳兩日後便放慢腳步，一路上除了買買買，只剩下吃吃吃。兩人換了馬車，買的東西那麼多，總不能都放在空間裡，還得給家人多買些各地的土產，有些東西可以先放在空間裡，不過得用馬車裝個樣子。

從最開始的一輛馬車，等他們到京城的時候，已經變成了三輛！

兩人離開的時候靜悄悄的，回來同樣也是靜悄悄的，直接回到鶴鳴街顧家，到家的時候正好該在的人都在。

「爹、娘，我們回來啦！」顧長安看到顧錚禮和鄒氏驚喜的模樣，忍不住鼻子一酸，眼淚就掉了下來。她一直認為自己骨子裡無情，可直到看到自己在這個世界上最為親近的人，才知道原來她很在意這些親人。

鄒氏又驚又喜，趕忙上前幾步，拉著顧長安的手左看右看，眼淚也一下子就落了下來。

「妳這臭丫頭，總算是回來了！」鄒氏抱著她哭得狠。自己的女兒怎麼可能會不掛念，尤其這丫頭還是去戰場。

天知道，她聽說真開戰時，整夜都無法入眠，一閉眼就看到自己的孩子們滿頭是血地站在她跟前哭。直到收到消息，確定孩子們都安然無恙，這才逐漸緩過來。

看著母女兩個抱頭痛哭，顧錚禮也跟著紅了眼眶。看向一旁的紀琮，招手讓他過來，檢查了他一番後，這才問道：「可受傷了？這一路回來可遇上危險了？」

紀琮一掃在外面的冷漠和無情，乖乖點頭。「只受了點皮肉傷，已經痊癒了。路上沒遇到危險，有人跟著我們，護著我們回來。」至於他先把人趕走的事情，就不必要說出來了。

這半真半假的話更讓顧錚禮相信。「那就好，去紀家打個招呼後，先回家裡來住，好好補補身子。」

紀琮連忙應下，心裡美著。「好。正好得了座宅子，也在鶴鳴街，我可以住在那兒，每天過來吃飯。」

晚上睡覺就不能留在顧家了，反正他今年就可以跟長安定下婚約，可不能在這當口讓長安被人說三道四，那就得不償失！

顧長安的眼淚在鄒氏抱著她大哭的時候被嚇得收了回去，最後被哭得頭大，急中生智，連忙喊道：「娘，我肚子餓了。」

鄒氏的眼淚說收就收，連忙鬆開她。「好，娘先去洗把臉，親自去給妳下碗麵。」說完又拉著紀琮仔細打量了一番。紀琮受傷之事是瞞著她的，見他只是有些疲憊，並無其他問題，不由鬆了口氣，又問了紀琮想要吃什麼後，連忙起身去廚房。

顧錚禮鬆了口氣，道：「你們師公在院中歇息，你們先過去看看。」

顧長安心頭一跳。「師公身子抱恙？」

顧錚禮的臉扭曲了一下，語氣有些詭異。「偶感風寒，太子殿下讓太醫過來看診過了，並無大礙，喝兩、三天藥就能好。」

一看他這表情，顧長安便有些無奈地嘆了口氣。「師公又做了什麼？」

顧錚禮乾笑一聲，有些含糊地道：「前兩日得了一幅畫，欣賞了一整晚，第二日也沒好好歇著，正好金先生過來，兩人搶著吃，吃得有些多了。」

剛入三月，京城的天氣忽冷忽熱的，陽光充足時只穿單衣就足夠，可一旦天陰下來或是颳起風，夾襖若是不立刻上身，肯定要凍壞了。自家師公那性子，若是有合了眼緣之物，莫說是天寒添衣，天下刀子他都能視若無睹，再加上貪嘴，她爹怕是往輕了說。

就算是身體抱恙，林大儒依舊是那副光風霽月的模樣。

「還知道回來？」林湛冷眼看著兩人，一臉冷淡。

顧錚禮無語。明明剛才讓人來傳話時，還說老師高興地連忙從床上爬起來了，還非得挑選合適的衣裳，怎麼等見到了人，反倒是這副模樣？

顧長安不怕他的黑臉，笑嘻嘻地湊到他跟前。「師公，我出門這麼長時間您都不想我啊？我可想您了，在回來的路上給您帶了不少東西呢！」

林湛板著臉輕哼一聲，眼皮都沒抬一下。

顧長安再接再厲。「師公，我還給您買了不少好吃的呢！從北方一路走回來，遇上好吃的都給您買了一份！晚上的時候，我去廚房給您做吃的，味道可好啦！」

林湛垂眸看著她，到底是順了她的意。「都買了什麼？」

顧長安不客氣地坐在他身邊，掰著手指開始仔細數了起來。「有一處的臘鴨做得特別好吃，只需要剁成塊蒸一蒸，一隻臘鴨就能吃上一鍋飯。」

林湛的嘴角抽了抽。正常人應該說一隻臘鴨就能吃滿滿兩大碗飯，吃飯論鍋的，大概獨此一家，別無分號！

「賣的臘腸味道也不錯，尤其是甜口的臘腸，我特意多買了一些，晚上就給師公您蒸一碗啊！上面打兩顆雞蛋，什麼都不用添加，味道就很好。

「我們路過一座城鎮歇腳的時候，正好遇上有人在賣自家做的醬菜，是祖傳的老手藝，尤其是糖蒜，我從來沒吃過那麼好吃的糖蒜，所以都買了下來，有一大罐呢，晚上師公您喝粥的時候，正好能配著粥吃。」

顧長安說得起勁，紀琮還時不時地補充幾句，兩人一唱一和，倒是將林湛的饞蟲都給挑了起來。等鄒氏叫他們吃麵時，林湛也忍不住跟著吃了一大碗，熱呼呼的雞湯麵一下肚，額頭冒出一層細密的汗珠，身子倒是舒服不少。

兩人才剛回來，林湛不急著考校他們，坐在一旁看著他們將帶回來的東西都收拾妥當，晚上又舒舒服服地吃了一頓飽飯。哪怕只是喝白粥，不過配上臘腸、臘鴨和糖蒜小菜，林大儒的心情徹底被療癒了。

只歇息了一晚，隔天紀琮便開始忙碌起來。想要跟紀家徹底斷絕關係，首先便要得到今上和太子的默許，而且因為這一次的功績，之前做的一些部署就能拿到明面上來了。離京的時間不短，很多事情需要他重新接手。

顧長安也沒閒著，先去自家老師那兒一趟。連金夫人這樣刻板守禮的人，看見她也是忍不住抱著她落淚。顧長安知道自己在長輩們的眼中，她這般行事有些莽撞，只是事到臨頭，她只能做出那樣的選擇。

好說歹說，才安撫好兩位長輩，顧長安回家的時候都覺得有些心力交瘁。

因為姨母家的杏子、琴子和香香紛紛嫁人，林氏和鄒生作為家中長輩要回家坐鎮，而且兩人離家的時候長了，心中始終掛念著家鄉。顧錚禮和鄒氏雖然希望他們能一直留在京城，卻是勸不住他們。正好已經跟秦無戰成親的顧三哥打算帶著妻子一同遊學，便讓他們小倆口護送兩位老人家回鄉了。

也難怪鄒氏看到顧長安會哭成那樣，掛念是其一，剩下的原因是因為現在能陪在身邊的人就只有顧小六。顧小六得待在書院，一個月只能見上兩、三回，顧長安一回來，鄒氏這是將對孩子的掛念一起發洩出來了。

又歇了一日，謝明珠的帖子就送了過來。

帶上特意收拾出來要送過去的東西，顧長安悠哉地去了太子府。對外人來說高不可攀的太子府，對她來說更像是半個家。

當然，這種說法比較誇張，實際上她也不會真這樣想，與太子和謝明珠的交往可以親近，卻不能失了分寸。

「妳總算回來了！」

顧長安到的時候，太子和謝明珠正坐在一起低聲說話，看兩人眉目傳情的模樣，想也知道兩人的感情越發融洽。見她進來，謝明珠連忙起身上前，拉著她又是好一番打量。

顧長安笑了笑。「讓明珠姊姊擔心了。」

謝明珠瞪了她一眼。「知道讓人擔心，往後就少做這種危險之事。」

顧長安笑咪咪地應了下來。只要紀琮不再去戰場，她自然也不會跟著去了。

太子輕笑一聲，知道這丫頭鬼靈精，不過也沒難為她。「明珠莫要擔心，這丫頭的本事大得很，就她那一身力氣，就連我……身邊的人都打不過她，本事大著呢！再說，紀琮雖然年紀不大，不過做事卻是極為穩當，自是能夠護得住她！」

顧長安心頭微動。這話說得別有深意，太子這是在提點她？

太子對紀琮和顧長安在北方所做之事大多知情，不過謝明珠卻只知道個大概，所以她的問題出奇地多，拉著顧長安問長問短。或許是因為她成了太子妃的緣故，對戰場上的事情就多了幾分好奇。

顧長安對他們兩個沒什麼不能說的，大大滿足了謝明珠的好奇之心。

「父親、母親！」三人說話時，稚嫩的嗓音響起，一道小小的身影慢悠悠地走了過來。

來人是個粉嫩嫩的小娃娃，長得粉裝玉琢，眉目如畫，小臉肉肉的，卻學著大人板著臉，頗為逗趣。

看到小傢伙，太子的眼底多了幾分慈愛和歡喜。「麟兒，快過來！」

才分別半年，顧長安還認得出眼前這小傢伙，便是太子和謝明珠的嫡長子，乳名麟兒。他上面還有一個姊姊，被今上接進宮裡小住。

麟兒走路慢了些，卻很是穩當。他乖乖走了過來，先跟兩人見禮，之後便窩在太子懷裡，好奇地看著顧長安。

「麟兒不記得長安姨母了？」謝明珠笑著問道。

麟兒歪著腦袋想了想，忽然眼睛一亮。「是長安姑姑！」

太子哈哈大笑。「對，是長安姑姑！我們麟兒的記性真好，這麼長時間沒見，也沒忘了你長安姑姑！」

太子為此頗為得意，合該如此稱呼才對！

謝明珠也不惱，如何稱呼本不是什麼大事，說穿了不過是夫妻兩人的小情趣罷了。

顧長安眉眼彎彎，連忙招呼他過來。「好些時日未見，麟兒已經是大孩子了。」

但凡小孩子都喜歡別人誇他長大了，太子嫡長子也是如此。再等看到顧長安給他準備了整整一箱的禮物，他高興到雙眼都在發光。

顧長安對小孩子向來都是耐心十足，尤其是麟兒這般長得好看、性子乖巧的。而且麟兒因為身分的緣故被精心教導，總愛板著小胖臉裝成熟，看著就覺得歡喜，顧長安當下就不理會太子和謝明珠，專心陪著麟兒玩耍。

太子和謝明珠也不在意，尤其是太子，人與人之間的緣分就是這般奇特，有相同血緣之人，他如何都親近不起來，偏偏就對顧長安另眼相看。說是當成自己妹妹看待，實際上都快將她當成女兒一般寵著，看著她跟自己長子玩得高興，眼底的慈愛都快溢出來了。

謝明珠低頭輕笑，完全不去說破。顧長安幫她良多，他們夫妻感情越來越好，顧長安至少有一半的功勞，這些她都銘記在心，又怎會因為太子對顧長安另眼相看，而心生不滿？

「小五，妳跟小琮之事如何？」

太子有事情要處理，暫時離開，兩人陪著麟兒玩耍，謝明珠想起紀琮的年紀卻是有些頭疼。兩人年紀相同，也就意味著顧長安雖及笄了，可紀琮年紀若要成親還是偏小了些。

顧長安順手將一個在半路上自製的水果棒棒糖遞給麟兒，一邊道：「等及笄後，小琮會來提親。最近這段時日他有些忙，要先把後患給解決了。」

謝明珠眉頭輕蹙。「我聽太子說，小琮要跟紀家斷了關係？」

顧長安不意外太子會告訴謝明珠，在太子眼中此事不是什麼大事。「的確如此，紀家沒什麼可留戀的，繼續留下去對他不光沒好處，只會不停地被推出去。」

想起紀琮為何會上戰場，謝明珠也忍不住有些生氣。「太子也說了，分開了對紀琮更好，紀家那些人不會眼睜睜看著侯位落在小琮手中，說不定還要鬧出什麼事呢！」

顧長安深以為然地點點頭。可不就是這樣嗎？

而且她沒說的是，紀琮日後要走的近乎是孤臣之道，雖然稍微誇張了一些，卻也差不了多少。所以紀家這種已經不得帝王心，而且分不清輕重的關係，還是早些了結較為妥當。

當然，紀琮不會是真正的孤臣，只要有她在，他與顧家的關係便密不可分。與紀家不同的是，顧家沒人扯後腿，也不會算計他，而且顧家沒什麼底蘊，只忠於朝廷、忠於今上，以及未來的帝王。

「等分開後，你們再定下親事更穩妥，紀家那對婆媳沒法子折騰妳，妳也能省心一些。」謝明珠道。

顧長安笑了笑。「明珠姊姊，妳就放心吧，小琮都安排好了。」

謝明珠也相信紀琮的手段，當下就不再追問此事，倒是說起兩人若是定下親事後要住在哪兒時，她將一早準備好的東西拿了出來。
「這是殿下準備的鶴鳴街那邊的宅子，一個三進的小宅子，距離顧家倒是不遠。太子的意思是往後你們兩個能住在鶴鳴街那邊，離家裡也能近一些。」
顧長安沒接過來。「我們已經有鶴鳴街的宅子，這就不用了。」
謝明珠卻是不給她拒絕的機會，直接將房契塞到她手中。「這是太子給妳準備的，他當兄長的給妹妹一處宅子罷了，何必拒絕？」
話說到這分上，顧長安只好收了下來。宅子這種東西其實多了也挺頭疼的，尤其還都在同一條街上，住都住不過來，總不能這裡住上幾日，那兒再去住幾日。
不過謝明珠說得也對，總歸是心意，她收下便是。
剩下的東西，謝明珠倒是沒有再給，等他們訂親或是成親時，太子跟她自然會送上厚禮，此時就不必拿出來，免得好像是賞賜一般。
陪著麟兒玩了一陣子，又在太子府用了午膳，顧長安在太子跟謝明珠的再三叮囑中告辭離去。
接下來的日子，顧長安被林湛拘在家中修身養性，上過一次戰場，縱然看不出性情有任何改變，可林湛卻是不放心。殺人這種事情不是那麼好做的，他擔心顧長安有損心性。
顧長安順從地應下，事實上她如今十五歲，眼看就要及笄，若是再跟以前那般成天往外跑，會讓人在背後說嘴。她倒是不在意這些，只是厭煩被人在鄒氏等人跟前說三道四，反正留在家中也無礙，除了練字、作畫和看書之外，袁大還會將帳冊直接送過來讓她查看，她離開的時間有些長，累積了不少帳冊要檢查。

說到袁大，安氏也跟著入京了，不過沒留在顧家伺候，而是跟著袁大去了京城的作坊當小管事。她在做吃食上很有天賦，有她在，作坊的生意好上不少。

三月底的時候，京城發生了一件大事。

紀琮淨身出戶，將紀家所有的祖業全數交給紀侯爺，卻是將生母蕭氏留下的所有嫁妝都帶走。蕭氏有不少嫁妝都被小賈氏拿走了，她自是不肯交出來，還打著紀琮年紀小、不懂事，所以代為看管的旗號。

然而緊跟著，今上論功行賞。紀琮在北方立下赫赫戰功，又將之前做的一些事情拿出來褒獎，直到此時大家才知曉，原來紀琮小小年紀，光是剿匪就做過不下三次，賜給他一個侯爺的爵位，還真的不算過分。

這爵位彷彿一隻大手，狠狠搧了小賈氏幾個響亮的耳光！前腳剛說孩子還小擔不起家，緊跟著後腳今上就賜給他爵位。

是她在糊弄人，還是今上是個糊塗蟲？很顯然，絕對不會有人認為是後者。

小賈氏一下子裡子、面子都丟得徹底；更讓她絕望的是，在她抓著蕭氏的嫁妝不肯放的時候，紀侯爺在與老夫人一番搏鬥後，將大部分的紀家產業牢牢地抓在自己手中，她落在了最後，再想要爭奪卻是已經晚了，最多也只能得到一些邊角料，甚至是雞肋。這讓小賈氏氣得心口發疼，再等聽到紀琮要娶顧家五姑娘，幾乎將所有的家底都搬空當成聘禮後，更是氣得吐了一口血，徹底病倒了。

顧長安也聽到外面的傳言，對小賈氏病倒一事只是冷笑一聲。有些人就是手伸得太長，心思太大，如今不過病倒而已，都是自找的。

紀琮不會讓將全部產業交給顧長安當聘禮一事變成「傳言」，顧長安及笄次日，他便按照規矩請了媒人上門說親。原本按照顧長安的計劃，打算先定下親事，等到十八歲的時候再成親，生孩子這種事情，還是推遲一些比較好。紀琮卻是不同意，生孩子這事可以延後，可成親卻是不能延後；若是沒個名分，他這幾年若是往外跑，顧長安豈不是不能跟著一起走？

這個理由很強大，輕易便說服了顧長安。反正什麼時候生孩子，都是他們自己說了算，大不了被人說幾句罷了，她跟紀琮可以到處跑，成親早一些就值得。

這大概是近來說親最為順利的兩家了，不過紀琮娶顧家次女這件事，京中人早有心理準備，得知結果自然不會意外。

兩人的婚期定在來年開春，十六歲嫁人是顧長安的底線，能早點娶回家就好，紀琮也就不繼續堅持將婚期再提前。

訂親後，紀琮開始整理自己的御賜侯爺府。雖說他們說好了要住在鶴鳴街那邊的宅子，不過這侯爺府也不能荒廢了，他知道顧長安的喜好，自然要處處都讓顧長安覺得貼心、合意才是。家具的款式是他親自挑選，裝飾用的花草同樣也是他親自去挑回來的，至於房間裡的那些小擺設，不少都是他親手所做。

他的長安所用的東西，自該由他來準備。

顧長安對他的所作所為一清二楚，不但沒勸他的意思，反倒會時不時地告訴他自己喜歡什麼。小男人也是男人，也是喜歡被需要、被依靠的感覺，該調教的時候還是得調教，他肯費心思的時候她不會攔著，不然往後說不定他就習慣了，凡事不將她放在心上。

除此之外，顧長安知道紀琮大部分的心思，都放在幫助蕭長闊追查當年蕭家之事上，具體的進展她沒細問，本打算等有個結果，她再問也不遲，卻不想，年底的時候，她見到了意料之外卻又在情理之中的人。

「陸九叔、徐嬸子、堯兒，你們來了！」顧長安聽到老齊的通報，驚喜之下連忙跑去門口。

一別經年，再次相見總是令人歡愉。

陸九依舊器宇軒昂，徐氏神情有些疲憊，可眉眼間卻帶著歡喜之色。陸堯倒是長大不少，已經是個翩翩少年郎，他的長相更肖似徐氏，眉眼很精緻，看到顧長安時，眼底的狂喜顯而易見。

「五姑娘，我們總算見著您了！」徐氏眼圈微紅，分別許久，她很想念顧家人。在顧家的日子，雖說是掛著下人的名頭，卻是她最快樂輕鬆的日子，不需要去想那麼多，只要將日子過好就好。

簡單，快樂！

顧長安眉眼彎彎。「徐嬸子還是跟以前一樣好看！」

徐氏面皮薄，不過她長得的確不錯，明知道顧長安這是在哄她開心，還是忍不住微微脹紅了臉。

顧長安見好就收，拍了拍陸堯的肩膀。「堯兒長大了！」

陸堯頓時就紅了眼眶，抽了抽鼻子，這才露出一個大大的笑容。「五姑娘！」

他鄉遇故知自是令人高興之事，顧錚禮和鄒氏見到陸家三口也是歡喜不已；尤其是得知陸九和徐氏決定成親後，眾人更是為他們高興不已。

當年陸九帶著徐氏和陸堯從京城一路奔逃，遇上再大的困難也不曾放棄他們母子。最開始只是因為受人之託，可是相處時間一長，兩人又怎會沒有半點感情？在梨花村的時候，顧家人就瞧出點苗頭，只是兩人始終不肯面對罷了；如今想來也是因為當年陸堯的父親之事有結果了，他們才算是放下心中重擔，自然敢面對真實的感情。

果然，陸九私下找了顧長安，將一些事情解釋給她聽。

紀琮已經跟她解釋過，不過陸九這邊有些事情，她還是不知道。

其實當年不過就是爭權奪勢罷了。蕭家鎮守邊關多年，地位太過穩固，朝廷忌憚是一個原因，更多的還是因為有人想要爭搶北方的掌控權；而蕭家在北方殺了太多的大慶人，大慶對蕭家最為仇視，蕭家幾乎每一個人都是一代將才，多少大慶將士在他們手下飲恨。

「所以在邢將軍當年還不是將軍的時候，便私下將蕭家的計劃偷偷告訴大慶。誰也猜不到這件事是他做的，他一向都是那種剛正的形象，沒人會懷疑他。」陸九嘆了口氣。當年他跟邢將軍是同僚，關係也算是不錯，正是因為瞭解那人，所以才更加不敢相信。

不管是老元帥還是陸將軍，當年都對邢將軍很是關照，認為他是鎮守邊關的好人選，想要將他培養起來，只可惜他們都看錯了，培養了一頭白眼狼。

顧長安只知道當年有人通敵，卻不知那人居然會是邢將軍！想起邢將軍的為人和事發後四哥的惋惜，不免覺得有些噁心。

還以為只是在後來開始醉心名利，一心想要讓自家香火傳承下去呢！

沒想到，原來他從一開始就是如此，算他們眼瞎！

還有一些更深層的東西，陸九也不知道該不該跟顧長安說？考慮了一番後決定不說了。

都已經過去了，便沒必要再拿出來細說。

陸九一家三口在京城住下，不過並未住在顧家，而是去陸九買下的一處宅子。他們早就不是顧家的下人，陸堯未來要走科舉之路，身分自是要安排好，不過好在宅子距離鶴鳴街不算太遠，走一會兒就能到。

陸堯的資質不錯，林湛心情好的時候，也會指點一二。陸堯入京最高興的自然是顧小六和小柱子，小時候的玩伴能夠再次重逢，恨不得每天都膩在一起。

轉眼來到年節，顧二姊帶著孩子一同回京。這也是顧家人第一次見到自家小輩，愛笑又愛鬧，卻又特別懂禮貌的小娃娃，片刻的工夫，就擄獲全家人的歡心。

林湛自然也喜歡小娃娃，不過不知道是不是她太過自戀，顧長安覺得自家師公最喜歡的還是她！

顧大哥和顧三哥也回來了，可惜陶沐之和顧四哥沒能歸家，不過也算是一家團圓，至少這是顧長安作為一個姑娘，在娘家過的最後一個年節。

兩人成親的日子定在三月初六，這日子選得極好，算得上是風和日麗。

初春的太陽曬得人只覺得暖洋洋，脫去冬裝的沈重，換上輕便俏麗的春裝，襯得女子們比花兒還要嬌豔。

顧長安一直以為自己跟紀琮的感情算是水到渠成，事到臨頭她不會覺得緊張，然而事實卻是，在成親的前一晚，她幾乎失眠了一整夜，直到隔日天邊都朦朦亮了，才迷迷糊糊地睡過去，似乎是只打了個盹兒就被鄒氏給叫醒了。

比起顧二姊出嫁，鄒氏此時的心情倒是要好受一些。畢竟顧長安就算嫁了人也是在京城，而且紀琮已經把他們在鶴鳴街上的宅子都安排妥當，等在侯府住一段時日，兩人就會搬到鶴鳴街來。離得近，出門走幾步就到，一日三餐都能在一起吃，只是晚上不住在一起罷了。原本就是各自住一個院子，一晚見不著也不是什麼大事。

這般一想，鄒氏的心就安定了。

倒是顧二姊很捨不得。嫁了人到底是不一樣了，往後處處都得顧著自己的小家。像她，原本以為離開娘家會處處不順心，可實際上等她逐漸習慣後，哪怕依然會思念娘家人，可更多的心思卻是放在夫君和孩子身上。往後小五就是紀家婦了，哪裡真能一直往娘家跑？就算紀琮不在意，外人的嘴能成天嘀咕個不停。這人啊，總歸還是會在意外人的眼光，哪裡真能夠毫不理會？

顧長安不知道自家二姊的想法，不過就算知道也不會放在心上。她要做的事情，只需要知道自己在意之人的看法就夠了，至於外人，他們如何想與她何干？

這些都是題外話，顧長安此時的心情全都放在眼前的事情上。輕掃蛾眉，畫上眼線，好讓眼睛看起來更加有神，睫毛膏這種東西她搗鼓不出來，不過胭脂和口紅的品質卻都不錯，她本就天生麗質又值青春年少，上一層淡妝就夠了。

「吉時到了！」鄒氏眼圈有些泛紅。就算知道她嫁得近，往後還能時常往娘家跑，可是親手幫女兒蓋上紅蓋頭，一想起自己養了十幾年的孩子成了別人家的，她心裡就難受得慌。

「娘，我過兩天就回來啦！等在侯府住上幾日，我們就搬到鶴鳴街的宅子來住。」顧長安安慰道。

鄒氏哭笑不得。「妳且安心跟小琮住在侯府，御賜下來的府邸總得多住上幾日，搬來鶴鳴街的事情不急，等在侯府住上一個月再說。」

不給顧長安磨蹭的機會，連忙將紅蓋頭給蓋上。

顧大哥揹著顧長安送出門外。顧長安本以為自己不會哭，卻不想情緒到了，自然而然就哭了起來。

十六歲的少年已經有成年人的身高，因多年習武讓身量看起來不顯單薄，精緻卻不顯女氣的眉眼含笑，拜別岳家，順利將放在心上多年的姑娘娶回家了。

拜了堂，將新嫁娘送入洞房。紀琮耐著性子應對來客，毫不客氣地將那些湊上來想要鬧洞房的傢伙們關在門外。

新婚夜，誰願意搭理他們？

看到坐在床中央的姑娘，美眸輕眨，眼底漾著柔柔的笑意，聽到動靜抬頭看來，兩人四目相對，心頭皆是狠狠一顫。

回想當年的一幕幕似乎只在不久前，一回頭卻已不是當年的小孩。他們的緣分從九年前就已經定下，如今終於心想事成。

燭光輝映，多年的期盼，終於美夢成真。

人生如此，夫復何求！

——全書完

番外　瓜瓜與湯包

顧長安生第二個孩子的時候，已經二十五歲。

「還要多久？到底還要多久？」紀琮急得團團轉，幾度想要闖進去，卻被守在門口的護衛給攔下。就知道他會這樣，這幾個護衛都是當今天子特意送過來的，專剋紀琮！

「爹爹，娘親說了，讓你安靜一點，你得聽娘親的話！」年僅七歲的長女、紀家的寶貝瓜瓜，牢牢地抓住紀琮的衣襬，嘴裡說著安慰的話，小臉上卻帶著驚慌之色。

紀琮連忙抱起寶貝閨女。「爹爹聽話呢！瓜瓜，爹爹讓人先送妳回房可好？妳娘親還得過些時候才能出來，妳……」

「爹爹，我想在這裡等娘親。」瓜瓜皺著小臉，不肯離開。

紀琮也是心慌意亂，抱著軟乎乎的小閨女還能安心一些，當下也不再堅持。

他不是不知道女子生孩子大多需要不短的時間，只是長安生瓜瓜的時候宮裡出了點事情，趕巧長安當時在場，不免被拖累了，導致瓜瓜提前出世，且長安難產，差點就出事。這件事給他的心理陰影實在是太大，哪怕只有瓜瓜一個，他也不肯再要第二個孩子，偏偏之前陪長安去郊外莊子小住，泡溫泉時他有些失態，一時不察，才有了第二個孩子。

有了孩子便只能生下來，何況長安也不可能同意打掉孩子。可以說從長安懷孕七個月開始，他就沒睡過一個好覺。這萬一……紀琮不敢想，要不是他，長安也不必再受這樣的苦！

好在這一次顧長安順產，只折騰了三、四個時辰，就順利產下一子。

紀琮腿都軟了，撲通一聲坐在地上，額頭冷汗涔涔，後背早就濕透了。

這個意外得來的兒子小名叫湯包，是瓜瓜取的。湯包出生的時候，瓜瓜正在吃最後一個湯包。湯包是個特別乖巧的孩子，不愛哭，吃飯準時，兩個時辰餵一次，若是沒及時餵他，也只是哼哼幾聲。不過顧長安觀察了幾次就發現，自家這小兒子有潔癖，餓肚子可以忍受，可若是尿褲子或是拉屎，他絕對不能忍！若是伺候的人沒在第一時間發現幫他清洗乾淨，他一定會來一場魔音傳腦。紀琮和顧長安只有這一雙子女，尤其是湯包作為唯一的兒子，在外人眼中地位自是不同，然而事實上，紀家最為受寵的始終是顧長安，再來是瓜瓜，最後才是湯包。

一晃三年，湯包從一開始的肉團子，進化成三頭身的萌寶寶。

「湯包，湯包！」瓜瓜人還沒到，聲音就先到了。

湯包慢條斯理地將手中的鏟子放下。「我在這裡。」

哪怕只是個三頭身的小娃娃，湯包的一言一行，如今已經頗有分寸。

瓜瓜跑到他跟前，還沒說話，就見湯包微微皺眉，掏出一塊帕子遞給她。「先把汗擦了再說話。」今日風大，出了一身汗不擦乾，難保不會生病。

瓜瓜噘嘴，不過她知道自家弟弟的性子，只好隨便擦了一把，便隨手把帕子塞進袖袋。以她家湯包的性子，用過的帕子再敢塞給他，他肯定會跟她講道理，她可不想聽自家弟弟嘮叨，忒煩！

「有事？」

瓜瓜想起自己的來意，早就忘了被弟弟支配的怨念，笑嘻嘻地道：「湯包，太子哥哥明日來接我們，說要一起去郊外的莊子裡住上幾日。」

湯包眉頭微皺。「上月才去過，怎麼又要去？」

瓜瓜才不敢告訴他是自己想要去，所以私下裡偷偷搞定太子哥哥。

「對了，老祖宗和師公也會一起去呢！」瓜瓜立刻扔下誘餌。弟弟太聰明也不是好事，要是再不轉移他的注意力，弟弟肯定會追問下去。

果然，湯包一聽老祖宗也一起去，頓時雙眼發光。「老祖宗也一起去？那好，什麼時候出發？」

瓜瓜偷偷鬆了口氣。她就知道只要抬出老祖宗，弟弟肯定會忘記其他事情。

老祖宗便是林湛，湯包最為佩服的人便是林湛，凡事只要有林湛在，他都能立刻高興起來。得到湯包的首肯，又沒有被他念叨，瓜瓜離開的時候一臉得意。

湯包看著自家姊姊歡喜又得意的模樣，人小鬼大地嘆了口氣。

罷了，有什麼法子，誰讓他攤上這麼個不省心的姊姊呢？

再想想自己這一家子中，有個寵妻狂魔的父親，和女霸王般的母親，不知道他未來的日子，是幸還是不幸？

風 文創 762

女耀農門 3 完

國家圖書館出版品預行編目資料

女耀農門 / 樵牧著. --
初版. -- 臺北市 : 狗屋, 2019.07
冊 ; 公分. --（文創風）
ISBN 978-986-509-019-7（第3冊：平裝）. --

857.7　　108008603

著作者	樵牧
編輯	黃鈺菁
校對	沈毓萍　簡郁珊
發行所	狗屋出版社有限公司
地址	台北市104中山區龍江路71巷15號1樓
電話	02-2776-5889～0
發行字號	局版台業字845號
法律顧問	蕭雄淋律師
總經銷	知遠文化事業有限公司
電話	02-2664-8800
初版	2019年7月
國際書碼	ISBN-13　978-986-509-019-7

本著作物由廣州阿里巴巴文學信息技術有限公司授權出版

定價250元

狗屋劃撥帳號：19001626

網址：love.doghouse.com.tw　E-mail：love@doghouse.com.tw